關於我轉生變成史萊姆這檔事 12

Regarding Reincarnated to Slime

Kadokawa Fantastic Novels

目錄

一 戰爭前夜篇

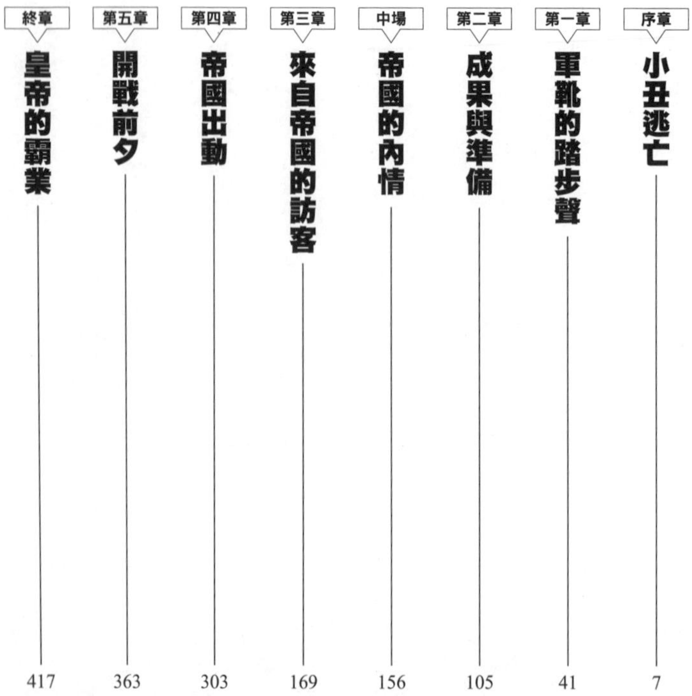

序章
小丑逃亡

Regarding Reincarnated to Slime

神樂坂優樹是一個天才。

在原本的世界時，優樹就擁有特別的力量。那叫作觀念動力——就是所謂的念力，是一種超能力，他一生下來就會使用這種力量。

話雖如此，他沒有打算用這股力量做些什麼。因為他知道讓別人發現自己擁有這種力量可能會被抓去展示。

日常生活很無趣，但他過得還算開心。

父母親都對他很好，還有不少朋友。

賺錢對他來說一點都不難，只要他想要，沒有得不到的東西。

沒有任何不滿意的地方。

然而就在某天——

優樹突然遇到不幸的事。

剛升上中學，優樹的雙親就因意外去世。

他的父母親並沒有過失，全家人搭同一輛車被卡車撞上，那名駕駛正在打瞌睡。

只有在後方座位睡覺的優樹倖免於難。

優樹覺得這樣太不公平。

他恨那個肇事駕駛，但優樹無能為力。日本是一個法治國家，個人的復仇行為在法律上不被認可。

審判結果出爐，他發現一些事實。

那就是運輸公司接下條件嚴苛的委託，以他們的處理能力無法應付。

最後就把負擔加諸在第一線員工身上，使他們明知有過勞現象仍繼續工作。

那名駕駛也是受害者。

那麼，錯的就是運輸公司——其實也不盡然。

要是拒絕大客戶的委託，以後就不會再來下單。老交情的客戶前來下單，要拒絕沒那麼容易。

如此一來就該改善業務性質，但要僱用熟練的駕駛並不容易。就算想僱用年輕人才加以培訓，現狀是就公司的狀況看來也沒那種餘力。

這算什麼——優樹為之感嘆。

這個世界有太多不合理的事情，而他的力量太過渺小。

自己究竟該恨誰才好？

說穿了問題就出在整個社會構造上。

他很想對這樣的社會復仇。

可是優樹什麼都辦不到。因為他是天才，馬上就發現自己的極限在哪裡。

這個世界已經高度發展。

就算有超能力好了，稍微強大一點的個人力量什麼都改變不了。對付一整支軍隊毫無勝算可言，就算打贏也看不見未來。

優樹曾想自暴自棄毀掉這個社會，從零開始構築……但是那樣會讓很多人陷於不幸。

優樹沒辦法做得這麼絕。

若是自己當真想要改變整個社會，只能一步一步來，慢慢增加跟自己想法類似的夥伴。然後當上政治家，改善國家讓它變成自己想要的樣子，這是優樹導出的唯一一種解決之道。

走這條路要有耐心。

若是他認真起來有可能實現，但那是以幾十年為單位的未來的事。

優樹很苦惱——

結果還沒做出決定就來到另一個世界。

這對優樹來說究竟算是幸運，還是不幸……

是魔王卡札利姆的怨念把優樹叫到這個世界。

他失去肉體、只剩下精神體，然而並未失去身為「咒術王」的力量。

他花了一段時間做準備，想讓自己復活。

若是要付諸實行，就必須使用這種方法——召喚與自身精神體相應的肉體。

當然一定要仔細確認受召喚的對象是否受制約。為了以防萬一，這場儀式不能出現任何失誤，要運用自己的支配能力刻上咒印，再進行召喚。

受召之人將在一無所知的情況下被人粉碎心靈。緊接著卡札利姆會奪取對方的靈魂之力，再奪走肉體讓自己復活，計畫的全貌就是這樣。

但是卡札利姆失策召喚到優樹。他施的咒術對優樹起不了任何作用。

因為優樹是天才，已經看出這個世界是如何運作。

穿越世界的時候，他得到自己想要的力量。

那是能夠改變世界的力量。

那是一種純粹的能量，能夠自由自在改變本質，是一種「靈魂之力」。

其名為——獨有技「創造者」——

他對利姆路說自己沒有任何特殊能力，那些當然都是謊言。

首先他就用這個能力創造將外來攻擊無效化的——「能力封殺」。

如此一來，卡札利姆的計策就被人破解了。

而且他還敗給優樹，就此歸順。

優樹則找到來到這個世界的存在意義。

這個世界弱肉強食，還要走很長一段路才會發展完全，各方面的機制仍然不夠完備。既然這樣，優樹認為自己只要成為這個世界的支配者，引導世界朝正確的方向發展就行了。

他下定決心要正面挑戰這個不公不義的世界。

優樹的行動準則是向世界下戰帖。

征服世界——為了這個目的，優樹開始行動。

＊

優樹帶著拉普拉斯、福特曼、蒂亞這三人逃出混亂至極的大聖堂。

緊接著一行人試圖逃出神聖法皇國魯貝利歐斯。

雖然很想留在那裡觀察情勢，但是他們認為繼續留在現場很危險。

進入失控狀態的「勇者」克羅諾亞沒那麼好對付，不是優樹有辦法制衡的對象。對方完全不分敵我，將現場所有人都當成敵人看待，是很可怕的對手。

就是因為知道這點，格蘭貝爾才會想跟優樹聯手吧。

優樹雖然覺得很不是滋味，但這次對手略勝一籌。

「不過這次還真素多災多難呢。好不容易讓魔王魯米納斯露出破綻、使窩們有機可乘，還差一點就能得到『勇者』這個究極決戰兵器……」

「呵呵呵，那股強大力量已經算是另一個次元的東西了。不能得到那樣東西固然令人遺憾，可是跑去對付那傢伙，現場所有人都會被殺吧？」

聽到拉普拉斯抱怨，福特曼如此回應。

其實福特曼說的沒錯，但是優樹對此存疑，認為勇者要殺死大家不一定能輕易得逞。

「這可不一定唄？不管怎麼說，魔王利姆路也強得亂七八糟。再加上那邊還有魯米納斯和雷昂。有三名魔王在場，以及好幾個力量強大的魔人，兩邊都有勝算。」

「也對。那個格蘭貝爾不愧是前『勇者』，身手非常了得。人家也猜不到最後的贏家是誰。」

拉普拉斯和蒂亞似乎不像福特曼這麼樂觀。跟優樹一樣，他們認為利姆路一行人也有可能贏得勝利。

對優樹來說，克羅諾亞勝利確實是最棒的結果。

若能如此，除了棘手的敵人利姆路，再加上礙事的格蘭貝爾，還有將來會構成威脅的魯米納斯，以及拉普拉斯等人憎恨的雷昂，那些壞他們好事的傢伙都會消失，這樣形同得以統治整個西方。

雖然剩下的克羅諾亞很難纏，但是失去自我意志就沒什麼好怕的了。他們還能隨便找一隻魔物誘導，將她趕到沙漠的彼端。

空有一身力量，這樣的對手對優樹來說並不構成威脅。

因此他原本想確認一下，看看最後活下來的人是誰，不過……

「不，逃跑果然才是正確的選擇。要是遭受波及，我們八成也無法全身而退，再說——」

有種不祥的預感——優樹的直覺這麼告訴自己。

為了決定今後的方針，他應該要分析那場大混戰的趨勢才對。雖然這麼想，優樹還是相信自己的直覺，選擇逃亡。

假如克羅諾亞戰敗，倖存下來的幾名魔王肯定會把他們視為眼中釘。利姆路應該也發現優樹做出背叛行為，大概沒辦法再找藉口搪塞。

之前在西方世界建立的據點和地位都會因這次失誤付諸流水。

要怪就怪自己太愚蠢，竟然會著了格蘭貝爾的道——優樹如此認為。所以會有那樣的下場都是自己自作自受。

正因為這樣，既然現在選擇逃跑，優樹就不再迷惘。能夠乾脆做切割是優樹的優點，他也曾經靠這樣的判斷力度過無數難關。

所以這次也一樣，優樹如此認為。

然而——

他馬上發現這樣的想法太過天真。

事情來得很突然，優樹等人正打算開溜，一個男人卻擋在他們面前。

身旁跟著讓人眼睛為之一亮的藍髮美女。

可是這名美女卻穿著很突兀的暗紅色女僕裝。

裡。

「──！」

「你們素什麼人？」

察覺危險的優樹停下腳步。

就算拉普拉斯問對方是何方神聖，這個男人也沒有回答。他一直看著優樹，根本沒把其他人放在眼裡。

「呵呵呵，既然你想要妨礙我們──」

站到前方的福特曼想要除掉那個男人跟美女，不料有人突然現身將福特曼壓制在地。

那是一名女性，身上穿著跟藍髮美女同款的暗紅色女僕裝。

她的頭髮是綠色的。

真實身分自然不用多說，就是不久之前在英格拉西亞王國暗中搞鬼的米薩莉。因為戴絲特蘿莎的出現中止作戰計畫，之後火速趕到這個地方。

既然米薩莉都跑到這邊了，由此可見藍髮美女的真面目就是萊茵。那麼她們追隨的自然就是在這個世界上不會有第二個的那號人物。

他就是魔王──金．克林姆茲。

人稱暗黑皇帝（Lord of Darkness），最強的霸主。

比血色更濃更深的紅色髮絲飄盪，閃著金銀色星光的鮮紅雙眸居高臨下看著優樹。

「嗨。我們應該是第一次見面吧。你該高興才對。因為我對你產生興趣了。」

金的視線牢牢鎖在優樹身上。

其他人根本入不了他的眼。

優樹看出這點，不知道自己該哭還是該笑。

當福特曼被米薩莉三兩下擺平，他就看出對方有多少實力。

應該說，眼前這三個人髮色各不相同，而且其中兩個人還穿著很特別的女僕裝。卡嘉麗——也就是卡札利姆，還有克雷曼，他們曾經提過一些人物，這三個人就跟那些人的特徵相符。

換句話說，站在眼前的這個男人立於世界頂點，就是優樹要追求的目標。

只要他的野心是征服世界，總有一天必須跟這個敵人對峙。

「這樣啊，你就是號稱最強的魔王金·克林姆茲吧。能見到你是我的榮幸。我的名字叫神樂坂優樹。沒想到你會主動過來找我，是打算跟我聯手嗎？」

優樹沒有被金的氣勢壓垮，笑著回應對方。

當然了，天底下沒有這麼好的事情。光看她們是如何對付福特曼，就知道金等人不可能跑來跟自己構築友好關係。

優樹明白這點，但還是跟對方親暱地搭話。

這是他特有的交涉技巧。

為了摸清對方的底、找出對方的目的，他才會說些莫名其妙的話，想要藉此試探對方的反應。

「啊——哈哈哈！你這傢伙還真有趣。對手可是我，居然有這麼大的膽量。這個提議或許不賴，但你好像是雷昂的敵人吧。再說了，你打算去東方對吧？我個人可不希望魯德拉那邊的戰力增加。」

交涉破裂。

反正一開始優樹就不覺得對方會接受這個提議。但是比起沉浸在遺憾之中，優樹更專注於咀嚼金那番話透露的訊息。

魯德拉是東方帝國——納斯卡．納姆利烏姆．烏爾梅利亞東方聯合統一帝國的皇帝之名。

照這樣聽來，金跟魯德拉有某種關係，雙方處於敵對立場。

（——所以要趁我們去東方會合之前除掉我們？雖然不是很想跟最強的魔王對上，但事情演變成這樣，大概也沒有別的辦法了……）

如此一來將無法避免跟金對戰。

他們沒機會逃跑。

在這種情況下，動什麼小手腳都沒用。

與其這麼做，不如盡全力挑戰金，那樣更有勝算吧。

優樹如此判斷。

「哦——算了，沒關係。既然我們是敵人，其實對我來說正好。將據點搬到東方之前，我可以試試最強的魔王有多少實力。」

這是優樹的答案，就像在挑釁金。

同時心底湧現一股興奮之情，讓優樹整個人都沉浸其中。他一直隱藏自己的實力，就在這一刻，優樹決定當著最強魔王的面全面解放。

他完全不認為自己會輸，就此與金對峙。

＊

優樹很有自信。

如果是一對一單挑，不管是什麼樣的對手，他都有信心打贏。

看到失控的克羅諾亞，他覺得這個敵人非常危險。

但最多就只有這樣。

只要自己認真起來對付，雖然會陷入苦戰還是有勝算。

然而現場還有明顯跟自己為敵的幾個魔王在。

有雷昂、魯米納斯。

還有那個好好先生利姆路，想必他也察覺優樹的本性了。

其實早在之前利姆路就看出優樹是敵人，這樣反倒對優樹有利。若是想裝傻利用利姆路，反而會中招吧。

優樹對此一無所知，但他想得沒錯，利姆路確實變成敵人了。

他再怎樣也沒自我感覺良好到自認能同時對付三個魔王和克羅諾亞。即使他沒有不祥預感，還是會決定從現場撤退吧。

不過，這次不一樣。

不祥的預感正是因為站在眼前的這個男人。

優樹明白了這點，決定盡全力度過這個難關。

「哦，你自認能打贏我？」

金笑得很開心。

「算是吧。反正我本來就打算在未來的某天打倒你，現在只是把預定計畫提前。」

看優樹這樣，萊茵和米薩莉散發殺氣。雖然很想殺掉對方，但是沒有主子金的允許甚至無法開口。

金是絕對的支配者，去擔心他的人身安危是大不敬。

金非常隨性，除非自己認可對方，否則下手可是毫不留情。

萊茵和米薩莉好不容易才讓他認可，若是惹他不快，大概會在轉眼間被他殺掉。金和她們的實力差距就是如此明顯。

拉普拉斯無法動彈。

被蛇盯上的青蛙──簡直就是在說這種情況。

如果想救福特曼，萊茵就會採取行動。人數上是四對三，可是雙方的實力差距太過懸殊，起不了半點安慰作用。

敵人若是只有萊茵和米薩莉，或許還能想辦法搞定，然而金一出現，他們就毫無勝算可言。

優樹要去挑戰金，看在拉普拉斯眼裡卻覺得有勇無謀。

（贏不了。窩們不素這傢伙的對手。那個克羅諾亞在實力上也跟窩們有天壤之別，但這個金‧克林姆茲可素如假包換的怪物。根本不素他的對手。也沒辦法逃走，老大能拚到什麼程度……就素生存關鍵──）

光是能窺見金的部分實力，拉普拉斯就值得讚許。

更厲害的是在這種情況下，他依然沒有灰心喪志，滿腦子想著要怎麼逃跑──這種精神韌性就是拉普拉斯的強大之處。

他也知道優樹很強。

不過，優樹的實力到什麼地步，就連他們這些夥伴都被蒙在鼓裡，究竟是不是對金管用也不得而知……

就算優樹打不過對方，拉普拉斯也打算救走福特曼，帶著蒂亞逃之夭夭。

優樹應該能看穿他的心思，順應時勢採取行動。拉普拉斯對優樹的信賴，讓他能這麼想。

問題在於萊茵和米薩莉也是非比尋常的高手。

對方可沒那麼簡單，能讓他趁機救走福特曼。拉普拉斯不敢輕舉妄動。

要想辦法救走福特曼——正為這件事煩惱，沒想到問題三兩下就解決了。

「喂，把那傢伙放了。」

這個時候金對米薩莉下令。

米薩莉哪有可能抗命，她馬上把福特曼放走。

（——還真從容。可素這樣一來窩們就有機會逃跑哩。）

拉普拉斯開始朝好的方向想，但事情似乎沒這麼簡單。

「放心吧。要是你打贏我，我就放你們走，不會傷你們一分一毫。」

金這番話聽起來很矛盾。

如果他們能夠打倒金，哪還需要他放行。

這串宣言讓人完全無法安心，拉普拉斯聽完覺得好憂鬱。就這樣，他一面祈禱優樹能夠贏得勝利，一面觀戰。

＊

率先採取行動的人是優樹。

知道魔法和技能都對自己不管用，優樹因此產生絕對的自信，無所畏懼的他朝金釋出踢擊。這記踢擊既鋒利又沉重，且變換自如。

原本瞄準敵人的腳踢過去，半路上卻突然改變軌道，一道漂亮的上段踢炸開在金頭上。

然而出現扭曲神情的人卻是優樹。

「嘖，居然硬成這樣。」

一面咂嘴，優樹嘴裡唸唸有詞。

他的「能力封殺」無人能敵，能夠貫穿敵方的所有防禦。照理說被他正面擊中的金卻不以為意地站在那兒。

看起來似乎一點也不覺得痛。

背後沒有動任何手腳。單純只是金的肉體硬度比鑽石還高。

這具肉體剛柔並濟，光是這點就足以構成威脅。金就是如此強大。

「好癢。這樣根本打不起來。要多替我找點樂子啊。否則我會把所有人都殺掉喔。」

笑著說完這句話，金的右手冒出火焰。

這是元素魔法「熱龍焰霸」——具指向性的灼熱火焰會變成一條龍，彎著長長的身軀撲過來，該魔法會將攻擊目標燃燒殆盡。

溫度高達數千度，區區人類會在瞬間消失炭化。

這條火龍纏上優樹的身體。

「白費功夫！魔法對我起不了作用——」

優樹喊完正想趁掉以輕心的金不備發動攻擊，一股冷顫卻讓他當場跳開。

「哦，你的直覺很敏銳嘛。」

此時金笑著說了這句話。

優樹根本沒餘力對金回嘴，他拚命在地上打滾，想讓火焰消失。

這確實是「能力封殺」作用的結果，優樹因此沒有被金的魔法傷到。然而在此同時，應該要立刻消失的魔法火焰卻持續燃燒。而且那不只是魔法火焰，還會像普通的火那樣燃燒氧氣。這樣下去優樹將會呼吸困難，被迫面臨致命狀況吧。

體感上覺得過了好長一段時間，但事實上只發生短短幾秒。因此優樹雖然沒有受傷，但他若是在沒有察覺的情況下持續攻擊金，肯定會吃敗仗。他對這點心知肚明，就算模樣狼狽也要先滅火。

而且照金的反應看來，優樹想到了一個讓他不敢置信的可能性。

他不願意承認，可是有必要確認一下。他不期望對方給他答案，一面起身一面問出心中的疑惑。

「──你為什麼沒進一步發動追擊？該不會是想堂堂正正跟我比試吧？」

「啊哈哈，說什麼傻話。剛才你也注意到了吧？我已經發現你那身力量背後的祕密了！」

「……」

果然是這樣──優樹苦澀地想著。

他的「能力封殺」無所不能，不管碰到什麼樣的力量都能抵銷。可是碰到魔法跟技能融合的技藝，沒辦法同時抵銷兩種性質。

這是唯一的缺點，也是弱點。

此外，不管優樹多麼努力提昇身體機能，畢竟還是人類。可以靠抗體對抗毒素，但是沒有氧氣就活不下去。

人類──有生命的東西都有這個弱點，如今優樹意識到自己處於劣勢。

金悠悠哉哉地站著。

「在我認識的人裡面，有個傢伙能完美抵銷魔法，可是打起來還是我贏。這是因為那傢伙無法抵消魔法以外的東西。而且就我所知，世上沒有任何方式能完美防禦這個世界的物理法則。若是針對某一點強化，一定會有其他地方出現破綻。但你似乎不只能抵銷魔法，好像還能對付技能是吧──」

金垂眼望著優樹，並沒有進一步攻擊，光顧著講述自己的看法。會有這樣從容不迫的態度全都經過精心計算。

因為金要殺死優樹很簡單。

可是這樣不好玩，所以金要打擊優樹的自信心，讓他在絕望之中承認自己敗北。

他已經徹底解析優樹的體質了。

第一次發動攻擊的時候，金就看穿優樹的特異體質，就連對策都想好了。

就算優樹能抵銷魔法和技能好了，只要他是人類，打倒他就易如反掌。

人類很脆弱。

那身脆弱的肉體處處是弱點，甚至用不著苦思殺死人類的方法。

再說優樹和金的基礎身體機能也有頗大差距。

剛才優樹踢過來的時候，金只留下一個小小的「結界」進行防禦，結果對方的攻擊對他來說甚至不痛不癢。

至於魔素量，去比較甚至令人感到可笑。金足以跟「龍種」匹敵，當優樹一抵銷魔法，他可以馬上重新發動魔法，這樣一點都不難。

「單只是把人殺掉，那我就不用特地來這裡了。我難得來一趟，你可要替我找點樂子。」

正因為這樣，金才傲慢地挑釁優樹。

他要把對方逼入絕境，讓優樹全力以赴，然後再把他打得落花流水。

優樹很清楚金在想什麼。

但他沒辦法回嘴。

臉上表情少了剛才那份從容。他開始仔細分析戰況，去想該如何突破這次的難關。

他那顆舉世無雙的天才腦袋已點明雙方實力差距大到令人絕望。可是優樹沒有放棄，正在摸索各種可能性。

唯一的轉機就是讓金小看他們。

（也對，雙方的實力差距大成這樣，被看扁也情有可原。不過，那傢伙未免太過傲慢。）

優樹還有其他殺手鐧。

那就是與生俱來的超能力，以及從瑪莉安貝爾身上搶過來的「貪婪者」。

再加上「創造者」。它可以因應當下情況創造出必要的能力，有了「創造者」將能度過這次的危機。

（還能殺我的時候不殺，算你失策！）

重新調整呼吸後，優樹再次跟金對峙。

「只不過是看出我的一點能耐罷了，現在得意還太早。」

並非自己輸不起，那些都是真心話。

若是對方氣到失去冷靜，就更容易犯錯。優樹看準這點才出言挑釁。

耍弄這些小手段的同時，優樹讓自己的力量竄遍全身上下。平常他總是壓抑這股力量，這時卻集中精神蓄力，靠自身意志力改造肉體。

從人類變成「仙人」。

接著又變成「聖人」。

讓自己的肉體進化，來到比日向更高的境界，優樹從此不用再呼吸。

完完全全的「聖人」等同精神生命體。日向還被囚禁在肉體之中，但優樹已經來到更高的境界。

因此他根本不需要呼吸。

捨棄人類的弱點，大幅提昇其存在力。若是將目前身上的能量換算成魔素，足以跟雷昂或魯米納斯匹敵。

然而金還是不為所動。

「真掃興，你盡全力就只有這樣？就靠這點能耐，跟我打個一百次也不可能打贏我。」

他依然那麼悠哉。

「大概吧。既然這樣，你就好好陪我玩一場吧！」

優樹這句話點燃戰火，他們又開始戰鬥。

緊接著──

優樹總算知道金為什麼被稱為最強的霸主。

＊

現場籠罩在一片絕望中。

躺在地上的人是優樹。

面對金壓倒性的實力，優樹的攻擊沒有一樣起到作用。

就算賣弄計策也沒用。

他花時間凝聚最大的力量發動攻擊，卻無法傷金分毫。

「可惡，畜生——！」

優樹連重新站起來的力氣都沒了。最多就只能咒罵金。不過他到現在還是沒有心灰意冷，光這點就值得讚許了吧。

拉普拉斯連眼睛都沒眨，將這場戰鬥深深地印在腦海裡。

（太離奇哩。不素老大太弱，素金太過強大……）

優樹的強超乎拉普拉斯想像。

他運用奇怪的力量——也就是超能力，試著對金使出各式各樣的戰術。

例如射出石塊、噴火、重壓、釋放精神干涉波。但這些都被輕鬆化解。

利用超乎常人三十倍以上的身體機能，以超越每秒一百公尺的速度發動攻擊，對金來說卻等同兒戲。

除此之外，優樹的主要防禦手段「能力封殺」也沒有例外，再也不能癱瘓金的魔法。

「那招已經對我沒效啦。」

就如金這句話所說。

看樣子金已經透過某種手段成功突破「能力封殺」。這件事令人不寒而慄。

卡札利姆和克雷曼也曾對優樹等人提過十大魔王的事。他有聽說金跟蜜莉姆特別強大，但沒想到差距如此懸殊，想必連他們本人也沒發現吧。

否則他們怎麼可能認可征服世界這種異想天開的點子。

（這就素所謂的天災級嗎……）

事到如今拉普拉斯才發現世上有些敵人絕對碰不得。

他自己也對夥伴隱瞞實力。可是對手換成金這個魔王，就算有那種實力也沒意義。

金的實力跟他們就是差這麼多。

甚至找不到下手的機會。就連實力確實在拉普拉斯之上的優樹也不例外，就像個小嬰兒，束手無策地趴在地上。

事情演變成這樣，如今要活著回去比登天還難。

必須有人做出犧牲——拉普拉斯已經有了這份覺悟，他就像平常那樣擺出吊兒郎當的態度，踏出一步來到金面前。

「真不愧素魔王金大人。窩們『中庸小丑幫』什麼生意都接、什麼買賣都做，只素因為這樣才被老大僱用。窩口中的老大就素那邊那個優樹。既然現在老大輸哩，那窩自然沒有追隨他的道理——」

「——！」

「拉普拉斯，你在說什麼——」

拉普拉斯假裝自己不重情義背叛夥伴。他不是很清楚金的個性，但是聽說非常任性又傲慢。

對弱者完全不感興趣，除非被金認可，否則其他人甚至不許跟他說話。

用這種態度對待那個金，拉普拉斯肯定會被殺掉。不過，到時他的注意力一定會放在拉普拉斯身上，只要利用這個短暫的空檔，優樹就有可能逃脫，拉普拉斯想賭賭看這個可能性。

不會背叛夥伴，而且絕不背叛委託人——這是「中庸小丑幫」的鐵律。

正因為這樣，優樹一定能察覺拉普拉斯的真實想法。

福特曼性子太過急躁，而且思慮不夠周全，可是這個男人很為同伴著想。

蒂亞明明比克雷曼還強，卻因為太過膽小，沒有把實力徹底發揮出來。

雖然這兩個人有容易得意忘形的壞習慣，但是可以把他們放心交給優樹。拉普拉斯如此認為，才決定犧牲自己。

「窩能幫上金大人您的忙。所以說，好歹放窩一條生路唄？」

拉普拉斯大言不慚地做出背叛宣言。

福特曼和蒂亞一臉困惑，金則像是看到什麼有趣的事情，嘴邊浮現一抹笑容。

（太好哩，這下一定可以把金惹毛！）

拉普拉斯也不打算自找死路。

雖然對手是金希望渺茫，但還是有機會保住一命。因此他毫不猶豫，打算將接下來要講的話說出口。

然而都還來不及把話說出——

「啊哈哈，你就別勉強了，拉普拉斯。真是的，我就這麼靠不住？」

有人搶先說出這句話，是搖搖晃晃起身的優樹。

…………………………

………………

……

優樹已經做好心理準備，知道自己可能會死。

但此時此刻，他心裡無比憤慨。

對沒用的自己感到火大。

聽到拉普拉斯這麼說，他就更生氣了。

拉普拉斯不可能背叛自己。也就是說，他說那些話都是在演戲，對於落得這般狼狽下場的自己，他仍然選擇相信，優樹已正確解讀拉普拉斯的想法。

對此，他一方面開心，同時又覺得歉疚。

（要是我有更強大的力量就好了——）

沒有刻意去想，優樹心裡自然而然浮現這個想法。

照理說不會有人回應他的想法。

可是就在這一刻，優樹心中出現一個反應。

《——你想要力量？那就跟我聯手吧。》

優樹在心裡困惑地「啊？」了一聲。

還以為是幻聽，可是這個聲音未免太過真實。

《只要跟我交換，你就能得到最強的力量。你的願望是征服世界，只要跟我聯手就能輕鬆達成喔。來吧，快做出決定——》

聽那聲音說到這邊，優樹心裡一陣不快。

（你閉嘴。我就是我。如果是借用夥伴的力量就另當別論，可是借用陌生人的力量達成野心，我才不屑做這種沒品的事！）

如此這般，優樹斬釘截鐵地拒絕。

沒錯，個人野心就是要靠自己親手達成才有意義，優樹也有他的堅持。

《……》

那道聲音頓時陷入沉默，似乎對此感到困惑。

那聲音就算消失不見也不重要，優樹馬上將思考重點擺到別的事情上。

眼下情況令人絕望，但有件事讓他在意。要說在意的點是什麼，那就是優樹覺得金似乎另有目的。

的確，其中一個理由就是金想要享受戰鬥樂趣吧。可是除此之外，背後一定還有其他理由。

剛才金確實說過「不希望魯德拉那邊的戰鬥力增加」這類話語。反過來說，若是他們不去投靠魯德拉，沒有加入東方帝國，金就不需要殺掉優樹等人——優樹如此解讀。

要說金現在為什麼沒有立刻把優樹殺掉……

（真是的，硬碰硬完全不是他的對手，但接下來比的是腦力。可是，比起讓拉普拉斯擔起苦差事，這麼做勝算更大！）

用這些話自我鼓勵，優樹重新站起。

……………

…………

……

將瀏海往後撥，就算處在這種情況下，優樹依然露出玩世不恭的笑容。

「真沒想到你這麼強，在我計算之外，但是跟你對打之後發現一件事。那就是你不打算殺我們吧？」

「哦，為什麼這麼想？」

「若是你有那個打算，我們早就被殺個精光。你反覆發動攻擊，每次都讓我遊走在死亡邊緣，這是什麼意思？」

就像這樣，只見優樹自信滿滿地質問金。

做這種事未免太過魯莽。

金展現如此強大的力量，優樹居然敢那樣對他——大家心裡都這麼想。

只不過，金本身依然表現出饒富興味的態度。

「你發現了啊。但是你不需要知道答案——」

金如此回應，表示他不打算透露自己的想法。

優樹聳聳肩，他早就料到對方會這麼回答。所以他不慌不忙，繼續出下一招。

「那我想跟你做個交易。」

「你要做交易？」

「對。若是你放過我們，我們會對你有些助益。」

「會對我有些助益？」

「沒錯。你好像不希望我們加入東方帝國，但我希望你稍微改變這個想法。」

「繼續說吧。」

「既然我們的目的是征服世界，總有一天也會跟帝國對上。我現在已經切身體會你的強大力量。目前當然不想跟你為敵。照常理講會想先毀掉帝國吧？」

優樹這番解說讓人不禁納悶他在鬼扯什麼。

福特曼和蒂亞有聽沒有懂。

拉普拉斯對眼下狀況也覺得一頭霧水。

他準備帶著必死的決心發動剛才那項計謀，卻被唯一的希望——也就是優樹本人毀掉。事到如今，只能把一切全都寄託在優樹的交涉上。雖然他是唯一的寄託，可是聽到這串天不怕地不怕的話，拉普拉斯背後可是冷汗直流。

（太亂來哩。明明就素歪理，為什麼金一副樂在其中的樣子？）

沒錯。

聽到優樹說出這種話，不知道為什麼，金面帶笑容。

「你打算繼續挑戰我？」

「那是當然的吧。我的野心可是征服世界。目前看起來毫無勝算可言，但總有一天要超越你。」

儘管渾身是傷，光是要站著就很吃力，優樹還是桀驁不馴地放話。

惹金不快會被殺掉——優樹似乎完全沒去想這件事，依然大言不慚。

對象是金，用這樣的態度面對是正確選擇。

若是難看地求饒，對方馬上會失去興趣。那樣一來就只有死路一條。

優樹並不知道這件事，在這種情況下做出最正確的選擇。

「若是你們扳倒帝國，對我有什麼好處？」

那是這次交涉的重點，優樹開始步步為營。

接下來，他正面回看金的雙眼，強而有力地頷首。

「當然有好處。我不知道原因是什麼，但你好像不希望帝國連西邊都併吞。是這樣沒錯吧？」

「……」

金跟帝國皇帝魯德拉肯定有什麼糾葛。

關鍵點就在這裡，優樹一面虛張聲勢，一面大力遊說：

「我要打倒的敵人很多。確實想去加入帝國，但沒有要任他們使喚。而是要從內部蠶食鯨吞，為了我們的目的利用對方。」

「哦。原來如此，你的目的跟帝國一致的這段期間會助他們一臂之力，但之後就不一定了。而且你還要借用帝國的力量打倒雷昂，還有利姆路那傢伙吧？」

銳利的目光似乎已經看穿一切，金就這樣盯著優樹瞧。

優樹則是一言既出駟馬難追。

他不清楚金跟雷昂的關係，也不知道金是怎麼看利姆路的，甚至無法預測自己說出那些話會讓對方做何反應。

即使如此，優樹還是刻意表述自己的野心。

「就是這樣。我要稱霸全世界，最後要打倒的就是你——魔王金．克林姆茲。」

從頭到尾口氣都很大，優樹把自己想說的話說完。

剩下的就看金如何判斷。

（就算照拉普拉斯的計策走，最後所有人還是會被殺掉吧。抱歉，要讓你們配合我的計畫。）

優樹在心裡向夥伴們道歉。

看是要全贏，或是全軍覆沒。

優樹很貪心。

若是要活著，那就大家一起活——這樣的賭注風險實在太高。

不過，優樹賭贏了。

「你們叫中庸小丑幫是嗎？啊哈哈，你這個傢伙真的很像小丑。將這場遊戲的局勢弄到一團亂，就跟鬼牌沒兩樣。聽起來還不錯，這個提議挺有趣的。看在你膽子這麼大的份上，這次就放你們一馬。」

到最後還是不曉得金的目的是什麼。

可以確定的是優樹等人保住性命。

面對金的決定，萊茵和米薩莉沒有異議。正如金所宣言，優樹等人平安逃離現場。

＊

等金一行人離去，優樹他們來到跟卡嘉麗等人約好會合的地方。

雖然覺得現在應該已經沒事了，但大家都認為應該早點離開這裡。

一看到卡嘉麗出現在會合地點，拉普拉斯就朝優樹開口：

「你未免太扯哩吧，真讓人不敢置信。居然對那個怪物魔王金畫大餅……」

等拉普拉斯說完，蒂亞也接著說：

「而且我們還順利逃脫。人家原本以為這次會完蛋。」

「呵呵呵。我從一開始就對老大有信心喔。」

你只是都沒在用腦子吧——拉普拉斯對福特曼吐嘈這句，優樹用眼角餘光看著這一幕，看似疲憊地癱坐在地上。

「我也逼不得已啊。這或許是唯一能讓我們逃過一劫的方法。而且最後就像這樣，那個方法成功了，我可不接受抱怨。」

比起在戰鬥中受的傷，精神上更加疲勞。因此優樹似乎不想再繼續爭辯，他躺在地面上呈現大字型，將眼睛閉上。

卡嘉麗根本不知道發生什麼事了，拉普拉斯和蒂亞出面解釋事情原委。

「你、你們跟金作戰——！虧你們幾個能平安無事回來……」

卡嘉麗驚訝地大叫。

她的語調轉為傻眼要不了多久時間。

（啊，活著真是太好了。）

感受撫過臉頰的風，優樹如此想著。

這時他突然想到一件事。

剛才跟人打到一半突然聽見謎樣聲音，那個究竟是什麼？

（是我的另一個人格？這怎麼可能，未免太扯了。不對，等等？雖然不覺得我體內藏有其他力量，但能想到的可能性就只有一個。）

優樹想起最近得到的力量。

那就是獨有技「貪婪者」——如果是這個技能，當自己的欲望愈來愈大，它也會獲得更強大的力量。跟金對戰的時候，優樹出的每一個招式都傷不了他。當然也包含最強的大罪系技能「貪婪者」。

（這個「貪婪者」也是個謎，技能與魔法總是人外有人，天外有天。金用魔法突破我的「能力封殺」，必須參透其中的道理……）

優樹對自己有十足的自信，所以被金輕輕鬆鬆攻破讓他大受打擊。可是他不會因此放棄。

既然已經像這樣平安無事存活下來，他必須思考接下來的對策。很快就能切換重點，這才是優樹最厲害的地方。

他曾自負自己獲得超越魔王的力量，是天底下最強的人。

不，就算不是最強的，只要多加研究並擬定對策，不管面對什麼樣的對手都能打贏。

有這樣的力量當靠山，再加上卡嘉麗和拉普拉斯等人的協助，他成功構築一股強大的勢力。

一切都進展順利。

可是最近卻接二連三失敗。

除此之外，這次跟金交手讓優樹的自信心徹底粉碎。

話雖如此，那已經算是僥倖了。

——事情開始變得非常有趣了。遊戲這種東西，果然難度愈高愈好玩——

就是這樣，優樹並沒有因此遭受挫折。

而且他更進一步思考。

話說金的能力，就算用優樹的「創造者」也難以判讀。

獨有技「創造者」很特殊，甚至能夠創造技能，就算對方用的是獨有技也能立即解讀。

雖然前提是對方必須使用那些技能，但是優樹相信任何人都無法在這項能力下有所隱瞞。

可是它對金卻起不了作用。

這表示對方的能力在獨有技之上。

優樹渴望力量。

想要更強的力量，能夠戰勝金的力量。

在他內心深處，欲望的火焰正熊熊燃燒。

（這麼說來，我的「貪婪者」也有機會進化。我比任何人都要來得貪婪。若是對它灌注那些欲望——）

想到這邊，優樹就興奮到渾身發抖。

他開始思考。

敗給金讓他想到這個世界有多少不公平。

他要與之對抗，贏得勝利。這正是優樹的願望。

閉上眼睛，他跟自己內心的聲音面對面。

前往內心深處，來到更深的地方，去到位於深淵的盡頭。

優樹專心注意各個角落。

《想要跟我聯手了嗎？》

——不，並沒有呢。

《那你的目的是什麼？》

——我要找你辦點事情。

《有事找我？》

——沒錯。我想接收你的力量。

《別開玩笑了。》

——沒有在開玩笑，我是認真的喔。

《在說什麼傻話——》

——抱歉，你太礙事。

《——！》

緊接著下一秒，就像要涵蓋心裡的每個角落，優樹在腦裡勾勒那個願望。

渴望實現他真正的野心，成就那個霸業。

不受任何人左右，將強韌的意志當成武器。

優樹在挑戰自我。

在那之後——「世界之聲」響起——

《確認完畢。條件滿足。獨有技「貪婪者」進化成究極技能「貪婪之王瑪門」。》

這時優樹睜開眼睛，露出傲慢的笑容。

「我會好好利用你的力量。」

接著他喃喃自語，聲音小到沒有任何人聽見。

這天，就在這一刻、在這個地方。

最邪惡的魔人誕生了。

ROUGH SKETCH
左眼 閉著
臉
光澤
拉普拉斯

第一章

軍靴的踏步聲

Regarding Reincarnated to Slime

音樂交流會結束當天，我們回到自己的國家。

前來充當護衛的威諾姆等人、塔克多一行人都沒有受傷，大家平安無事。

至於迪亞布羅保護的孩子們，我讓他們休息一個星期。他們並沒有受傷，但這是為了以防萬一。

訓練跟實際戰鬥的差異似乎讓他們印象深刻，讓他們少了平常該有的朝氣。他們可能受到心靈創傷，所以我要大家好好休息。

魯米納斯跟雷昂這邊，我們打算改天再開會討論。

要在哪邊開會一度爭執不下，最後決定於魔國聯邦首都「利姆路」召開。

魯米納斯治下的魯貝利歐斯忙著重建，至於雷昂的領土黃金鄉，那邊似乎出大事了，沒餘力招待其他國家的重要人士。

我國魔國聯邦目前在這方面沒什麼問題，也找不到拒絕的理由。

反正我們這邊已經有兩名魔王在了。

想到那個長著翅膀的妖精，還有懶洋洋的貴公子迪諾，我就答應魯米納斯和雷昂。

時間來到隔天。

都還來不及放下腳步安頓，那兩人就匆匆跑來。

看樣子雷昂曾經回國一趟，做好準備才過來。我心想他們兩個未免也太猴急了吧，但是魯米納斯跟雷昂都想先交換情報。

關於這次事件，我也想跟他們兩人詢問一些事情。因此我沒有意見，決定順他們的意。

我們來到最豪華的接待室集合。
現場有我、魯米納斯和雷昂。
既然要跟其他魔王一起開會，那我也不能表現得太寒酸。

來參加會談的人都跟這次事件有關。
我們決定先統整情報，再看跟克蘿耶有關的信息要對外公開到什麼程度。
由於事關重大，大家最好也對自己的部下隱瞞這件事——關於這一點，我們幾個心照不宣。
來看我國，參加會議的人有紫苑、迪亞布羅和維爾德拉。
說真的，我不想讓維爾德拉參加。反正開到一半八成就膩了，所以我希望他乖乖待在自己的房間玩，但是不知道為什麼，他強力主張：「我不參加怎麼說得過去！」
既然他都說到這個份上了，我只好心不甘情不願地放行。
照理說紫苑應該身受重傷，沒想到卻在轉眼間恢復。這點讓我重新體認到「超速再生」果然是很可怕的技能。
現在她正跟迪亞布羅並排站在我背後。
日向坐在魯米納斯隔壁，路易和岡達在兩人後方待機。
雷昂後方也有兩名騎士直挺挺地站著——分別是阿爾羅斯和克羅多。
最後是主角克蘿耶。她已經變回孩童模樣，但我想當成大人看待也沒關係。
這裡有一張長方形的桌子，還準備六張個人用的沙發。
我跟維爾德拉並排坐在一起，對面是日向和魯米納斯。雷昂跟克蘿耶面對面坐在主位上。

就這樣，臨時魔王會談就此展開。

＊

首先要請克蘿耶親口說明。日向也從旁幫腔，解釋那個時候究竟發生什麼事。

一般而言那些話實在讓人難以置信。不過，我曾經親身體驗那片心靈風景，所以一下子就接受這些說法。

「——就是這個樣子，有日向跟利姆路先生幫我，讓我順利脫離『無限輪迴』。」

說明到這邊，以克蘿耶的一句話做結。

人們全都擺出欲言又止的表情，並且觀察周遭的反應。

在這樣的氛圍下，有人不懂察言觀色，維爾德拉率先起頭。

「也就是說封印我的『勇者』是——」

那種事根本不重要啦。

雖然我這麼想，日向卻對這句話有反應。

「就是我。這下我們兩個人都是一勝一負了。這樣不是很好嗎？能夠嚐到戰敗的滋味。」

「什、什麼——！」

「哎呀，莫非你有意見？既然這樣，要我跟你一決勝負也行。」

「咕唔唔唔，那好！既然妳都這麼說了，就讓妳見識我真正的力量——」

這樣下去會都不用開了。日向平常都很冷靜，但不知道為什麼，一遇到維爾德拉就變得很幼稚。

看樣子我只能跳出來當仲裁了。

「好了，到此為止。」

等下次只有你們兩個人的時候再談這個議題。

「日向，教育那隻蠢龍是一件至關重要的大事。若是妳真的要動手，妾身也會幫忙，妳一定要告訴妾身。」

魯米納斯小姐拜託別火上加油。

既然事情變成這樣，那我就改變話題。

「總之最後結果是好的就好啦。還有一件事情讓我很在意，就是我好像被人殺掉了對吧？那果然是帝國的人做的？」

對我來說，這個問題更重要。

目前帝國那邊動向可疑，假如他們真的要跟我國為敵，那我們就必須保持警戒。

「大概是吧。除此之外，殺掉日向的應該也是同一個人。帝國那邊似乎有非常厲害的高手在，或者他們派出好幾個人對付你們，不過貫穿日向的閃光就連我都看不見。」

原來是這樣，對方連日向都能殺掉，就算殺死還沒進化成魔王的我也不奇怪。

「我現在已經進化成魔王了，但是看樣子還是小心一點比較好。」

雖然是另一個時間軸的事，但對方曾經打倒過我，會下意識防範呢。既然要跟帝國為敵，還是要多加小心。

「我也覺得這樣比較好。帝國比利姆路先生所想的還要危險。利姆路先生被殺後，維爾德拉先生開始作亂，將他擊退的也是帝國。」

跟維爾德拉對決到一半，日向被人殺害，克蘿耶則回到過去。後來的記憶只剩下一些克羅諾亞的零碎片段記憶。

話雖如此，失控的維爾德拉跟克羅諾亞發生激烈衝突，趁機動手的似乎八九不離十就是帝國。

我們親眼見識過克羅諾亞的力量，光是能介入那場戰鬥就代表對方身手十分了得。也就是說，帝國可能擁有相當龐大的戰力，大到出乎我們意料。

不只是我，魯米納斯和雷昂似乎也這麼認為。

大家都對帝國燃起危機意識。

在這片沉重的氣氛中，維爾德拉接下來發表的看法根本搞錯方向。

「真是不敢相信我居然會失控。」

他說話時一臉得意。

聽到這句話，大家的反應就像在說「這傢伙在亂講什麼啊」。

能夠在這麼嚴肅的氣氛中耍白痴，維爾德拉也真是——

「等等！為什麼用那種眼神看我？像我這樣的紳士怎麼可能失控亂來！」

不對，我說啊。

聽說你很久以前曾經大肆搗亂，你那個時候八成也是任性妄為吧，這點大家都不難想像耶。

好吧，或許是復活後發現我被人殺掉才勃然大怒吧。

想到這邊，我覺得有點開心。

「好啦，別激動，我們就當事情是那樣吧。」

腦裡想著那些，我心裡有點暖洋洋的，決定安撫維爾德拉。

「帝國很危險」——那部分的事就說到這邊。

接著要談克羅諾亞的記憶，看克蘿耶能想起多少。

維爾德拉被帝國打倒後，世界大戰爆發。

東西兩邊發生戰爭，戰況對帝國愈來愈有利。

就在這個時候，蜜莉姆展開行動。

我的死成了導火線，讓她對帝國萌生敵意。此時金出面干涉，最糟糕的一場戰役——蜜莉姆對金再度重演。

達格里爾和魯米納斯也發生軍事衝突，戰火因此擴及整個世界。

後來克羅諾亞因為跟某個人作戰丟失性命。

她衝向各大戰場，只要還有一口氣在就持續作戰。她身上只剩下一個想法，就是要「毀滅一切」，聽說克羅諾亞不分青紅皂白看到強者一律殺無赦。

因此不記得自己是被誰殺掉……

「能夠打倒那個克羅諾亞，這樣的人不多吧？」

「應該是金。」

「只有金能辦到吧。」

聽到我的呢喃，魯米納斯和雷昂立刻做出回應。

我也這麼認為。雖然不曉得金跟蜜莉姆的對決鹿死誰手，但是要殺掉克羅諾亞，除了金沒有第二人選吧。

只不過，不清楚金為什麼要殺克羅諾亞，或許不是他也說不定。

「那麼，克羅諾亞為什麼會喜歡我？」

聽完克蘿耶所說，我還是覺得自己跟克羅諾亞沒交集。

克羅諾亞在我死後才復活，那她根本不認識我吧。

雖然是這樣，但不管怎麼看都覺得克羅諾亞很喜歡我。我這個人又不遲鈍，好歹能發現這點。

如今回想起來，一開始就是那個樣子。為了克蘿耶召喚她的時候，一看到我就又親又抱。當時還想我們兩個不是初次見面嗎？但我猜克羅諾亞會這麼做應該有什麼理由吧。

「那是因為——」

『因為利姆路曾經幫助我。在未來的世界裡，我一直在作亂，拯救我的人就是你。』

當克蘿耶話說到一半，克羅諾亞繼續接著說。

「搞什麼嘛，是我要解釋耶！」

『有什麼關係，只是一點小事罷了。反正我就是妳，實際上都一樣吧？』

看在其他人眼裡只會覺得克蘿耶一人分飾兩角。看樣子克蘿耶只要疏於防範，克羅諾亞就會加進來插嘴。

但這種事情習慣就好。

接著克蘿耶和克羅諾亞開始交替講述。

克蘿耶——應該說是根據克羅諾亞的記憶顯示，未來的我並沒有真正死去。我確實被帝國打倒，但之後似乎順利復活。

也是啦。

我就算了，但進化成智慧之王拉斐爾大師的「大賢者」做起事來滴水不漏。似乎花了一段時間，不過還是成功讓我活下來了。

話雖如此，世界局勢出現重大改變。

維爾德拉消失，魔國聯邦毀滅。

東西兩側爆發大戰，魔王之間也出現激烈的角力鬥爭。

唔——不難想像當時我有什麼樣的心情。

畢竟我就是當事人。

如果是我，肯定會拚命尋找生還者。就算沒辦法拯救所有人，至少也要救出我認識的人。

後來我發現克蘿耶，也就是克羅諾亞。

克羅諾亞的記憶只剩下一些片段，不記得最重要的部分。不過，還是記得大致上的過程。

遇到克羅諾亞後，我們交手好幾次，最後才成功讓她恢復理智。

然而這個時候，世界局勢已經確定了。

『就跟大家猜想的一樣，我有跟金作戰。不記得事情怎麼會變成那樣，但我確定當時利姆路不在。後來我快要死掉的時候又被利姆路抱住，回過神發現彷彿看見以前的利姆路跟自己，也就是克蘿耶。』

關於金的事情，我只覺得果然不出所料，並未感到驚訝。

比起這個，我更好奇克羅諾亞死掉的時候發生什麼事……大概是她發動「時空旅行」吧。

可是光只有這些，還不足以驅使她回到克蘿耶待的時空。也有可能是我做了什麼也說不定。

「那個時候我已經進化成魔王了？」

『已經進化了。遇到我的時候，利姆路已經變得比現在還強了。』

呃，那種事情光用看的就知道？

我想目前自己已經夠強了，但是克羅諾亞也不至於誤判對手的力量。這麼一來，因失去同伴八成使我相當亂來。

不過，那些都跟現在的我沒關係，然而背後還有一個帝國。我還是朝好的方向想，知道自己之後還有進步的空間。

總之這些先擺一邊。

既然她說比現在的我還強，那「大賢者」肯定進化成「智慧之王拉斐爾」了吧。

也就是說，讓克羅諾亞的精神和記憶飛到年幼克蘿耶的身上——我若是做出這種不可思議的事也沒什麼好奇怪。

《……》

呵呵呵，大師無法否認。

這下大概就知道未來有發生一些事情。

「總之最後的結果還ＯＫ。」

「說這種話也太隨便了吧。」

「別這麼說嘛。反正克蘿耶就像現在看到的這樣，人平安無事，維爾德拉也已經復活了。只要我們好好看著這兩個人，就不用擔心他們會失控。如此一來，剩下的問題就只有帝國吧？」

日向斜眼瞪我，我則帶著爽朗的笑容回應。

「就是這樣。假如達格里爾攻過來，再由妾身對付。畢竟是你救了克蘿耶，就讓妾身稍微聊表謝意吧。」

看來魯米納斯跟克蘿耶真的很要好，救了克蘿耶的我行情都高到形同股票漲停了。多虧這點，往後雙方似乎能維持比之前更好的關係。

我原本還在擔心達格里爾的野心。這方面的事情，魯米納斯願意包辦。都不用我開口拜託，魯米納斯已經答應要守護西方世界。

其實西方諸國原本就算是在魯米納斯的管轄範圍內。雖然某些地區會跟金的人馬起衝突，但那些對金來說就像在玩遊戲。魯米納斯似乎看開了，認為在意那些也沒有意義。

更大的問題是達格里爾，魯米納斯好像一直保持警戒，就怕哪天雙方開戰。

「聽起來我們未來還是會開戰，若是帝國有所行動，他很有可能順勢出兵。」

雖然魯米納斯這麼說，但我還是抱持疑問。

「不過，達格里爾的兒子們也跑來這個國家暫住喔。他應該不會輕易訴諸武力吧。」

我個人認為達格里爾會採取行動，背後應該有什麼理由。

「啊？你說達格里爾的兒子們也在這裡？這是真的嗎？」

「是真的。他們現在變成紫苑的部下，正努力接受訓練。」

「是的。雖然這些傢伙功夫還不到家，但最近已經變得較像樣了。為了獎勵他們，我有請他們吃親手製作的料理，結果他們喜極而泣喔。是群可愛的傢伙。」

聽我那麼說，紫苑一派正經地接話。

我很懷疑他們真的是喜極而泣嗎？

自己心儀的女孩親手做菜給他們吃，他們應該很高興吧……但前提是那些東西能夠讓人下嚥。不，只要能夠忍受外觀和口感，紫苑的料理還是能吃。

那應該就沒問題了吧。要是他們本人都沒抱怨，這問題也不是我能插手的。就這麼辦。

聽到達格里爾的兒子們都待在這個國家，魯米納斯一臉錯愕。但這些事情只發生在一瞬間，她馬上找回平常的步調。

「看樣子似乎是真的。這麼說來，達格里爾那傢伙也中了某人的計——不，那些都是未來的事情，這樣講有點奇怪。應該說他有可能中了別人的圈套。」

魯米納斯邊想邊說。

未來會發生戰爭，但是目前還一片和平。

話說達格里爾想要擴張領土的野心，背後應該有什麼理由吧。以前在魔王盛宴遇到他的時候，他感覺不是什麼大壞蛋。下次再去跟達古拉他們打聽看看。

若是這其中有什麼問題，我可以跟他們商量。如果坐下來談就能解決，總比發動戰爭要好得多。

「關於這方面，我們這邊也會試著調查看看。」

「那就拜託你了。妾身也不想無故挑起戰爭。」

有關達格里爾的事，我們決定等待今後的調查結果出爐。要是他隨著帝國採取行動就麻煩了，為了以防萬一，我也請魯米納斯保持警戒。

路易和岡達紛紛點頭，表示這件事情能放心交給他們去辦。

「再來就是金這邊……」

「那邊就讓我去說吧。」

為了今後可能會發生的事去找金抱怨也沒用，但我還是有點擔心。乾脆也跟他說明事情原委，這樣比較妥當吧。

雖說要講到什麼地步，這點也令人苦惱……

「畢竟金是『調停者』。雖然現在的我沒把他放在眼裡，但是很久之前我好像被那傢伙滅掉。總之那些事情我都不記得了，所以這件事就不算數啦！」

這時維爾德拉突然冒出那句話。

讓人不知道該從哪開始吐嘈，又該怎麼吐嘈才好。

金是「調停者」，這話什麼意思？

沒想到以前金有跟維爾德拉對打，而且維爾德拉還被人滅掉。

那些事情我是第一次聽到。

附帶一提，因為不記得所以輸的事情就不算數，這些就算拿來當小孩子說的藉口水準還是太低，可是把這些話說出來，維爾德拉好像很可憐，就別講了吧。

「哦，在妾身看來，金曾經做過很棒的事呢。」

「『調停者』是嗎？的確，金不是人類的夥伴，但他也不是人類的敵人。未來之所以會殺了克羅諾亞，那是因為他擔心不去管『只想破壞一切』的克羅諾亞，世界可能會毀滅，這樣的推測算是合理。」

雷昂出面做出結論。

「『調停者』究竟是什麼？」

大家都懂他的意思，只有我一個人還反應不過來。我毫不猶豫地提出問題，魯米納斯則解釋給我聽。

「所謂的『調停者』，那是有別於『勇者』或『魔王』的另一套機制。目的在於防止這個世界毀滅，

據說是造物主『星王龍』維爾達納瓦的代言人。」

「就是這麼一回事。我的哥哥『星王龍』維爾達納瓦會這樣制定，就是不希望好不容易創造出來的世界毀滅。」

原來如此。

因為維爾德拉想要毀掉這個世界，才會被人滅掉吧。

這下我完全明白了。還順便確認一件事，那就是「龍種」真的會復活。我很懷疑維爾德拉真的有失去記憶，但還是別去糾正這點吧。

「原來是這樣。那麼金就不太可能盯上現在的克蘿耶吧。」

「嗯。我也有克羅諾亞失控時期的記憶，她不恨那個魔王金先生喔。」

日向跟克蘿耶似乎也能接受，兩人笑著談了這段話。只要沒有失控的疑慮，似乎就能避免跟金作戰。

「既然如此，就拜託雷昂去跟金解釋吧？」

「好。因為這攸關我跟克蘿耶的未來。」

「這件事跟雷昂哥哥無關吧？」

雷昂說得義正嚴詞，卻被克蘿耶無情指責。

我心想這份天真無邪還真可怕，覺得有點同情雷昂。

雷昂看起來非常英俊，給人冷冷的感覺，世人好像都把他當成大壞蛋看待。

跟靜小姐的事似乎也是那樣，看樣子雷昂很不擅長說話，其實他從某方面來說算是面惡心善。可能是因為這樣吧，他好像很容易遭人誤解。

舉例來說跟正幸正好相反，這樣講就比較容易理解吧。

克蘿耶把他當成親切的鄰家大哥哥。

對他沒有一絲一毫的戀愛情感。

雷昂似乎從以前開始就很受女孩子歡迎，原因八成就出在這兒，克蘿耶因此完全沒有察覺雷昂對她的愛。

仔細想想覺得雷昂這個男人其實也滿悲哀的。

我在心裡想著，決定今後要對他親切一點。

*

如今有兩名魔王答應幫忙，這場會談算是辦得很成功。

這下需要警戒的對象就剩下帝國。

接下來就讓我們自己擬定對策，我正打算宣布會議結束……

「請、請等一下！現在有賓客在裡面，正在開重要的會議。」

「哦，居然能發現我入侵，挺有一套的。但我都特地過來了，就讓我打個招呼吧。」

就在這個時候，走廊那邊傳來吵鬧聲。

是說這個聲音，還有跟人談話流露出的傲慢態度……

來人肯定是最強的魔王金。靠這麼近卻沒被我感應到，有這份能耐的人不多。

《告。對方沒有敵意。》

……莫非你已經發現了？

呃，現在不是吵那個的時候。

我趕緊從座位上站起。

不過，在我採取行動之前——

原本站在我後方的迪亞布羅一臉不悅，朝門那邊走過去。

「嗨！」

「滾。」

在這一段簡短的對話後，迪亞布羅大力關上門。

「「「……」」」

事情來得太突然，我們大家全都當場愣住。

「喂喂喂，不用這樣吧，迪亞布羅。」

門扉再度開啟，金爆出怒吼。

「嘖，你會打斷重要的會議。才過一天，我還沒有準備好。我想之後再跟你慢慢談，請等我邀請你再過來。」

用詞遣字還算有禮貌，但是迪亞布羅對金的態度很強硬。

——莫非他們早就認識了？

這麼想的人不只是我，魯米納斯和雷昂也一臉訝異。

「真是不敢相信。沒想到面對金完全不退讓，黑暗始祖果然厲害。」

「他是黑暗始祖？這種狠角色怎麼會跑來當利姆路的部下？」

嗯嗯嗯？

我隱約聽到一些詞彙，聽起來好像不大妙？

迪亞布羅是狠角色？不，他的態度確實很傲慢……

話說回來，黑暗始祖是什麼東西？

當我正感到一頭霧水，後面出現更大的騷動。

「利姆路大人，您沒事吧？剛才妹妹她——」

「主上，您可有感應到『赤紅』的氣息？」

「要打仗了嗎？只要一聲令下，我也會加油！」

首先是紅丸衝過來，蒼影跟在後面。

緊接著是卡蕾拉出現，然後就連烏蒂瑪都跟著闖進來，來的時間不相上下。

他們引發一場大騷動。

事情演變成這樣，與其把金趕回去，還不如接納他。

是說我根本就沒有邀請金。事情為什麼會變成這樣，看來之後有必要好好問問迪亞布羅。

目前當務之急就是收拾這場殘局。

「大家冷靜點。迪亞布羅你也克制一下。」

當我這句話說完，剛才跑過來的這些人也跟著安分下來。

看到周遭氣氛已經變穩定了，我這才繼續開口：

「雖然不在預定計畫之中，但我們也有事要找金商量。既然你都過來了，就請你直接參加會議吧。

這樣可以嗎？」

我先跟金做個確認。

「沒問題。我也有事情要跟你談，這樣正好。」

原本打算讓雷昂去跟他解釋，看樣子要改變預訂計畫。這下金也答應了，所以我要後來跑來的那些人解散。

「事情就是這樣，用不著擔心。出現狀況就會叫你們過來，你們先回去工作吧。」

聽我如此宣布，大家都露出放心的表情。

雖然裡頭有幾個人說出唯恐天下不亂的話，像是「哼，不愧是『赤紅』。就算是現在的我也望塵莫及」、「嘖，還以為這次有機會大鬧呢」，但最後總算是勉強收場。

*

聚集而來的人都回到工作崗位上。

然後為了替留在房間裡的人泡茶，朱菜也退出房間。

就在這個時候，雷昂率先開口：

「喂，這是怎麼一回事？為什麼黃色始祖在這裡？」

嗯？

「妾身也想問問你。另一個人好像是紫色始祖，是妾身多心了嗎？聽說她的個性更加陰沉狡猾，所以妾身有點沒把握……」

嗯——？

什麼黃色始祖跟紫色始祖，這些傢伙到底在說什麼？

啊，該不會是那樣吧！

「在說卡蕾拉跟烏蒂瑪嗎？這兩個人都是被那邊那個迪亞布羅挖角過來的，沒想到她們比想像中還要優秀——」

我出面解釋，但是沒能把話說完。

「卡蕾拉？還有一個叫烏蒂瑪？你該不會替那些人取『名字』吧！」

「真是不敢相信。不只那個迪亞布羅，你還收了其他始祖當部下是嗎……」

雷昂突然站起來大叫，還有打心底感到驚訝的魯米納斯。這兩個人都朝我看過來。

「對吧，會覺得錯愕吧？我之所以會過來這邊也是為了問出那傢伙的真實用意。」

最後就連金都開始說莫名其妙的話。

你們問我，我問誰啊？

我不曉得該怎麼回答才好，這個時候朱菜推著餐車把紅茶送過來。

為了避免打擾到她，我們閉上嘴巴。

現場飄起好聞的香味，大家逐漸回復冷靜。

我也跟著冷靜下來，去想大家剛才到底在說些什麼。

關鍵字是魯米納斯講到的「始祖」。

說到這個始祖——

《答。是用來定義惡魔族的基準之一。》

對了，就是這個，印象中有聽過類似說明。

始祖的定義就是最初的惡魔。

咦，最初的惡魔──？

「迪亞布羅，你該不會是其中一個始祖惡魔吧？」

當我問完這個問題，迪亞布羅若無其事地回應。

「這個嘛，是那樣沒錯。我確實是在這個世界上最先誕生的惡魔族七系統其中之一。」

喂喂喂，真的假的。

我進化成魔王的時候召喚到的惡魔，沒想到是這麼厲害的角色……

我一直覺得他好強，沒想到比想像中還要厲害。

「……莫非你不知道？」

「真是不敢相信。原本就覺得你少根筋，沒想到居然粗心到這種地步……」

雷昂跟魯米納斯看人的眼神好傷人。

這又不能怪我。

因為我隨隨便便召喚，他就回應了，所以我想應該不是什麼大不了的角色。

《……》

好像連智慧之王拉斐爾大師都啞口無言。

而且會有這種反應好像不是為了迪亞布羅的真實身分，而是因為我不知道這件事。

看樣子智慧之王拉斐爾大師似乎以為我很了解始祖惡魔。

——不對，等等。

這麼說來，薩里昂的天帝艾爾梅西亞好像也說過始祖怎樣怎樣的。原來是因為她也發現迪亞布羅的真實身分，所以警戒心才那麼強啊！

若是我再多加注意一點，就能早點察覺迪亞布羅的真實身分。

這其實就是那個。

俗稱的先入為主。

對於已知的事情沒有深入調查，也沒有提出來討論。在智慧之王拉斐爾大師看來，只是覺得沒有特地跟我講這件事的必要。

這是一大漏洞。

就算手邊有字典，若是不去使用就沒有意義。就連最近會給我建言的智慧之王拉斐爾大師也不例外，不可能一一掌握我知道哪些事情、不知道哪些。

不管搭檔有多麼優秀，要是沒有好好讓對方發揮專長就沒意義，如今我又重新對這件事有了體認。

把驚訝的我丟在一旁，迪亞布羅開始講他跟我相識的經過。

聽起來似乎要追溯到我跟靜小姐相遇的時候。迪亞布羅跟靜小姐之間好像有什麼淵源，迪亞布羅發現靜小姐即將去世，就碰巧去到那個地方。

原來迪亞布羅從那個時候就開始注意我，這點令我驚訝，但我根本不曉得他的目的是什麼。

「屬於我這個系統的低階惡魔搶在我前面被利姆路大人召喚，真是令人痛恨至極。不過！我並沒有因此陷入慌亂，而是等待時機到來，最後順利回應利姆路大人的召喚！」

話說到這邊，迪亞布羅露出非常開心的笑容。

咦，迪亞布羅之所以會回應我的召喚不是巧合，而是他早就計算好的必然結果嗎？

我太過驚訝，連頭都開始痛起來。

話說有件事我還是第一次聽說，原來迪亞布羅很嫉妒貝瑞塔，想要瞞著我將他除掉。可是貝瑞塔的身體是我打造的，所以迪亞布羅捨不得弄傷。

「這具身體由利姆路大人親手製作，要是你對它出手會惹大人不快。」

據說貝瑞塔那個時候曾經這樣勸他。

該怎麼說，該說讓人很傻眼嗎？

話說回來，這樣講下去真是又臭又長。

誰快來阻止一下——雖然我這麼想，但是迪亞布羅的氣勢實在太過驚人，大家好像都沒機會插嘴。

眼看這樣下去不是辦法，我就開口了。

「迪亞布羅，迪亞布羅老弟！說到這邊就可以了。我們也差不多該繼續開會了。」

緊接在我之後，金也跟著開口：

「說到這邊就夠了吧？對了，迪諾那小子也跑到這裡了對吧？可以幫我把他叫過來嗎？」

金這話一出，迪亞布羅總算住口了。

「那麼就讓我去請迪諾大人。」

朱菜一直找不到適當的時機退場，這下才禮貌地行禮離去。被她逃掉了——會這麼想是因為我現在心情浮躁吧。

「接下來要講的才是重頭戲呢。」

迪亞布羅臉上的表情就像在說接下來還要繼續說下去，但是大家團結一條心裝作沒聽到。要是繼續聽下去，不曉得他會說出什麼。為了保持我心靈的平靜，最好還是讓迪亞布羅閉嘴。

在這陣騷動中，不知不覺間金的座位也準備好了。隔壁的等待室設有給來賓坐的沙發，雷昂的部下把它搬到這邊。

「哦，挺機靈的。」

聽到金這句話，雷昂底下的騎士阿爾羅斯和克羅多朝他輕輕點了個頭。看樣子這兩個人也認識金，否則他們都不會有動作吧，因為面對金可不能輕舉妄動。

照理說應該要由我來準備才對，但我沒想到這麼多。要是一個不小心做錯可能會惹金生氣，有這兩個人在真是幫了大忙。

就連應該要輔助我的祕書似乎也只顧著說話嘛。

另一方面，紫苑一臉事不關己的樣子，完全沒有從我身旁離開的意思。

「不好意思，還讓你們費心。」

「不會，請您別放在心上！」

「我們也曉得利姆路陛下多費苦心。為了不讓我們費心思警戒，您要其他人遠離這個房間對吧？既然如此，這點程度的小事就交給我們吧。」

阿爾羅斯和克羅多真討人喜歡。

希望迪亞布羅和紫苑能學學他們。

「聽好了，你們也要向他們看齊，變得更細心。」

「咯呵呵呵，我講到太過渾然忘我了。」

都怪金沒事先安排就跑過來——迪亞布羅似乎很想這麼說，但他平常不會犯這種失誤，只能說這次事情來得不是時候。

「是，我會引以為戒！」

紫苑倒是很坦然。

這女孩只有嘴上應得很爽快。

我在心裡祈禱，希望她真的有聽進去。

這時金態度傲慢地就座。

同一時間，朱菜帶著迪諾回到這裡。

不知道為什麼菈米莉絲也跟他們一起，中間發生一些插曲，會議再度展開。

＊

最先開始要討論的議題是始祖惡魔。

「那麼，迪諾。可以問問理由嗎？」

「咦，要問什麼理由？」

面對金的提問，迪諾回問的方式很直接。這種態度讓金開始感到火大。

「少裝蒜！這傢伙為那三個惡魔取名字，你為什麼沒有阻止他！」

就是說啊，這個很重要呢！

「這傢伙」說得好像是我，話說我也一樣，若是知道那三個惡魔那麼危險，才不會替她們取名字。

雖然為時已晚，但我還是希望至少給點忠告。

「我問你，你以為我為什麼把你送來這邊？」

「這個嘛，是為了觀光？」

「才不是！是為了探查敵情，要來探查！」

看到這段互動，我心想金也挺辛苦的。

我原本就猜到事情可能是這樣，迪諾果然是來當間諜的嗎？

只不過，最好還是不要當著本人的面大剌剌說出間諜的事。

「喂，還有你！別一副事不關己的樣子！」

哎呀，這是在遷怒吧。

派人過來當間諜還罵我，這樣實在說不通，但原因確實出在我身上。雖然很想抱怨，但是下意識反駁似乎不太妙。

畢竟對方可是金，惹他生氣絕對是下下策。

「嘎哈哈哈，金你別為一點小事生氣嘛。這小子隨隨便便替人取名又不是今天才開始的！」

真難得，維爾德拉居然會替我說話。

我在心裡大喊「加油！」替他打氣，沒想到——

「你閉嘴！大人在講話別插嘴！」

「嗯、嗯嗯。」

被魯米納斯一吼，維爾德拉就閉嘴了。光是這樣就沒辦法回嘴，由此可見他欺善怕惡。

話是這麼說，多虧他掩護我，矛頭才沒有繼續指向我。我沒有放過這個好機會，趁機對金吐苦水。

「好了，別激動。迪諾之所以來這邊是為了監視我吧？關於這方面的抱怨就先擱一邊，沒有阻止我的迪諾固然有錯，但是有人信賴他還派他過來，不是應該負起監督者的責任嗎？金，你不覺得嗎？」

說穿了我就是要讓大家連坐。

怎麼能把責任全都推給我，也要讓迪諾跟金分擔責任才行，以上就是我的作戰計畫。

迪諾要負哪些責任很明顯，再來只要把這個金也拖下水就行了。

「就是說啊，金。畢竟我本來就不是監視別人的料。沒想到你居然要逼我工作，真讓人驚訝。」

似乎就只有這種時候特別精明，迪諾好像已經看穿我的計謀。他巧妙地配合我。

「你們兩個……」

只見金一臉懊惱。

現在得小心別讓他發更大的火，要快點創造共識才行。

「話說我根本來不及阻止啊。看到利姆路帶著始祖惡魔，我可是驚訝到連話都說不出來。那裡可是有三個始祖惡魔呢。黑暗始祖是一個怪人，我還能理解，但沒想到連純白始祖（戴絲特蘿莎）等惡魔都去效忠別人，這點任何人都想像不到吧！」

「說得也是。」

啊，迪諾開始說些逃避責任的話。金似乎也有幾分認同，這樣下去不妙。

「我也是有苦衷的，因為迪亞布羅說那些人能派上用場還把她們帶過來，所以我就不疑有他接受了。根本沒想到是那麼厲害的角色，她們也很有禮貌守規矩，願意當我的部下。這幾個人都歸迪亞布羅管轄，應該要迪亞布羅負起責任。要是發生什麼事，我也會幫忙承擔責任，但我本來就應該相信部下吧？」

我就順水推舟，把責任全推給迪亞布羅。

說到底始作俑者就是迪亞布羅。只是動點小手腳，就別跟我計較了吧。

你要努力承擔金的怒火——懷著這個想法，我的目光落到迪亞布羅身上。緊接著，聽到我說這句話，不知為何迪亞布羅開心地點點頭。

「咯呵呵呵呵，利姆路大人願意信賴我，有這句話我就心滿意足了。為了回應您的期待，我會更加精進。」

「……」

看到迪亞布羅燦爛的笑容，看起來很疲憊的金無言以對，然後整個人靠到椅子上。

「也就是說，錯的人是迪亞布羅？」

他高高在上地開口質問。

「也不是說錯都在他啦……」

「意思是我們也是被害者嘛。」

看我說得支支吾吾，迪諾也一臉尷尬，硬是把接下來要說的話吞回去。

至於當事人迪亞布羅，就只有他大大方方，一臉驕傲。

「這傢伙從以前開始就是一個怪人，事到如今找他抱怨也沒用——」

金說這話的時候用手指著迪亞布羅。

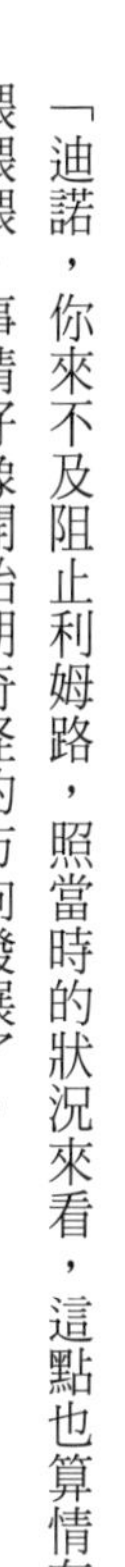

「迪諾，你來不及阻止利姆路，照當時的狀況來看，這點也算情有可原。」

喂喂喂，事情好像開始朝奇怪的方向發展了。

「所以說，利姆路，就是你！」

果然找上我了！

為什麼矛頭會指向我啊？

「我又怎麼啦？」

這個時候可不能自亂陣腳。

我要擺出堂堂正正的態度，就當自己什麼壞事都沒做，要像這樣面對金才行。

打定主意後，為了避免讓對方發現我很慌張，所以我將身體的主導權交給智慧之王拉斐爾大師。

這下就可以放心了。不管我的內心有多麼波濤洶湧，表面上看起來都風平浪靜。

「還敢問我怎麼了！」

之後金對我破口大罵。

因為我做的好事讓整個世界的勢力均衡徹底崩壞，也因為這樣，無法預測今後的世界情勢，講的內容都很嚴肅，這下我把身體主導權讓給智慧之王拉斐爾大師等同白搭。

看樣子金在做的盤算比預料中更加縝密。

「不只這些，因為你的關係，米薩莉的作戰計畫也跟著以失敗收場。你可要負起這個責任啊！」

話說到這邊，金的說教到此為止。

我對那些事情一無所知，他卻要我負責，聽得我一頭霧水，但如果照辦就能讓他接受，代價算是很便宜了。做出這個判斷後，總之先點點頭說「我明白了」，想辦法矇混過去。

說教時間結束，但是金的話還沒說完。

聽說他會定期引發災難，讓人們把他當成人類共同的敵人。由於對強大的敵人心存恐懼，人們就不會一天到晚自相殘殺、陷入權力鬥爭，這才是他的目的。

格蘭貝爾在掌控全局的時候，他都作壁上觀，不至於採取過於明目張膽的行動。然而這次格蘭貝爾率領全軍挑戰魯米納斯，均衡局面因此瓦解。

因此金才對米薩莉下令，希望用恐懼讓人們團結起來。

要讓各國選出的議員喪命，使評議會加盟國的首腦們重新體認魔王帶來的威脅。朝這個方向鋪陳，讓西方諸國的首腦團結起來——這就是米薩莉想到的作戰計畫。

「之後米薩莉對會場發動攻擊，但不知道為什麼『純白』——戴絲特蘿莎出現在那裡。」

嘖，已經叫習慣了，一不小心就用之前的名字叫她——嘴裡小聲嘟囔，金繼續把話說下去。

「為了避免跟戴絲特蘿莎起衝突，米薩莉中斷作戰計畫。這部分沒問題，問題在後頭。人類很愛耍小聰明，既然沒辦法用恐懼來支配他們，這些人就會開始進行小規模的爭鬥吧。如今羅素一族創造的支配體制已經瓦解了，權力鬥爭將會愈演愈烈，一直以來都是這樣。在東方帝國蠢蠢欲動的時候做這種蠢事，西方諸國勢必會慘敗。這些都是你的錯，利姆路。你打算怎麼做，說來聽聽吧。」

我好意外。

西方諸國可能會四分五裂，想要防範這樣的危機於未然——沒想到這才是金的目的。

他好像對人類沒什麼興趣，但或許還是姑且有稍微留意，以免人類滅亡。話說這好像就是「調停者」的職責。

並不完全站在人類這邊，手法也過於激進，但換個角度交涉，或許能跟我們互相體諒。

如此一來問題就是──我預計對西方諸國推出的因應政策。

雖然我連戴絲特蘿莎和米薩莉接觸的事都不知道，但說真的這話實在說不出口。我個人很希望人類能認同我們，跟人類構築友好關係，但……

我很煩惱，不知該怎麼回答金才好，結果迪亞布羅代替我站出來。他無視臉上流露些許厭惡的金，開始講述自己的論調。

「哼，還有什麼好說的，反正目標就只有實現利姆路大人的理想。」

雖然我很不安，不曉得他會說出什麼樣的話來，但我沒有具體對策。我想理想論對金八成起不了作用，就想在迪亞布羅自信心十足的態度上賭一把，果然是失敗的嗎？

沒想到我捨棄不用、自認派不上用場的高談闊論居然被迪亞布羅拿去用。

「這話什麼意思？」

「沒什麼，說來簡單。金，用恐懼來束縛他人──就算你做這種無趣的事也沒用。的確，人們會因恐懼順從你。可是這樣一來就不能徹底發揮人類的能力。不僅如此，恐懼會隨著時間變淡。不管你替人類帶來多大的悲劇，他們最後都會忘記。之後心中就只剩下恨。」

「嗯，繼續講。」

「那股恨意最後會變成憎恨，想要對欺凌他們的人復仇。而且人類就只會耍小聰明，沒有足夠的智慧，不會發現他們跟我們有絕對無法填補的力量差異。一旦被魔族之類的種族煽動，他們馬上就會做出愚蠢的行為吧。」

「的確是這樣。就是為了遏止這種行為，我才要血洗人類世界進行肅清。」

「咯呵呵呵，就跟你說這樣做沒用了。只要人類還是那麼愚蠢，他們就很容易淡忘。這樣的事情世世代代都在發生，我想那已經改變不了了。不過——」

話說到這邊暫時停擺，迪亞布羅用認真的表情看向金。

「有別於羅素一族的單方面極權統治，我們可以重新分配財富，維持某種程度的公平性，重新構築國與國之間的關係。如此一來將會催生新的經濟體制。」

「所以？」

「打造新的經濟體制——保留選擇權，讓人們誤以為是他們自己親手選擇未來，使愚蠢的人類相信一切都是靠他們親手開創。有別於記憶，依循這樣的體制，人們永遠不會忘記。我們就能用半永久的方式支配人類世界。利姆路大人會負責管理，這也是我們的工作。」

喔喔，迪亞布羅說得頭頭是道。

因為是靠自己的雙手開創，所以人們就會珍惜嗎？

話說我有想過這種事情？

印象中好像有說過類似的話，但應該沒這麼誇張……

是說說這些話都以成功為前提，感覺有點可怕。

「原來如此。只要掌握經濟面，免費提供安全保障，弱者就會跑過來投靠你們是嗎？打這場仗不需要流血，在那樣的社會裡，一切都已經安排好了。比起羅素一族的支配方式，這樣或許更加理想。」

金點點頭，似乎對迪亞布羅另眼相看。

「當然更理想。比起財富聚集在少數人手上，在那個世界裡，會有更多人獲得幸福。到時需求與供給就會因應而生，想必將會開創新的可能性。這就是利姆路大人的心願，金。」

好吧，這麼說倒是沒錯。

我很期待生活中的文化水準提昇。

會有電影和音樂、漫畫、小說。想要增加這類大眾娛樂。

想要催生這樣的藝術成就，必須有安逸和樂的生活當基礎。為了發掘還沒被人看見的才能，我希望讓人們過上富裕的生活。

只不過，對於之後的事情我還沒有任何打算。

「嚐過和平生活帶來的幸福滋味，也享受過了，人們就會害怕失去這些是嗎？」

「就是這樣。若是要用一句話來表現，這個概念就是所謂的『感謝』吧。人們感謝守護和平的利姆路大人，變得願意協助維持世界太平。比起你利用恐懼來支配人類的想法，我們的做法會更有效率。」

當我回過神，發現迪亞布羅跟金似乎已經達成共識，兩人朝彼此點點頭。

聽到迪亞布羅講述那樣的未來，不只是魯米納斯和雷昂，就連他們的部下也一臉感佩地看著我。

在這樣的氛圍中，我實在不敢說——自己根本沒想這麼遠。

「不過，若是想要將這些想法付諸實行，必須要有長期的展望，再加上精密計算吧？得確實管理才行，照那樣進展下去會人口過剩，可以想見人類得意忘形的樣子。你們有辦法顧慮到那部分？」

喂喂喂，又不是在照顧寵物，說得好像水槽裡的青鱂魚過度繁殖一樣……

「哼，這話的意思是在說利姆路大人連這點程度的未來都看不透？就算對你來說管理起來很困難，這問題之於利姆路大人卻易如反掌。我就先跟你挑明了，用不著擔多餘的心。」

喂。

為什麼前提變成讓我來管理。

呃，也是啦，印象中我好像曾對迪亞布羅說過，這麼做很有在背後操控世界的魔王風範。不過當著金和其他魔王的面說這種話，我想會遭到妨礙。

這件事情令我擔憂，但是看起來似乎是我想太多。應該說，他們反倒是──

「是喔？那就交給你吧。雖然我不覺得事情會這麼順利，但就算失敗對我也沒壞處。頂多到時再讓我親手把那些愚蠢的傢伙除掉。就讓我見識一下，看你要怎麼負起這個責任吧。」

沒想到金居然笑了。

既然都說到這個地步，我也只能做好覺悟。

剛才都點頭說「我知道了」，事到如今哪能說「不」。

「剛才迪亞布羅說的有點誇張，但大致上沒錯。有點過度理想，但我很希望未來能變成這樣。用不著你說，我也想用我的方式帶來世界和平。」

就這樣，我跟金做了約定。

如此這般，我都還來不及摸清楚事情到底是怎麼一回事，就在「八星魔王（Octagram）」的公認下成為西方諸國的管理者。

接下來，事情若是到這邊就結束那倒還好，但後面似乎還有其他問題存在。

「利姆路，我就先給你個忠告。關於黃色始祖卡蕾拉，那傢伙有時會有亂來的一面，會看心情亂射核擊魔法。若是沒有好好掌控，好不容易建立起來的都市可是會灰飛煙滅。」

雷昂給我忠告。

緊接著魯米納斯也有話要說。

「就是這樣，妾身也要跟你說一件事。剛才也提過了，妾身所知的紫色始祖很陰險又卑鄙，而且還是慘無人道的代名詞。跟魔族不一樣，並沒有要將人類趕盡殺絕的意思，但是性格上非常善變又我行我素。在你面前似乎裝成開朗的少女，但你千萬不能大意。」

這個嘛，她說出讓人感到不安的話。不僅如此，雖然他們兩個沒說清楚，但是比起那兩個惡魔，戴絲特蘿莎似乎更加棘手。

這下頭大了。

不對，這種講法不太正確。應該說，我終於發現事情早就麻煩了。

如今已經知道戴絲特蘿莎他們是始祖惡魔，而我要負責管理這幾個人。假如出什麼事，責任都會算在我頭上……

目前她們好歹算是迪亞布羅的部下，可是用那個當藉口應該沒辦法矇混過關。

艾爾梅西亞都要我負起責任了，事到如今怎麼能說自己辦不到。

真想痛扁那個時候什麼都不知道的自己，但會發生這種事算我自作自受吧，是我太腦殘。

比起管理人類社會，這部分的管理似乎更吃力。想到這邊就覺得好憂鬱，我悄悄地嘆了一口氣。

＊

似乎就在等金把話說完，菈米莉絲、迪諾、維爾德拉不約而同起身。

「我們好像叨擾滿久的，接下來的事就交給你們嘍！」

「就是說啊。我手邊也有很重要的工作要處理。培斯塔先生在等我，事情就是這樣，我們改天見，金！」

「那麼，我也要回去守護迷宮。啊啊，好忙好忙，嘎——哈哈哈！」

彷彿事先說好的一樣，三個人很有默契，一看就知道他們企圖逃亡。

尤其是迪諾，看樣子不想再被人唸東唸西，居然還說出違心之論。

「啊？你竟然要去工作，說這什麼冷笑話，一點都不好笑。」

金八成也聽不下去了，他一針見血地吐嘈。不過，菈米莉絲出面回應。

「不不不，那些都是真的。迪諾他現在也是我的助手，在我這邊幫忙！」

聽到這句話，金好驚訝。

就算他不相信迪諾的話，但連菈米莉絲都認可那些是真的，金也不得不信了吧。

「妳說迪諾在工作？利姆路，你施了什麼魔法？」

金這段驚訝的發言是對我說的，但是這個問題就連我都不知道該怎麼回答。

「我也不知道啊！在我的國家裡有一條規矩，那就是『不工作的人沒飯吃』。只是要他遵守這個規矩罷了，又沒用什麼魔法。」

要是有那麼方便的魔法，我就不會這麼辛苦了。我的心聲似乎透過那些話表露無遺，金沒有繼續追究。

後來菈米莉絲他們三個就從這間房間慌慌張張地逃跑。看他們把朱菜準備的茶和茶點都吃個精光，

可見早就在等待這一刻了。

我心想「這幾個傢伙真不是蓋的」。

「算了。都已經挑過迪諾的毛病，那小子在蒐集情報的時候會更認真吧。」

這個時候金小聲地喃喃自語。

就跟你說了，這些話別當著本人的面講啦。像你這樣大大方方說要派人來這邊當間諜，我實在不曉得該怎麼對應才好。

罷了，就算對金說這種話，他應該也不會聽進去吧。先別管那個了，幸好不用假惺惺地試探彼此，我應該要像這樣朝好的方面想才對。

我看開了，決定這麼做，所以就換個話題。

「對了，你來這邊只是要問戴絲特蘿莎她們的事情嗎？」

如果要辦的事情只有這個，照理說金應該要準備打道回府才對。看他沒有這麼做，大概還有其他事情。雖然我不想面對更多問題，但是不問就會卡在這裡。

「那件事也很讓人在意沒錯，但我還有其他事情。」

話說到這邊，金往後靠在椅子上。

他放眼環視眾人，最後目光停在雷昂身上。

「我去見自稱『中庸小丑幫』的那幫人了。」

「哦？」

「跟你交易的就是那些傢伙對吧？」

「沒錯。」

面對金的問題，雷昂給出肯定答覆。

咦，等等。他剛才輕輕帶過，但那個話題很重要啊！

「喂，那你是不是也有見到優樹？」

「對。」

金乾脆地點點頭，替我的問題做出解答。

我現在正命令蒼影去搜索自由公會本部和分會。昨天發生那種事應該不在優樹的意料之中，所以我們認為他會跑去當作據點的公會本部。但他應該不至於堂而皇之地現身，所以我除了要蒼影他們多加留意，以免優樹變裝或是找人當替身，甚至還要他們過去把風。

目前並沒有收到對方有動靜的消息，但我沒想到金跟優樹他們曾經見過面。

「那麼，你有跟優樹串通嗎？」

「啊？說什麼蠢話。只是因為那幫人打算逃去東方，所以我要稍微教訓他們一下。」

我原本懷疑金跟優樹串通，看樣子似乎沒那回事。這下暫時可以放心了，然而這樣一來，我就不知道金究竟有什麼目的。

「你沒有把他們殺了？」

這個問題出自雷昂。

那件事也讓我在意，但是比起這個——

原來優樹打算捨棄在西方的地位，要逃去東方嗎？

這決定做得還真是乾脆，好可怕的決斷力，而且還很大膽。

只是被金盯上，算他運氣差。金說只是教訓一下，聽起來應該是沒有殺了他們，但肯定吃了不少苦頭。

沒差，我一點都不同情，反而還覺得他們是自作自受。

「我最後沒有把他們殺了。一開始是想把這些人抓起來，賣你個人情，但是情況出現變化。」

話說到這兒，金開始說他跟優樹之間發生了什麼事。

最後我們大致搞清楚優樹背地裡都在做些什麼。

優樹就是「中庸小丑幫」的僱主，也是他們的老大。這個嘛，其實只是印證我的猜測——應該說是智慧之王拉斐爾大師的預測。

以下就是優樹做過的豐功偉業和壞事。

一、讓冒險者互助會發展成自由公會。

二、跟支配評議會的羅素一族掛勾，負責處理檯面下的事情。還有跟魔王雷昂進行交易。

三、擁戴克雷曼，讓他當上魔王，在背後操控他。

四、擊敗支配東方帝國黑社會的黑暗之母（Echidna），組織祕密結社「三巨頭（Cerberus）」。

表面上率領自由公會，背地裡卻是祕密結社的總帥。

關於黑暗之母這個組織的事情今天還是頭一次聽到，聽起來似乎是非常龐大的黑暗勢力。這是雷昂給的情報，應該不假。

順便說一下，優樹搞垮的「奴隸商會」似乎也是「三巨頭」的下級組織，他可能也跟這個組織有某種關聯。

優樹特別擅長搞垮既有的組織，鳩占鵲巢。

這樣講起來好像很容易，實際上付諸實行卻異常困難。這些他全都是在十年之內完成的，已經不是「有才」兩個字能夠形容。就算叫他天才也不為過。

優樹是個天才，自信心過剩卻成了敗筆。不管他有多優秀，無法看穿對手的實力就是會扣分。照理說一看到金就知道他實力不凡才對。

這次算他運氣好，金放他一馬，或許有這樣的好運就值得誇獎了。

聽到優樹保住小命，我的心情很複雜。

身為同鄉，我不至於想要他的命。可是在此同時，我也不能原諒優樹做過的事情。

優樹假裝自己是一個好人，背地裡卻將格蘭貝爾率領的羅素一族和雷昂玩弄於股掌間。而且還利用「中庸小丑幫」，將我跟日向捲進鬥爭之中……

他的目的只是要實現幼稚的夢想——征服世界，讓我連笑都笑不出來。

話說回來，為什麼金會放優樹一馬？

「那你放優樹逃走有什麼企圖？」

我對此感到疑惑，所以就開門見山問金。

他願意回答算我賺到——基於這個想法才問出口。

「這個嘛，都是為了玩遊戲。」

結果，金若無其事地給了答案。

他剛才說玩遊戲，這個字眼讓人聽了一頭霧水，但是金忽略我的疑問，直接把話說下去。

他說再過不久東方帝國應該就會採取行動。

之所以放優樹逃走，是因為優樹跟金做交涉，說他會擾亂東方帝國。

「那個──金你好像不希望西方諸國毀滅，這是為什麼？」

感到意外的我提出這個問題，結果對方也給了出人意料的答案。

「因為我的職責就是出面管理，避免人類滅亡。不過，過度繁榮也會造成困擾就是了。讓所有魔王來統治全體人類──這才是我的最終目標。」

看樣子這就是金口中的「遊戲」。

只要金的統治計畫完成，似乎就滿足遊戲的勝利條件。

「不對吧，既然這樣為什麼要讓米薩莉小姐搞垮評議會？」

當東方帝國進攻，評議會的議員已經全數罹難。假如事情演變成那樣，對西方諸國將會非常不利吧。

各個國家無法聯手抗敵，甚至有可能未戰先敗。

聽完我的問題，金嗤之以鼻說「叫米薩莉的時候不用加小姐沒關係」，緊接著又補上一句「之所以會批准米薩莉的作戰計畫，那是為了讓西方各國團結起來」，用這句話輕輕帶過。

那究竟是什麼意思──

《答。為了方便主人支配西方各國，他計劃利用恐懼來控制人類吧。》

呃──換句話說就是那個意思吧？

評議會的議員遭到魔王虐殺，人們會陷入恐慌。

若我在這個時候伸出援手，人們會毫不猶豫接受我的庇護。為了實現這點，犧牲少數不是問題。

《答。應該是這樣沒錯。》

原來如此。

採取的手段過於激進，自導自演還演很大，總覺得金的目標、米薩莉的想法有點偏差，但是會那麼做都是為了我。

不對，不是這樣吧。

他也想利用我，讓我去管理西方諸國。

然而事情已經超越金的預期，我早就對西方諸國出手了。其實我並沒有那麼深的盤算，但是戴絲特蘿莎已經徹底掌握評議會。

金的目的並不是讓人類毀滅，而是正好相反，要做適當的管理，以免人類因為自己愚蠢的行為招致滅亡。

讓我來做這件事，想必金舉雙手贊成吧。就結果而言，那也是金希望看到的。

這下我明白一件事。

那就是金做事情有夠隨便。

的確，他更希望我出手吧。

「這麼說來，對於我掌控西方諸國這件事情，你沒意見對吧？」

「沒意見啦——只要那些傻瓜沒有得意忘形亂來，我就不打算干涉。」

這樣我就放心了。

雖然好像跳過許多我原本設想好的手續，但這樣一來，就由我接下管理西方諸國的工作。

「既然你都那麼說了，那我就不客氣了。對了，可以拜託你別繼續派人騷擾英格拉西亞王國的北邊嗎？」

我從各方面打聽後得知金的部下會定期在北方大地上作亂。原本由蘭斯洛守護那個地方，但他被紫苑徹底討伐。

由於這次事態緊急，所以薩里昂天帝艾爾梅西亞就派遣魔法士團過去鎮壓。由我出面道謝就已經夠奇怪了，至於下次是不是還能拜託他們，只能說別想得太美。

既然西方諸國由我支配，今後那塊區域的防衛工作自然也由我負責。如此一來勢必多出不必要的防禦費用。

當然我不希望增加那筆費用，基本上像蘭斯洛那樣的人才可不多見。

「請您放心。連同這些雜事都包含在內，統統交給戴絲特蘿莎就行了。」

似乎要替我掃除煩惱，迪亞布羅面帶笑容向我報備。

還來不及徵詢金的意見──

「這樣不錯。那些傢伙應該也需要稍微喘口氣休息一下，就隨你們的意思去辦吧。」

沒想到連金都認同迪亞布羅的看法。

這個時候我心想「那些惡魔在想什麼，我這個價值觀正常的人實在無法理解」。

就照迪亞布羅說的去辦，關於那些惡魔的事情也統統交給戴絲特蘿莎處理。金都開金口了，我想拿這個當理由就不至於引發什糾紛。

如此這般，今後就由我支配西方，但事情到這邊還沒有結束。

「那麼利姆路，東方帝國也可以交給你嗎？」

被魯米納斯這麼一問，我這才想起還有那個問題存在。

「若是帝國採取行動，那表示將會變成軍事行動嗎？」

保險起見，我提出這個疑問，結果金理所當然地點點頭。

「最近帝國一天到晚在進行軍事演習。這件事情在評議會上也鬧得沸沸揚揚。」

日向出面補充。既然他們已經事先掌握狀況，這表示早就擬定對策了吧。

我個人認為帝國不會發動侵略。

不管從三條路線的哪一條殺過來都很困難，我認為那不太可能成真。

若是他們不在意蒙受多少損失就另當別論，可是對東方帝國來說，攻陷西方的好處未免太少了。

所謂的侵略戰爭，其實是為了獲得利益才會發動。

因為沒有食物、沒有資源、沒有住的地方，才會鎖定其他豐饒的國家。假如這些問題都解決了，那他們用不著勉強自己發動流血戰爭。

不過，要解決那些問題當然沒這麼簡單。富裕之國用不著為了貧窮的國家奔波勞碌，所以要是侵略者把要求視作理所當然，那國與國之間就會出現爭端。

正因如此，富裕之國為了自我保衛就必須培養軍隊。

要讓侵略者知道跟他們對打不可能輕鬆獲勝，就變成一大重點了。

如果獲得的利益無法與流出的鮮血成正比，大家都不願採取戰爭這種手段吧。

即使如此依然想發動戰爭，理由就是——

《答。因為對方認為自己百分之百會獲勝吧。》

看樣子想不到其他答案了。

評議會已經在我的掌控之下，照理說不會有內奸。這麼說來，對手可能開發出新技術，不然就是編列出讓人意想不到的戰術……或是他們有其他的殺手鐧。

「日向。」

「我明白你的意思。之前你拜託我調查矮人王國的構造對吧。就結論而言，是有可能用來出動大軍。」

日向立刻看出我想說什麼，透露我想知道的訊息。

矮人王國保持立場中立，我不認為蓋札會放行，但事實上依然存在進軍西方的最安全侵略路線。

不，搞不好──

「我之前一直認為不可能，所以都沒去管這件事，但他們有可能先進攻矮人王國是嗎？」

「呵呵，少裝蒜。明明就對這件事有疑慮，才會託我調查。」

咦，日向這是在誇獎我？

其實我現在才想到這件事，算了沒關係，就當是那樣吧。

「被發現了嗎？這個嘛，既然有那種可能性就該先擬定對策吧。」

我會負責聯絡蓋札，來想想對策。

眼下已經不能說是麻煩事，事情變得很棘手，但必須面對這個問題。如今評議會的軍權已經交到魔國聯邦手中，那我們就有義務站在第一線處理。

「假如沒有你在，到時八成就會由格蘭貝爾和魯米納斯迎擊帝國。」

就在這個時候，金事不關己地開口。

目前不知道帝國有多大的作戰能力。

會出面迎戰的兵力，羅素一族將全體動員，日向會率領聖騎士團，再加上魯貝利歐斯的軍隊。

不管哪邊獲勝，金好像都無所謂。明明是這樣卻答應優樹的交涉條件，想必金有他的打算。

想要知道他有什麼打算，關鍵就在「遊戲」這個字眼上，但就算我問了，他應該也不會給我答案吧。

「我也會出面協助，可是不會聽你指揮喔。」

日向他們沒有前往戰爭前線的動機。因此會這麼說合情合理。

「說真的我不曉得戰爭會不會爆發，但我們會先想辦法防範。日向，希望你們先做好備戰準備，以防帝國用出乎我們意料的方式進攻。」

「了解。有些奸細假扮成商人，我們會負責處理。」

雖然面帶笑容但似乎有點嫌麻煩，日向就這麼答應了。這下就可以放心了，看樣子我也不用多說什麼。

「利姆路，要是你戰敗，到時妾身就會出面作戰。為了避免這種事情發生，你可要好好努力。」

魯米納斯說這話的樣子顯得意興闌珊。

需掌握有多少人員傷亡，還要修理崩塌的大聖堂。魯米納斯其實也沒餘力去管戰爭的事吧。就算只有日向出面協助，我們也該感到滿足了。

「接下來的疑慮就是能否跟優樹聯手……」

關於這點，我心情上有點糾結。

因為那傢伙暗中搞鬼，法爾姆斯王國才會被人操縱，讓紫苑他們受到傷害。

操縱克雷曼的人也是優樹，往前追溯，當時在當豬頭帝（半獸人王）的前代蓋德之所以會引起騷動也跟優樹有關。

就算有人要我放下一切不計前嫌，我也沒辦法說放就放，這是人之常情。

「利姆路大人，莫非您是在顧慮我們？」

難得紫苑這麼敏銳。我明明什麼都沒說，她說那番話卻彷彿看出我內心的掙扎。

「算是吧。畢竟之前發生過那種事情，要我一夕之間相信他有點困難。」

應該說，我沒辦法相信他。

再說若是真的打起來，最不可靠的莫過於無法信賴的自軍人員。

「我也不知道逃走的優樹之後會有什麼樣的動作。但是我沒興趣，剩下的事你們搞定就行了。」

結果金把事情都丟給我們，還說出這種話。

聽到那句話，我有個想法。

果然沒錯，要把優樹也算成我方戰鬥人員是不可能的。

「咯呵呵呵呵。那就拜託蒼影先生，讓他察看動向吧。」

「就這麼辦。」

優樹的事晚點再說。

是否能夠攜手合作，也要看今後的狀況而定。

至少我不可能在他沒道歉的情況下接受他。

我們好歹也是在經營一個國家，看優樹的反應而定，或許會跟他和解。但我心胸可能沒那麼寬大，什麼代價都沒付就原諒他。

「紫苑就算這樣還是能接受他嗎？」

「當然可以！若是他跟我們敵對，那我就會將他徹底擊潰，如果要跟我們和解，讓我打一拳就放過他！」

拜託妳別打一拳就送他上西天——這句話我沒有說出口，在心裡默默拜託。

假如到時真的發生這種事，就當成意外事故。我跟紫苑並沒有要殺他的意思，就堅持那不是蓄意殺人吧。

如此這般，優樹的事之後再決定。

＊

金要講的事情不只這些，還有另一件事。

那才是他這次最想談的，跟「勇者」——克羅諾亞有關。

「我已經知道格蘭貝爾的目的了，魯米納斯拚命將某樣東西藏在那個地方，他打算放出那個東西。所以我一直在監視，以防那個傢伙失控亂來，但是迪亞布羅這小子說要交給利姆路處置。」

金來這邊似乎就是要確認後續狀況。

話說這件事情是什麼時候發生的——想到這邊我恍然大悟，之前跟人對戰到一半，迪亞布羅曾經消失一段時間。恐怕就是那個時候，迪亞布羅跟人做了多餘的交涉。

我心想迪亞布羅也真是的，但是就結果而言算是處理得很不錯。若是那個時候連金都跑來加入戰局，不曉得事情會變得怎樣。

「我們剛才就是在談這件事情，現在正好。我們就重新複習一遍，由我親自說明。」

我出面主持全局，開始進行說明。

我想雷昂跟魯米納斯應該不至於亂講話，但還是小心一點比較好。

關於克蘿耶能夠進行時空跳躍，而且還重複好幾次時空旅行，這些事情很重要，我決定隱瞞不講。

反正只要我閉口不提，對方就不會知道吧，基於這樣的考量才那麼做。

「——就是這個樣子，打倒失控亂來的克羅諾亞後，總算解決這件事情。」

我把所有責任全都推給克羅諾亞，但這也是為了保護克蘿耶。克蘿耶就是克羅諾亞，說明起來會變得很複雜，所以我打算對金隱瞞這件事情。

「原來如此，那真是有勞你了。那麼，我有個問題想問你。」

「好，有什麼問題儘管問。」

「那傢伙怎麼看都是『勇者』，關於這點你要怎麼解釋？」

咕唔唔。

我打算矇混過去，但是這招對金應該不管用吧。

「在那場戰鬥中，潛藏在這女孩體內的力量覺醒——」

我硬是朝這個方向解釋，說得煞有其事。

「聽你在亂講。」

也是啦。

雖然跟人對戰到一半體內的力量覺醒是經典劇情，通常都會有這樣的橋段，但拿那個當藉口實在很牽強。

「其實是這樣的……」

「我一直使用『特定召喚』在尋找某個人，那個人就是克蘿耶。不曉得她為什麼會出現在那裡，但多虧這樣幫了我們大忙。」

代替不知道該怎麼接話的我，雷昂開口了。

不曉得雷昂接下來會講什麼，但想要矇混過去只能趁這個機會搭順風車了吧。

「就是那樣。連妾身都很驚訝，沒想到那個叫克蘿耶的少女很適合拿來當封印之器。」

我都還沒接下去講，魯米納斯就跑出來接雷昂的話。他們加油添醋說更多，我現在是要接手嗎？

「妳說封印之器？」

只見金用狐疑的表情說了這麼一句，接著就朝我看過來。

我也想知道那是什麼啊——想歸想，既然事情都發展成這樣了，已經沒辦法實話實說，只能跟著講了。

「對。根據雷昂所說，她似乎具備特殊體質，不管面對什麼樣的對手都可以奪取對方的力量，把那股力量封印起來。我聽了也是半信半疑，但是親眼見識該效果後，我也不得不信了。」

這樣如何！

我在暗示要交棒給雷昂，之後的事情就交給他了。

「就是這個樣子。雖然連妾身的殺手鐧都被奪走，但總比無法控制讓她到處作亂好。」

真令人懊惱——擺出這樣的表情，完全看不出在演戲，魯米納斯立刻跳出來接手。果然厲害，我不禁感到佩服。

接下來就讓雷昂做最後總結。

「……是啊。金，包含你在內，這個世界的強者不少。為了因應這些威脅，我才想事先將克蘿耶納入羽翼之下，但是沒想到才剛遇到她，她就使出那股力量。算我運氣差。」

擺出憂鬱的表情——甚至讓人懷疑這真的是在演戲嗎？雷昂嘆了一口氣。

要是魯米納斯是最佳女主角，那雷昂就是最佳男主角了。

不過這樣一來，事情就說得通了。

由於克蘿耶封印克羅諾亞，所以她獲得「勇者」的力量，這樣就完成上述設定。

「哦，你們幾個該不會是想騙我吧？」

「不，完全沒那回事。」

「你的壞毛病就是疑心病太重。」

「就是說啊。別在意那點小事。」

看金起疑，我們幾個不約而同否認。能夠臨時培養出這麼棒的默契，都是因為我們三個人很珍惜克蘿耶吧。

「不過，那傢伙獲得『勇者』之力是千真萬確吧？既然如此，可以坐視不管？」

金這一番話讓雷昂起反應並從座位上起身，但是金笑了一下，嘴裡說著「放心吧，我不會對她出手」，藉此安撫雷昂。

「那就好。若是你對克蘿耶拔刀相向，那就要先過我這關，給我記住了。」

雷昂也出面放話，接著重新坐回位子上。

現場氣氛一觸即發，但是金從一開始就沒有痛下殺手的打算。

我也心生警戒，怕金會做出什麼事情來，但讓人意外的是他沒有任何殺氣。就是這點讓我放心，然

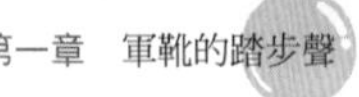

而一轉眼又變成讓人冷汗直流的局面。

一道刀光閃過。

不曉得從哪裡拿出來的，金手裡握著一把長劍，眼看就要朝克蘿耶的脖子揮下。

金出劍的速度簡直是神速。我的知覺速度已經拉到一百萬倍，但是就算現在出手也來不及。不只是我，雷昂和魯米納斯也一樣。大家都露出絕望的表情，不敢看接下來會發生的慘劇。

不過——

就在下一刻，清脆的聲音響起。

《————！》

原本還是小孩子的克蘿耶突然變成大人，不知道她是什麼時候拔出劍的，用那把劍接下金的攻擊。還有她身上的衣服也變成「勇者」在穿的。看樣子克蘿耶可以在很自然的情況下活用「聖靈武裝」。

「初次見面，魔王金。這是我第一次見到本尊，你果然很厲害。」

「啊哈哈哈，妳也不賴啊。叫克蘿耶是吧，能夠完全發揮『那股力量』，連同我算在內，那樣的人屈指可數。」

金跟克蘿耶用這種方式打招呼。那兩個人看起來和和樂樂，但一旁的我卻無法保持平靜。

剛才發生什麼事了？我有看沒有懂。就算知覺速度提昇到一百萬倍，還是看不清他們兩個的動作。

那顯然不是超高速之類的三腳貓功夫。這是因為周遭的空氣完全沒有被擾亂，從物理法則的角度來看也沒有出現異樣。

這是魔法嗎？還是別的東西？

這種時候就要請可靠的搭檔出場。

來吧，麻煩你解說一下，智慧之王拉斐爾大師！

《答。情況不明。個體名「克蘿耶．歐貝爾」剛才做了什麼，該現象「解析鑑定」失敗。》

咦，不會吧？

難得智慧之王拉斐爾大師會說「結果不明」。有時會進行預測，或是經過計算，照理說都會給我一些情報才對。

連這點情報都沒有，表示這次真的發生超乎常理的事情，已經在智慧之王拉斐爾大師的理解範圍外。

那表示我們已經沒能耐應付。

感到吃驚之餘，我朝四周張望，想要看看大家有什麼樣的反應。

雷昂和魯米納斯也跟我一樣，面色鐵青。比起看金做這種事情帶來的憤怒，感覺更像是拚命努力、想要釐清剛才在眼前發生的事。

其他人更不用說了。似乎連劍的走向都看不出來，完全不曉得發生什麼事。

硬要說就只有迪亞布羅露出驚訝的表情。或許看到剛才那些現象，他想到什麼也說不定。

這件事之後再問他，現在要先阻止金跟克蘿耶。

就像在說接下來換我出招，克蘿耶開始攻擊金。剛才打招呼的時候明明很和氣，為什麼會變成這樣……

他們交手數次。

就像畫面快轉，兩把劍你來我往進行攻防戰，看起來並不連貫——大概。

糟糕。因為我幾乎看不見，所以只能用「大概」來形容。

「暫停、暫停——！」

這個時候我硬是介入克蘿耶和金之間。那是一個賭注，去預測接下來會在哪個點上出招，看樣子好像成功了。

「喂，別亂來。要是不小心弄錯，你會被我砍死。」

「就是說啊，利姆路。金不是認真的，只是在試探我。可是你擔心我的安危讓我好開心。」

這話一說完，克蘿耶就過來抱住我，在我臉頰上親了一下。

這個動作也像在快轉。根本沒辦法閃避，我要主張這是不可抗力。

至於當事人克蘿耶，她親完我就變小了——應該說是變回原本的克蘿耶。

而且還紅著臉大發雷霆，嘴裡說著：「真是的！竟然擅自抱住利姆路先生，而且還親、親他！」

「莫非剛才那個是克羅諾亞？」

「嗯。我們半路上換手。」

最先開始的那一刀由克蘿耶接下，但之後都是克羅諾亞出面對戰，克蘿耶是這麼說的。她們兩個人的外貌完全一樣，要看出其中的差異似乎很困難。

「利姆路，你想出手救克蘿耶這件事令人贊同，但我可不許你繼續跟她卿卿我我。」

看到克蘿耶終於冷靜下來，雷昂先是說了這句話，接著就把克蘿耶抱起來。

「討厭，雷昂哥哥未免太愛操心。」

克蘿耶嘴上這樣說，還是讓雷昂把她放到椅子上，接著雷昂用冰冷的表情瞪視金。

「金，你不是說不會對克蘿耶出手嗎？」

「抱歉。就想稍微試探一下。當然，我沒有殺她的意思。」

「就算是那樣也不行。這跟你想不想殺人沒關係，你若是發揮力量可不是鬧著玩的。」

看樣子雷昂非常火大，對手是金卻絲毫沒有退讓的意思，大肆抱怨。

結果克蘿耶出面緩頰，她拚命解釋，說金並沒有要傷害自己，她也想試試金有多少能耐。

也因為這樣，克羅諾亞才會出現一點失控行為，這表示錯不完全在金身上。

我想大概是這樣，就是克蘿耶——應該說是克羅諾亞，她猜測未來自己可能死在金手上，才打算試探金的實力。

而如今的狀況不一樣了，有別於克羅諾亞經歷過的未來，以前沒有的嶄新力量覺醒——印象中這個能力似乎是究極技能「時空之王猶格索托斯」。

那股力量能不能傷到金，克羅諾亞對這點感興趣吧。

《——！可能是這樣。獨有技「時空旅行」被究極技能「時空之王猶格索托斯」整合，它讓個體名「克蘿耶．歐貝爾」能夠操縱「時間」——由於脫離同一時間軸的現象無法觀測，因此要「解析鑑定」該現象勢必會失敗。》

啊，原來是這樣……

克蘿耶新覺醒的力量——真面目就是能讓時間暫停，大概是這樣的力量吧。

智慧之王拉斐爾似乎也有在「解析鑑定」獨有技「時空旅行」的運作結構，但是聽說還要再等一段時間才能得到結論。看樣子克蘿耶的「時空之王猶格索托斯」單純只是直接吸收「時空旅行」。

這也難怪，要去理解無法觀測到的資訊應該不容易吧。

換句話說是克蘿耶自己獲得那股力量。這未免太誇張了吧，同時讓我很想大叫「能夠暫停時間也太犯規」。

怪不得加速到一百萬倍的知覺速度也無法辨識。那些事情都發生在時間靜止的世界裡，而我們這些人還處在流動的時光之中，自然沒辦法辨識。

不不不，等等？

如果這個假設成立，那無法到達時間靜止的世界，不管再怎麼強，都比不過能夠待在靜止世界裡的那些人……？

《答。如此解釋應該沒錯。》

騙人的吧，喂。

我不免會朝那個方向想，但關於這點，我不得不承認、接受。

畢竟連那麼厲害的克羅諾亞都被金殺掉。要是時間被人停住，根本無計可施，仔細想想自然會有這樣的下場。

反過來想，現在的克蘿耶是不是就能跟金對抗了？

表面上看起來只是一個可愛的女孩子，但這表示克蘿耶的實力甚至在我之上。

我發現這件事，暗自冒著冷汗。

結果最後是雷昂讓步，雙方達成和解。

「就像你很珍視菈米莉絲，我也很重視克蘿耶。這點希望你能銘記在心。」

這是在暗示下不為例，雷昂說完就坐回位子上。

「妾身也這麼想。金，妾身承認你是最強的，即使如此，沒有我們的幫忙，那也是一大損失吧？若是你真的要與我們為敵那就另當別論，但希望你知道，對克蘿耶出手等同與我們為敵。」

看來魯米納斯私底下也很火大，跟雷昂一起數落金。

照理說公開表示自己特別看重某個人是下下策，但對手是金，所以效果恰恰相反。

假如金真的要與他們為敵，那不管做什麼都白搭。那兩個人如此認為，才會要金別對克蘿耶出手吧。

「好啦好啦。我也不想把事情弄僵。只要你們不來妨礙我，我就不會對你們的寶貝出手。」

令人意外，沒想到金也算明事理，這下就可以確保克蘿耶的人身安全。

——至於大家很寶貝的克蘿耶，其實她遠比我們還要來得強大，但這種事還是別說比較好。

*

當我們開完會，太陽也下山了。

朱菜有替我們準備晚餐，所以我們換個地方舉辦晚宴。

應該說沒吃到東西，大家似乎都沒有要打道回府的意思。

今天的主菜是豬肉——應該說是類似豬的魔物——煮成東坡肉，還有烤茄子跟淋菜豆腐。以及味增湯，還有剛煮好的飯，那些飯是黑色的——「魔黑米」。

那不是一整套的佳餚，可是後來我們開了不在預定計畫中的會議，大家可沒立場抱怨。

「怎麼這樣，沒看到炸天婦羅。」

魯米納斯在那碎碎唸抱怨，我沒想到她這麼喜歡天婦羅。

「沒關係，魯米納斯。這些應該也很好吃。可不能小看利姆路對美食的執著。」

日向成為謎樣的擁護者。

我是該感到開心，還是不開心？

只認同我在這部分的成就，感覺有點微妙，老實說實在高興不起來，不覺得自己有被誇獎到。

算了，沒關係。

晚宴就此展開，大家似乎都吃得很滿意。

「原來吃起來是這樣。你這邊的菜色還可以嘛。」

這話來自金，語氣似乎有點佩服。

「味道很奇妙，但能夠煮到這種程度算是及格了。」

看雷昂都沒挑剔，把那些菜吃個精光，就當他是在稱讚我們好了。

「嗯，就跟日向說的一樣。這些又是很罕見的料理，可是很好吃。」

「你們果然有一套，這些料理真的很讓人懷念。沒想到還能再次吃到這些菜色，讓人覺得活著真是太好了。」

魯米納斯看起來很滿意，至於日向，她開心的表現已經來到很誇張的程度。

不對，仔細想想時隔兩千年，她這才有機會吃到東坡肉配米飯。

「是不是配白飯比較好？」

「多謝體諒。但這部分我已經習慣了。」

這樣啊，那就好。

既然活了兩千年，想必看過各式各樣的料理，只是顏色不一樣還不至於大驚小怪。

在那之前，跟克蘿耶不一樣，日向似乎連味道都品嚐不了。可能是因為她只能獲得視覺情報，因此光是能吃頓飯就非常感恩。

想像日向的處境，可以想見她自然會覺得感激。

之後晚宴結束，大致上頗受好評。

一吃完飯，那些魔王就忙著做準備，要打道回府。既然都來了，其實住一下也沒關係，可是他們事情辦完似乎就不打算久留。

「克蘿耶，如果妳討厭這裡，用不著客氣，儘管跟我聯絡。我馬上會過來接妳。」

似乎還不死心，雷昂不服輸地說著。

要由誰來收留克蘿耶，在那之後一度陷入膠著。

「我的朋友都在這裡，我比較想待在利姆路先生這邊。」

最後我們決定尊重克蘿耶的意願，但我不認為這樣就能讓雷昂接受。畢竟雷昂對克蘿耶的執著有夠明顯。

關於雷昂採取的手段，我有點意見。但光就保護克蘿耶的心情而言，那份心意如假包換。雷昂的這份心意也確實傳達給克蘿耶。

「雷昂哥哥，知道你在擔心我，我很開心。不過，其實你用不著那麼操心。我已經不是小孩子了！」

說完這句話，克蘿耶抱住雷昂。

雷昂則露出溫柔的笑容，摸摸克蘿耶的頭。

聽說他們從小一起長大，就像親兄妹一樣，看樣子雷昂真的很看重克蘿耶。

這時克蘿耶放開雷昂，接著變成大人的樣子。

「你看，借助克羅諾亞的力量，我就能變成長大的樣子。所以哥哥用不著再擔心我了。」

似乎想讓雷昂放心，克蘿耶說完露出一抹微笑。

這道笑容的破壞力異常強大。

該說那笑容楚楚可憐嗎？看起來很脆弱，卻讓人覺得她有顆堅強的心。這道笑容就蘊含那種魅力。

「說得也是。妳已經變成非常棒的女性了。但我想好好珍惜妳的心情依然沒變。妳隨時都可以仰賴我沒關係。」

雷昂笑了一下，對克蘿耶這麼說。不愧是充滿魅力的帥哥，那就是大人應有的從容嗎？感覺非常帥氣。

這種事情似乎不是我學得來的。想到這邊，我在一旁旁觀，沒想到雷昂轉過頭用冷酷的眼神看我。

這之間的落差說有多激烈就有多激烈。

「克蘿耶說她已經長大了，莫非你……」

「才沒有！我沒有性別，怎麼可能做那種事！」

真是天大的誤會。

若是對象換成我，他好像完全沒有大人應有的從容。

我也拚命解釋。發現我們在談這個的克蘿耶出面數落雷昂，原以為這樣雷昂就會接受……看樣子那些都是表面工夫。

證據就是——

「我想你應該心裡有數，可別讓克蘿耶遭遇危險，聽清楚了吧？」

要回去的時候，他在我耳邊小聲警告。

這樣不免讓人覺得他對克蘿耶過度保護，但克蘿耶當初跟他一起被吸進異世界，雷昂曾經不擇手段尋找她。雷昂會感到擔憂的心情我不是不懂。後來他就乖乖回國了，暫時就先這樣好了。

我跟他約好，說下次會帶克蘿耶過去玩，多虧克蘿耶，我們跟魔王雷昂統治的黃金鄉似乎有機會建立邦交。

他感覺有點像小舅子，有種煩人的感覺，沒關係我忍。

「總之事情好歹算是告一段落了。克蘿耶，妳對妾身來說是很重要的朋友。若是遇到困難儘管商量，用不著客氣，都可以來找妾身幫忙。妳要多保重。」

緊接在雷昂之後，魯米納斯也很寵克蘿耶。這邊這個不免讓人聯想到小姑，當然這些話我都沒有說出口。

用不著故意把她惹毛。

那麼就此別過——留下這句話，魯米納斯一行人也跟著離去。

日向也回去了，最後只剩下金。我朝他看過去，心裡想著「他還沒有要回去嗎？」，結果看到迪亞

布羅在那邊糾纏金。

「既然這樣，那我就繼續把剛才沒說的話說完——」

「不，那些話我已經聽夠了。」

「咯呵呵呵，用不著那麼客氣嘛。」

「不要連我都一起發奇怪的邀請啦——！」

迪亞布羅這是在幹嘛！

「嘖，既然這樣就沒辦法了。那我換個話題，說說你想聽的事情，像是戴絲特蘿莎她們工作的情況，另外還有跟利姆路大人有關的趣聞——」

這讓我用傻眼的眼神看他，心裡想著「他是有多想說啊」，後來發現金似乎也有相同的心情。

「免了免了，你們現在看起來好像很忙，等你們下次安頓好，我再過來玩。」

金趕緊開口拒絕，接著匆匆逃離現場。

這讓我莫名感佩，心想「原來金也有慌張的一面」。

看到令人意外的一面，我覺得他或許不是那麼難以溝通。雖然不能對這個人掉以輕心，但應該不用像原本想的那樣，擔那麼大的心。

對方也接受克蘿耶是「勇者」的事實，最大的問題可以說已經解決了。

接下來就只剩優樹的動向，還有他準備逃往的東方帝國的企圖。

姑且不論優樹值不值得相信。

之後可能會發生戰爭啊——想到這邊，我嘆了一口氣。

一波未平一波又起。

真希望和平之日能早點到來，我開始感到憂鬱。

*

雖然只是口頭約定，但最重要的還是得到兩名魔王的協助。假如真的發生戰爭，若是有值得信賴的友邦國家在，光是這樣就讓人覺得很可靠。

能期待他們發兵支援，若是出現最糟糕的情況，甚至還能請他們考慮接受難民。

但最好別發生戰爭。

這點就要看對方如何出招，我們只能看情況應變……

在這裡抱怨也不是辦法，我決定先想想對策。

首先要站穩腳步，必須做到就算跟帝國大戰也沒問題的地步。

要做好萬全準備——我暗自下定決心。

Regarding Reincarnated to Slime

跟金他們召開會談之後，幾個月過去。

時間過得很快，自從我當上魔王後已經過了一年。

參加過魔王盛宴。

跟日向對決。

還有開國祭

以及跟瑪莉安貝爾、羅素一族作戰。

可能是因為發生很多事情的關係，這一年真的轉眼間就過了。

我們只找自己人、悄悄舉辦「坦派斯特復活祭」，但帝國還是沒有採取行動。話雖如此，根據蒼影和摩斯帶來的情報指出，在軍事邊界附近的主要都市裡，似乎陸陸續續有物資運送進去。

事情來到這個地步，就連我都看得出來。

知道戰爭再過不久就會爆發。

既然已經確定會發生戰爭，進入魔國聯邦的入境審查也會變得更加嚴格。

可不能跟以前一樣，不管誰要來都歡迎。能夠進入我國的人只剩下能夠確認身家的冒險者或商人，不然就是有人介紹等具備類似資格的人。

採取這樣的措施是為了警戒間諜，但其實還有其他理由。

那就是要用來區分。

造訪我國的不是只有人類，每個人的能力都有高低差別。身家背景不清楚的人通常都很野蠻，若是

讓他們大量進入我國，我們會疲於應付。

畢竟就算明令禁止在鎮上出現戰鬥行為，還是沒辦法阻止笨蛋失控亂來。我們是有設下「結界」，但卻很難徹底抵擋魔法。

這裡有別於只有人類居住的城鎮，也跟魔物的城鎮不一樣。

因此我們去找蓋札商量，決定效法矮人王國。

在人們進入我國的時候稍微教育一下，讓大家學習我國的規章。這就是所謂的入國審查。

如果對方的目的是移民，他們就要先做更仔細的學習。我們有設立別的機構專門用來處理這方面的事，會帶他們到那個地方進行教育。等他們學會如何工作，之後才可以發入國許可。

這些事情交給紫苑的部下最合適。就算對方很蠻橫，他們還是有辦法讓對方知道分寸在哪兒。還能順便查出來自帝國的間諜，所以我們今後應該會繼續維持這個制度。

我們會在入國審查的時候預先區分，也會詢問對方進入本國的目的。靠這種手段除了可以防止沒錢的人混進我國，還能預先防範麻煩事。

競技場四周有許多一般水準的旅店，都是身上沒錢的人去住。

我們會帶有錢的商人和貴族前往高級旅館區。至於首都「利姆路」的上流社會專用住宿設施，那可是專門給頂級人士享用。

還有想來我們這邊進行療養的旅人，也會被我們帶到這個高級地區。

回憶無價——那種詭辯在我國不適用。我們的精神宗旨是使用者付費，然後才能快快樂樂度假。

價格因人而異，一般使用者住一晚花費從銀幣三十枚起跳。富豪和低階貴族則是金幣一枚以上。

再來就沒有上限，我們還準備住一晚要價金幣十枚以上的房間——咦，為什麼變成我在打宣傳……

大概就是用這種方式區分。

由於要打造成觀光地區，所以希望愈多人利用愈好，像是有跟我們做大買賣的商人、突破十層迷宮樓層的人，我們都有替他們準備禮物，就是去住高級旅館的住宿卷，在宣傳方面也做得很用心。

迷宮挑戰者對這些獎勵給予很高的評價。

餐點品質很高的事一傳十十傳百，有助於提昇大家的士氣。

光是吃頓飯就要銀幣十枚以上。

若是去住便宜的旅社，只要三枚銀幣就能住宿，從這點來看，價格算是很高吧。

話雖這麼說——

人有的時候也會想奢侈一下，所以有些人會把攻略迷宮或從事其他活動得到的金錢花在這上面。

提供一些場所讓這些人花錢，那也是我們主辦單位應盡的職責。

如果能來到十層，那他們就要能夠組隊打倒難度相當於B級的大蜘蛛（黑暗蜘蛛）——換句話說相當於C^{+}級以上的冒險者團隊。要是能單獨打倒，那就相當於B級以上，承認他們有相應的權利是沒問題的。

在小國裡，這些人已經可以當騎士了。在自由公會裡如果來到B級，不管去哪個國家都夠格當騎士。

只要像這樣承認對方的地位，人們自然而然就會注意自己的言行舉止。

話說回來，如果是B級冒險者應該有不少錢。迷宮挑戰者也是一樣的道理。

愛蓮他們好像沒什麼錢，但只能說這群人是例外。

基本上若是引發問題，不會再有第二次機會。

高級地段有用護城河圍起來，而且戒備森嚴。我們曾跟大家進行說明，說若是被趕出去就不會再有機會進來。

大家都明白這點，沒有人作亂，形象戰略可以說是非常成功。

商人不愧是生意人，他們蜂擁而至為的就是魔國聯邦生產的武器和工藝品。其中也有做大買賣的人，有錢人滿多的。

就算不送住宿券，過來消費的客人依舊自然而然增加。

我們放給商人的物品，不是黑兵衛手下學徒製作的裝備，就是多爾德徒弟打造的精工品。那些品質當然都非常好，頗受好評。

至於從迷宮寶箱開出來的特殊裝備等物品也不例外，那些商人都跑去收購。這讓我的心情有點複雜，但我們有在注意以免危險物品外流，所以目前先觀望情況。

當這些東西賣往世界各地，人們對我國的評價也會隨之擴散。

多虧這點，最近一般消費者也開始有增加的趨勢。讓我不禁感到佩服，覺得口耳相傳的威力還真是強大。

這樣可能會讓人心想「都面臨戰爭危機了，還在搞什麼鬼？」，但這是兩碼子事。

我也知道自己太隨性、愛幹嘛就幹嘛。

雖然對總有一天會到來的危機心生警惕，但我不害怕。沒有放棄每天的日常生活，一步一腳印去做自己能做的事情。

*

就如首都順利發展，我們也持續整頓跟其他國家的交通網。

因紅丸出面說服，紅葉和長鼻族願意協助。目前已經打通隧道，道路鋪裝工程還剩下一部分，即將完工。

還有艾拉多公爵帶來的技師也即將完成交接工作，再過不久魔國聯邦和魔導王朝薩里昂之間就會有直通道路吧。

我們也開始著手鋪設通往法爾梅納斯王國的軌道。

目標是快速完工。

至於通往英格拉西亞王國這邊，已經照預訂計畫開通軌道。

矮人王國也一樣，這邊甚至連附設停車場的旅館小鎮都著手建設。

穿過朱拉大森林，來到跟艾梅多大河交會的地點，這裡剛好拿來當作休憩場所，在施工開闢街道的時候，那裡也是很好用的施工基地。我們沿著河川鋪設軌道，這個地方當中間基地正好合適。

還有住在附近的魔物都聚集過來，形成一個小型的城鎮。這個當然要利用一下，因此我們整頓那個城鎮，讓它發展成供人住宿的小鎮。

而這個旅店小鎮今後會成為有中繼站的主要都市，是一大重點，重要度八成會向上提昇。

還有猶拉瑟尼亞這邊，擴大道路的工程也做完了。某些部分的道路鋪設工程尚未完工，但往來不是問題。

由於搭乘高速馬車實在很不舒服，所以那些商人都在苦苦哀求「希望我們早點完工」。

話雖如此，相較於以往，安全性和便利性都有很大的發展，已經來到不可同日而語的地步。

為了在夜晚前進的旅行者著想，我們夜裡總是點亮街燈，每隔一段距離都有設置全自動魔法發動機，用來驅逐魔物的「結界」也確實運作。

就這樣，還不到一年的時間，交通網的整頓工作已大致完成。

矮人王國和英格拉西亞王國這邊已經開始試跑可以實際運用的「魔導列車」。

我們會取得在試驗中產生的資料，用來統整問題。其實各方面的測試都已經完成了，事實上這是所謂的實踐實驗。

維持平均時速五十公里，可以搬運超多東西。這下物流歷史將會改寫吧。

就算是來自遙遠地區的食材，也能在運送過程中維持新鮮度。如此一來，人們的飲食就會愈來愈豐富，因為饑荒等原因挨餓的人也會減少。

為了提昇國力，讓物流系統合理化還是不可少。我再次體認這點。

在蒐集這些資料的同時，我還打算製作詳細的操作週期。為了製作時刻表而不斷進行測試。

關於連結矮人王國和魔國聯邦的這段區間，整段距離大約一千公里。若是以時速五十公里移動，會耗費二十小時——不到一天就能抵達。

跟英格拉西亞王國的距離大約三百公里左右，這邊只要花六小時就能抵達。

但這些再怎麼說都是通盤考量安全性才計算出的數字。

理論上速度可以提昇四倍，就連搬運量計算起來都能超過一千噸。然而在實際運用上還沒有做出成績，要是貿然全速運轉，一旦出事將難以應付。

目前就先觀望情況。

實際運用起來肯定會遇到麻煩，也要考慮到休息時間。再加上「魔導列車」連續運用起來也有極限，夜間行駛過一陣子再說。除此之外，得在晚上進行更換零件等整修工作，總不能讓技術人員和列車工作人員不分晝夜工作。

至今為止我們已經準備二十台動力車輛。

每一台動力車都連了兩台貨車，再加上三台客用車，一列總共六台車。

客用車有八十個座位，但是最多可以載一百五十名乘客。可是站客要站著度過好幾個小時，所以我覺得最好還是不要批准比較好。

假如開一次車的目標是乘客兩百人以上，那乘車率就要超過百分之八十。考量到載運每個人的費用，票價究竟該怎麼訂——咦，為什麼我連這個都要想！

這種事情若是交給摩邁爾老弟辦，他會辦得很好吧。

我們遲早會真的通車，有更多的運用實績應該能多少提昇運轉率，對我們來說會更加方便才對。

就以超越時速一百公里為目標，讓列車車廂增加到十輛左右。

這不是夢，而是不久之後將會成真的現實。

——差不多就是這個樣子，這一年來的成果可以說是非常可觀。

若是將這些成果對外發表，我想世界各國都會沉浸在驚訝與興奮之中。

將會開創光明的未來，我們的努力、我國的益處也會廣為人知。

生活將會變得很充實。

會有好吃的美食，還有來自世界各國的各種娛樂文化。

轉生成史萊姆的時候根本沒想過，有趣愉快的生活就在眼前。

若是沒有東方帝國帶來的問題，不需要為任何事情感到不安，可以沉浸在自己的興趣裡……

後來我突然靈光一閃，想到可以由我、維爾德拉和志願者對帝國宣戰，同時將帝國攻陷。

一旦文明高度發展，天使大軍就有可能來襲，但是根本不知道那些對手身在何處。因此要我們主動進攻也很困難，可是帝國就另當別論。

既然他們大動作為進攻做準備，那被人捷足先登也不能有怨言——我不免這麼想。

一方面是等待不符合我的性格，不管怎麼想都覺得進攻比防守更簡單。

假如帝國的企圖是併吞西方諸國，他們犯不著進攻朱拉大森林，也能換個戰略無視我們。

維爾德拉復活的事情已經鬧到人盡皆知，只要稍微調查一下就知道跟我為敵等同跟維爾德拉敵對。

選擇權在帝國手上。

眼下情況讓我方承受莫大壓力。

那麼，要說他們會不會直接入侵西方——

沒辦法走海路。

考量到可能會被大海獸襲擊，就算準備許多巨型戰艦還是不能放心。

要在大海獸的地盤上作戰，那樣風險太高，無法列入考量。就連能否平安通過海面都不曉得。

要在難以立足的海上戰鬥，對那些騎士來說條件太過惡劣。

再說要運送大量的士兵，不曉得要準備多少船隻。

就算他們要運送數以萬計的士兵進入法爾梅納斯王國好了，尤姆他們可沒閒著。已經確實做好防衛，也做好萬全準備來迎擊帝國。

若是一開始進攻沒辦法構築前進用的據點，帝國那邊就不會加派人力增援。後方有大海獸，前方有法爾梅納斯王國軍。如此一來帝國的士兵也會士氣下降，從戰術的角度切入形同勝券在握。

那麼，帝國是不是有可能無視法爾梅納斯王國，進攻英格拉西亞北部？結論就是這樣實行起來也不容易。

英格拉西亞北部是惡魔的遊樂場。

金似乎也不打算阻止他的部下，目前由戴絲特蘿莎的部下負責保衛那個地區。

這個地區有許多好戰分子會定期鬥爭，如果帝國進攻那裡，可想而知他們剛好會成為大家的攻擊目標。

因此我認為他們不太可能走海路發動侵略。

那接著來看陸路。

想要通過矮人王國內部，他們必須先穿越位於柯奈特大山脈的「龍之巢」。

後者風險太高，不會列入考量。

這是因為想要在海拔比聖母峰還高的地方行軍，不管做了多麼萬全的準備，都是自殺行為。

不可能把一般的士兵也訓練成登山專家，就算有辦法好了，前方也有來到A級的魔物在等著——一大群惡龍。

照一般人的思考邏輯來看，不會有笨蛋選擇這個路線吧。

那麼，如果是通過矮人王國內部的路線又是如何？

由於智慧之王拉斐爾大師指出有這個可能性，所以日向就去調查了，聽起來大軍是有可能通過。

話雖如此，蓋札不可能容許這種事情發生，假如真的要付諸實行，在攻略西方諸國之前，帝國必須先進攻矮人王國。

想要進攻矮人王國實在太過勉強。

宣示中立的武裝大國德瓦崗為了保障自己國家安全，擁有精良的常備部隊。軍隊的裝備都靠優良技術打造，那些可不是鬧著玩的，甚至還享有「德瓦崗無弱兵」的美名。

基本上只觀察地形也會發現矮人王國的構造就像一個要塞。只要守住出入口，就算大軍來襲也能抵禦。

那裡有三大都市——伊斯特、威斯特和聖德拉爾。

總共有三個出入口，若是帝國真的要進攻應該會選伊斯特或聖德拉爾。威斯特能夠通往法爾梅納斯王國，這方面用不著警戒。

最危險的莫過於與帝國國境連接的伊斯特，但蓋札可不是省油的燈。他讓兵力集中在這裡，要他們查探帝國的動向。

要是出什麼狀況我也會趕過去，矮人王國交給蓋札應該很安全。

——以上就是我國目前面臨的情況。

*

結果我想帝國只能選擇通過朱拉大森林。

最近這陣子每天都要跟紅丸開會討論，在那之前我老是在想同一件事。

朱拉大森林由我們守護，假如帝國選擇通過這裡，那他們最大的瓶頸顯然就是維爾德拉。依我推測，他們不可能從正面擊破，而是會準備部隊當誘餌，打算用他們耍弄維爾德拉。

將這個可能性考量在內，我必須思考我國境內該如何防禦。

在朱拉大森林裡，能夠進行軍事行動的路線共有三條。

只不過，其中一條就在矮人王國旁邊。要是帝國無視我們的警告並出兵侵略，他們會被矮人王國王國軍及我國軍隊包抄。我想帝國應該也很清楚走這條路會遇到什麼危險，就算降低警戒應該也沒問題。

帝國很有可能透過另外兩條侵略路線進攻。

不過，事情真的有這麼單純？

分散兵力不利於對抗大軍，所以可以派一半的兵力跟著維爾德拉，另一半就是我國軍隊。如果我們採取這樣的戰術，帝國那邊準備專門用來當誘餌的部隊或許就足以應付。

我不是軍事方面的專家，這點程度的問題就連我都能想到。那些軍人是專門打仗的，我不覺得他們會採用這麼單純的作戰方式。

而且帝國有可能小看我們。

認為自己擁有壓倒性的大軍，不管是維爾德拉也好、魔物大軍也罷，都能任意蹂躪。

或是他們不用光明正大的手段進攻，改走旁門左道。

拿正規軍當誘餌，將精銳部隊分成許多小隊，用聲東擊西的方式作戰。分成幾個小隊攻陷森林，之後在某個地方會合──若是這樣呢？

在這種情況下，要監視所有的森林小路是不可能的。

若是隨便安插偵查部隊，視對手的規模而定，我方人員可能會出現傷亡。

如果像日向他們做的那樣，對方派遣實力如同聖騎士的小隊……

連這種可能性都列入考量，我能想到他們可能會透過幾條路線進攻，以我們的軍隊人數來看不足以涵蓋所有路線。

確定帝國的目標再出面迎擊風險太大，我想盡量避免這種事情發生。若是我們失去先機，怕會陷入難以挽回的局面。

就是為了避免這種事情發生，所以我們一直保持警戒，但是最重要的關鍵——帝國的動向，這點我們一直看不出來。

所謂的戰爭，若是能夠將對手殺個措手不及，情況就會對己方有利。使出讓對手出乎意料的戰術，光是這麼做就有可能贏得勝利。

如此一來，我們必須考量各種可能性……

這樣一直在原地打轉。

不行。

愈想愈煩。

還是我們先進攻好了？

或者應該這麼做，帝國一旦出面宣戰，我們就發動特攻？

帝國又不一定會按照我們預想的樣子出兵，繼續想下去也沒用吧。

不管怎麼想都覺得這樣比較合理，那就是不等對方出手，我們主動進攻。

這樣就沒什麼好煩惱的，由我們掌握主導權。

……但我不會那麼做就是了。

認真想也想不出答案。

這種事情就靠臨機應變。

臨機應變。

這個詞唸起來多好聽，讓人有種精明能幹男人的印象。

如此這般，我像平常那樣做出結論，接著朝朱菜準備的泡芙伸手。

用完腦就想吃甜的東西。

吃太多肚子會太脹，那種事情不會發生在我身上。

若是真的吃太撐，到時再做打算。

「啊，只有你自己吃好狡猾。」

我用紫苑替我泡的紅茶潤喉，同時享用泡芙，這個時候紅丸總算來了。

地點是我的辦公室。最近我每天都要跟紅丸討論一些事情，今天他遲到一下下。

未來可能會跟帝國開戰，我拜託紅丸朝這個方向做事前準備，所以他好像很忙。雖然他遲到一會兒，可是這樣就抱怨未免太心胸狹窄。

咦？要我幫忙？在說什麼，我完全聽不懂。

那不是門外漢可以插手的。

這句話還真方便，想著想著——

「紫苑，也替紅丸倒杯紅茶。」

「遵命！」

紫苑做的料理似乎在紅丸心中留下陰影，害他總是露出戒備的表情。其實就只有紅茶沒問題，但紅丸還是不敢大意。

「謝謝。覺得疲勞就會想吃甜食呢。」

「是啊。現在可以像這樣盡情地使用砂糖，希望這種和平日子可以繼續下去。」

「說得是。不過，就算要跟對方對決也沒關係，把他們打個落花流水就好。」

紅丸還是一樣有自信。

雖然很可靠，但還是希望他別忘了要努力迴避戰爭。

「請用！」

這個時候紫苑為紅丸送上紅茶。

她也替我倒第二杯茶，那股香氣對我很有療癒作用。

「對了，迪亞布羅去哪裡了？」

「哦，他今天也去當仲裁。」

「又來了？」

「嗯。又來了。」

沒錯，迪亞布羅一直跑去當仲裁。

每天烏蒂瑪跟卡蕾拉都會引發問題。

感覺起來並不是那兩人水火不容，但是她們就愛爭長短。

昨天是爭辯犯人的引渡問題，之前則是在吵要怎麼處置被拘留的嫌犯。

有時會為了餐點的菜單爭吵，或是爭論誰先購買最新版的服飾。

只是口頭上吵架那倒還好，可是那兩個一旦開始爭鬥，就會出現連黑道都害怕的抗爭。

只有迪亞布羅能夠阻止她們。

至於迪亞布羅的部下威諾姆，他不僅被兩大勢力打得落花流水，吵架還吵輸。

但是並沒有對鎮上的居民造成損害，事實上她們也變成一種名產，甚至變成簽賭的對象，話雖這麼說，還是不能丟著不管。

基於這些考量才會派迪亞布羅過去，但或許也該想想解決根本問題的對策了。這是因為若不這麼做，迪亞布羅可能會忍無可忍發飆。

之前迪亞布羅也有帶烏蒂瑪和卡蕾拉進入迷宮。不是進去約會，沒那麼甜蜜，他誇下海口要對這兩人徹底施教。

在迷宮裡面不會死掉，可以盡情教訓那兩個人，把她們打到體無完膚，但就算是這樣，她們也不會反省吧。

反倒高高興興，希望能跟迪亞布羅對戰。

啊啊，為什麼惡魔族這麼好戰……

我個人是覺得要應付這兩個人根本沒完沒了。

「讓您久等了。」

在我跟紅丸閒聊一陣子之後——

一臉疲憊的迪亞布羅回來了。

「你回來啦，辛苦了。」

「哪裡哪裡，那點小事稱不上辛苦，倒是跟利姆路大人相處的時間——」

「看樣子你一點也不累，我們進入正題吧。」

「我也這麼想。」

他還能在那說蠢話，那表示應該沒問題。

迪亞布羅似乎想說些什麼，反正應該就是像平常那樣炫耀自己的戰績吧。我認為那些事情用不著放

在心上，跟紅丸決定開始進行今天的討論會。

＊

剛才也提過，進入我國的移民愈來愈多。

如此一來，問題就是該如何替那些訪客分配工作。

我想每個國家都一樣，就業率非常重要。

為了提高國家的產能，重點就是要讓每個國民認真工作。

人們的就業率愈高，個人消費就會增加，景氣也會跟著好起來。相反的，就業率惡化景氣就會跟著惡化，犯罪率也會上升。

必須對這方面給予適當的管理，那是國家領導階層應該做的事情，但實際上卻很難實現。

接受的移民在個人能力上都有差異，任何人都可以做的純勞動工作有限。

本國正在發展，各個地方都在趕工，所以至今為止都有辦法分派工作。可是如今那些工程都接近尾聲，今後該怎麼辦將成為課題。

能力比較好的人不會有問題。

像是有一技之長的技術人才、靠自身才華就不愁吃穿的人，接受他們相對容易。

問題在於沒有任何知識又沒辦法賺錢的人。

如果是農民，只要給他們農地就行了。

如果是工匠，向他們引介工房就好。

如果是冒險者，他們有迷宮可以闖蕩；若是藝人，可以讓劇場僱用他們。

沒有這些才華的人該如何對待？

面對這個問題，我的答案就是成立教育設施。

在入國審查的時候問對方可以做什麼，然後請他們做延伸學習。專門用來讓他們學習的地方就是教育設施，目前由紅丸管轄的軍隊就實際運用了。

「移民人數持續增加，想要加入軍隊的志願者也跟著變多。但是否堪用還是一個問號，如果只是在國內擔任警備工作應該可行。」

理由就是這個，我們試著推行這種做法，但是就現況來看，人好像又變多了。

加入軍隊就有飯吃，而且還能免費學習技術，甚至會幫忙介紹工作——這樣的傳聞一傳十十傳百。

結果不只是外來移民，就連許多冒險者和傭兵也陸陸續續聚集過來。

好吧，既然西方諸國的防衛工作也由我國承擔，那麼增強軍備也是一大課題。

目前之所以還沒發生問題，上述這些也是原因之一。有陸陸續續出一些小狀況，不過那些都可以在軍隊內部進行調整。

問題是我們愈來愈有可能跟帝國開戰。

怎麼能讓剛加入軍隊的人上場作戰，必須重新編制部隊，這點迫在眉睫。

因此我命令紅丸提出新的組織表。

紅丸拿出一張紙攤在桌上。

「這就是我重新構想的組織表。這樣的人事編排有點大膽，但我認為應該可行。」

指揮權在紅丸手上，包含任命權在內，由我掌握統帥權。

這樣有點複雜，照理說統帥權就囊括指揮權。我將它分離出來，交到紅丸手裡。

在指揮軍隊這方面，我這個門外漢不該插嘴——因為我這麼想，所以跟軍事有關的事情都優先交給紅丸處理。

也因為這樣，在軍隊裡頭紅丸的命令還比我大。

只不過，戰略命令就另當別論。

像是指派一些人擔任軍方高層的任命權，或是做出判斷，在戰爭的時候讓戰爭終結。

將軍以下的指派可以由紅丸按自身權限任意安排，但是要設立軍團或是任命將軍就要交給我裁決。

是否要批准紅丸製作的組織表，必須經過我確認。

「哦——如果你認為沒問題，那我也沒意見，不過——」

雖然不打算挑剔，但有時還是會想說個幾句吧。

既然任命權在我手上，要是出狀況就得由我負責。

不過，關於這次的人員編排，其實我們已經爭論過好幾次。

說不打算發表意見其實也沒有意義，現在講都已經是馬後炮了。

至於我硬要他們採用的人事安排就是這一段——「第一軍團長哥布達」。

「關於要讓哥布達當將軍的提案，一開始聽到覺得實在很誇張，但他好像意外合適。」

看紅丸的反應也知道，要讓哥布達當大將，有人贊成有人反對。

的確，要任命那個笨蛋——哥布達當主管，確實讓人不安。哥布達的判斷左右部下的生死，怪不得紅丸和他底下的參謀會那麼煩惱。

哥布達開會的時候也常常睡覺，他不會出問題——連我都不這麼認為。

然而我很清楚哥布達有在偷偷進行特訓，還有他一直在努力，想要保衛這個國家。

「我就說嘛！這個男人該硬起來的時候就會硬起來。」

只是不用認真的時候會徹底擺爛就是了。

話雖如此，哥布達的部下都很信賴他，別看他那樣，其實很會照顧人。

我很信賴他。

「那傢伙也是四天王之一，利姆路大人絕對沒有看走眼！」

「說得對。除此之外，為了以防萬一，我還派戴絲特蘿莎過去當督察，如果有不足的部分也能幫忙補足。」

紫苑和迪亞布羅同為「四天王」都推舉哥布達。

「既然你們都這麼說了，身為『四天王』之首哪能拒絕。」

如此這般，紅丸也露出苦笑。

其實他也認可哥布達吧。

「的確，就像迪亞布羅說的那樣。要是出什麼狀況，我們再來支援就好。就讓他做做看吧。」

「應該沒問題。看起來不怎樣，事實上好像很有人望。」

就這樣，我們決定讓哥布達擔任將軍。

＊

哥布達以外的軍團長也要確認一下，我一直在看組織表。

紅丸麾下設立的軍團一共有三個。

第一軍團目前蔚為話題。

由哥布達擔任軍團長，讓白老當軍事顧問。

旗下的士兵如下。

※狼鬼兵部隊百名。

每個人都成長到A－等級，具備相當於百人長的實力。

※綠色軍團一萬兩千名。

草創時期就加入的四千人成為上級士兵，底下有後來僱用的八千名下級士兵。他們似乎三人一組行動。

這一年來兵力大幅增加，但大多數都是來自朱拉大森林的魔物。因此運用起來並沒有出太大的問題。

雖然下級士兵只有C～D級，但是上級士兵都培育到相當於B級。應該能發揮可觀的戰力。

再來是第二軍團。

由蓋德擔任軍團長。

關於這個第二軍團，目前正充當工作部隊，在世界各地活躍。我們預計進入戰爭時期就把他們叫回來，他們會成為魔國聯邦的主力軍隊。

底下的士兵如下。

※黃色軍團兩千名。

豬人族戰士團從一開始就是蓋德的部下。

個人能力相當於B^{+}，算是非常強大，可以跟蓋德一體化形成堅不可摧的防衛陣線。

同時這些人也擔任小隊長，負責帶領新人部隊。

※橙色軍團三萬五千人。

新來的豬人族自願加入軍隊。這是相當於C級的強大部隊，但是可以出面作戰的只有一萬五千名老手。剩下那兩萬名預計讓他們從事後方支援工作，或是當工兵。

最後是第三軍團。

已經讓他們實際上場作戰，這個兵團可以說是我們的殺手鐗，是可以在空中飛的游擊部隊。

軍團長就是成立這個軍團的人——戈畢爾。

底下的士兵如下。

※「飛龍眾」百名。

用不著說也知道，他們是魔國聯邦最強的部隊。

每個人的戰鬥能力都相當於A^{-}，除了具備飛行能力，同時還有高超的指揮能力。

聽說某些個體甚至來到A級。他們的絕招就是「龍戰士化」。

※藍色軍團三千名。

某些志願者來自蜥蜴人族戰士團，他們都是因為仰慕戈畢爾才來的。這支部隊的主要成員就是他們，能力相當於C^+。

不過，藍色軍團的本質並不在這兒。這個兵團的特徵在於能夠騎飛空龍作戰。這支部隊擁有制空權，在戰爭中擁有最高的打擊力。

話雖如此，目前培育的飛空龍只有三百隻左右，不夠所有人用。他們的主要任務就是培育飛空龍和進行支援，可能之後才有他們大顯身手的機會。

即使如此，還是不能小看他們。飛空龍是低階龍族的亞種，相當於B^+的魔物。戈畢爾成功捕捉牠們，而且順利培育，但是今後的目標是讓數量增加。假如所有成員都有飛空龍可用，那個時候藍色軍團才會發揮他們真正的價值吧。

以上就是直屬紅丸的三個軍團。

「第二軍團讓蓋德帶領，第三軍團給戈畢爾是嗎？應該沒問題。」

「這個嘛，我也做了不少評估，還是覺得這樣分配最恰當。」

蓋德用不著多做解釋，他會成為一個可靠的將軍。

戈畢爾這邊也沒什麼問題。

他確實是很容易得意忘形，但很擅長作戰。在模擬戰上的成績很優秀，甚至連紅丸都把他當成競爭對手。

雖然看起來不是很擅長思考戰術，可是在戰術局面上的判斷很準確。也很會照顧下屬，知道什麼時

候該退居幕後。

無可挑剔，是很適合擔任軍團長的人才。

「這些就照老樣子不變。」

這時紅丸拿出另一張紙。

上頭記載三支部隊。

有紅丸的親衛隊「紅焰眾」——三百名。

以A級的哥布亞為首，這支精銳部隊的成員都很厲害，都在A⁻以上。目前還同時擔任主要參謀。

看到他們戰鬥訓練的情況，我覺得哥布亞這些高階魔人跟喀爾謬德比拚應該能占上風。

其他隊員也不例外，若是將技量也考量進去，某些人甚至足以媲美A級。有些人就算跟聖騎士一對一單挑也不會輸，這支部隊的綜合戰力難以估計。

判斷魔物強度的基準大多是靠魔素量決定。

天生就強大的魔物沒有等級概念。不過，我國魔物除了具備與生俱來的肉體性能，他們還有進行軍事訓練。這樣似乎能累積更適合用來實際作戰的實力。

就算以高於一般判斷標準的水準來看，給這樣的評價也不過分。

話說，看看白老這個例外就知道我的想法顯然沒錯。

這支部隊的成員個個都是狠角色，能熬過白老的地獄特訓。全都經過相當的訓練。

還有蒼影率領的情報部隊「藍闇眾」——在百名以上。這支部隊是個謎團，完全聽從蒼影的命令，顯少有人知道他們的存在。

不過——就我所知，裡頭高手如雲。

例如蒼華、她底下的四名隊長都是A級。

還有許多比他們更厲害的高手。古蓮妲就是其中之一，有好幾個特A級戰力。

事實上，戴絲特蘿莎透過司法交易挖角一些人才，那些都被蒼影接收。

有傭兵團「綠之使徒」的團長傑拉德，還有之前是他部下的精靈使者艾茵。這兩個人也是超越A級的厲害角色，如今已經成為高超的間諜，正大肆活躍。

以前我曾經開玩笑說這個特務機關專門收問題兒童，現在給人的感覺就是那樣。

蒼影說不能期待他們在戰鬥中的表現，但我才不信那一套。因為他們看起來好像很擅長暗殺。

是說他們那邊有這麼多超越A級的高手，真想對他說「你在鬼扯什麼」。

蒼影的目標到底是什麼？

——大家都在謠傳這支部隊感覺有點可怕，但從某方面來說，這也是沒辦法的事。

再來看紫苑底下的「紫克眾」——共有百名。

這支部隊的特徵就是不容易死掉。

活用令人恐懼的再生能力，曾經進行無比殘酷的特訓，所有成員都變得很強，相當於B^{+}。他們原本都是C級，算是成長最多的。

跟聖騎士團作戰的時候也很活躍，搞不好裡面有突破極限來到A級的人也說不定。

目前最強的應該是「飛龍眾」，若是要說哪支部隊之後會逆轉，我認為就是紫苑的「紫克眾」。

這支部隊在紅丸提出的組織表裡頭相當於我的親衛隊。

我個人不是很想這麼做，但是大家考慮將活用他們耐打的特性作戰——當誘餌爭取時間——付諸實行。

要是有什麼萬一可以讓「紫克眾」當誘餌，方便我逃走。

紫苑曾經得意洋洋地向我說明這些。

我先聲明一下，他們雖然叫做親衛隊卻不聽我指揮。這支部隊的存在價值就是為了保護我，聽說嚴格禁止他們聽從我的命令擅自行動。

因此就算我大叫不行，他們也會不惜為了我犧牲自己吧。

這樣未免也太過棘手。

——不過，就算我拜託他們幫忙打雜，他們還是一下子就答應了……

這些事最好不要跟紫苑講比較好。

做做表面工夫跟真實心聲還是要區分一下。

順便說一下。

其實紫苑還有另外一支祕密部隊，連組織表都沒有記載。

雖然是祕密，但是大家都知道，所以這應該算是眾所皆知的祕密吧。

那就是自稱直屬紫苑的直屬部隊。

後來他們變成紫苑的親衛隊，但事實上單純就只是一個粉絲俱樂部。

人數有多少不知道。

我想再多也不會超過一千人。

因為這支部隊不是正規軍，所以不在我國的管轄範圍內。

人數及能力都是未知數，這樣沒問題嗎？

只要別鬧出人命就行了。

這些人都由紫苑偷偷培養，所以實力也是未知數。

聽說達格里爾的兒子們都努力擔任隊長，就連原本有戰鬥經驗的冒險者們似乎也跑去參加。

也許未來真的能夠派上用場也說不定，可是比起期待，我心中的不安更大。

雖不至於到端不上檯面，但這支部隊沒辦法派往前線，怪不得紅丸沒有把他們寫在組織表上。

我將那張紙還給紅丸。

「看起來沒什麼問題。戰力好像增加了，但是關於這些部隊用不著做變更。我跟你也都不要插嘴吧。」

「說得也是。『紅焰眾』是我親手栽培的部隊，這點讓我引以為傲。蒼影和紫苑八成也這麼想，所以這些部隊就不寫進組織表。」

聽紅丸這麼說，紫苑也跟著猛點頭。

我個人也沒有意見，所以就批准了，跟他們說「就這麼辦」。

對於自己栽培的部隊，不管是誰都會希望為己所用。

說真的，其實戈畢爾的「飛龍眾」也不用寫在組織表上。關於這點，都是因為採用戈畢爾意見的關係。

對了，雖然狼鬼兵部隊不是哥布達栽培的，但他們是同袍又是戰友，大家都是哥布達的夥伴，都認

可他的實力。因此就算要變更指揮官，我們也會顧慮這些人的心情。

這時紅丸拿出第三張紙。

「從這邊開始才是重點。這些都不是直屬於我的軍團，就整理在這裡了。」

總算要進入這個部分了嗎？

之前拿出的表單只有記載既存部隊和人員增減。

比較引人注目的就只有第一軍團的軍團長讓哥布達擔任。這個是我提議的，因此並沒有讓人驚豔的感覺。

那來看看這次的內容是什麼。

帶著緊張的心情，我開始看那張紙。

＊

左邊和右邊分別記載一些圖式。

右邊寫了至今為止列出的所有軍隊人數。

第一軍團——於哥布達麾下，大約一萬兩千人。

第二軍團——於蓋德麾下，大約三萬七千人。

第三軍團——於戈畢爾麾下，大約三千人。

加起來大概有五萬兩千人。

這些都是魔國聯邦的常備軍，感覺好嚇人。

即使如此，我們依然有餘力養兵。本國人口已經突破百萬人，正以勢如破竹的速度增加。冷靜想想，我們的國力正大幅度提昇。

正因為有如此強大的國力，才能養這麼大的軍隊。再加上有第二兵團當工兵，才能維持這樣的兵力。

如果這些傢伙毫無生產力可言，我想情況應該會變得很嚴峻。要感謝蓋德他們。

剔除蓋德等人，剩下的兵力大約一萬五千。

光靠這些人實在不足以跟東方帝國作戰。

那該怎麼辦才好，這個問題一直讓我跟紅丸很煩惱。

「一旦戰爭開始，我就會把蓋德他們叫回來。這點就按預定計畫進行。不過，這樣還是不夠。西方諸國似乎各自都有自己的軍隊，但是要讓他們動員那些軍隊也是一大問題。」

「是啊。好不容易掌握評議會的兵權，若是不用是一大損失，但這麼做可能會引起劇烈反彈。」

「還有西方諸國內部一旦發生問題，到時就沒有能力遏止。如此一來事情將會變得很棘手。」

「在我國境內是沒有問題，可是西方諸國的民眾如果對我們的統治能力心生疑問，今後做事就會變得很困難。」

「確實是這樣。」

如此這般，那些事情我們討論過好幾次。

對此，紅丸把答案寫在這張組織表左邊了吧。

來看看左邊的內容。

西方配備軍——十五萬。

魔人混編軍——三萬。

義勇兵團——兩萬。

上面就寫了這些。

「數量很龐大，左邊這些都是什麼樣的軍隊？」

「基本上算是聽從我們指揮的軍團。剛才提到評議會底下也有軍隊，就是西方這邊配備的軍隊。這些有別於各個國家的國軍，都是由評議會——應該這麼說，大部分都是由我國出資，用這種方式直接僱用的軍隊。」

的確，既然評議會願意把兵權交給我們，那麼對於歸屬於評議會的軍隊，我國就握有命令權。這件事我明白，不過——

「人數有這麼多？」

歸屬於評議會的軍隊只是形式上存在。那些原本都是各國議員從他們母國帶過來的，以騎士和士兵為主。

人數也大約只有一千人左右，主要業務是負責警戒英格拉西亞王都的會場。

原則上西方諸國各自有自己的軍隊，每個國家的安全由他們自己守護。幾乎不用評議會出動軍隊，所以不需要養真正的大軍。

就是因為現況是這樣，他們才會把兵權乾脆地讓給我們……

話說我會想要兵權，目的並不是要因應什麼狀況。

單純只是因為要讓「魔導列車」在各個國家開通，需要進行鋪設軌道的工程。若是要派遣魔國聯邦的工作部隊過去，要一一等人批准太麻煩。

假如真的發生什麼狀況，到時候我國會派遣軍隊。基於這樣的考量，我們就先讓以前歸屬於評議會的士兵暫時回國。

除此之外還用「由我國出資」當條件，成立用來維持治安的部隊。

而且我想比起魔物，安插人類和亞人應該會讓人們更放心，就命令下面的人去當地找人。

「那些軍隊先是解散，後來新的軍隊人數就變得更多。根據戴絲特蘿莎的報告指出，只要加入軍隊就不怕沒飯吃，這個傳聞一傳十十傳百，結果一募兵就來好多人。」

「可是組織那個軍隊的目的是要維持治安吧？哪需要十五萬人。」

既然各個國家還保有警察權，那我們抓犯罪者就會超越職權範圍。就算目的是維持治安好了，活動內容也是以防災為主，老實說我的目的是想讓他們幫忙工作部隊，不然就是去後方支援。

別說是十五萬了，就連一萬都不需要。

「關於這件事，根據戴絲特蘿莎所說，好像是各國希望這麼做。」

紅丸開始對我詳細說明。

戴絲特蘿莎在評議會上呼風喚雨，還大膽推行構造改革。

這件事我也知道，結果引發廣大迴響，大到超乎我的預期。

不管怎麼說，在這場改革中我們只是扮演諮詢對象。主導權握在各國手裡，由我國提供技術。

就好像ＯＤＡ——由政府援助開發工作。

評議會會投注官方資金，我國把這個當成國家事業、派遣勞動力，對遇到困難的國家伸出援手。去當地僱用當地人，進行技術指導，同時回應他們的要求。

這樣我們這邊就可以創造工作機會，還可以賺取費用，受我們幫忙的人可以獲得援助，創造雙贏局

面。

可是天下沒有白吃的午餐。

這種支援制度當然也有另一面，我們會要求對方做出回報。

例如要設置水壩，看我們支付多少費用施工，就要讓我們取回等量的水利權。

等到鐵路通車，列車的搭乘費用會加上稅率，那我們可以永遠透過徵收來獲取利益。開通街道也一樣，我們會負責維持管理，但是對方必須撤銷關稅，或是給我們各式各樣的權益。

簡直就是魔王才會做的勾當。

假裝表現出親切的樣子，其實做的事情非常惡質。

只不過，這樣對方以後肯定會變得更方便，所以跟我們交易也沒損失。我們未來預計會獲得那些看不見的利益，這些會由他們支付，只是這樣罷了。

當然，我想那些大國會想靠自己的力量做點什麼吧。

就算目前沒辦法做到，看了實品還是有機會偷學。偷學我們的技術，自己拿去用——我想一般而言都會這樣。

沒想到——

「——就是這個樣子，聽說那些大國也紛紛要求，希望列車能夠早日通車。」

「所以說，光靠我國工作部隊人手不夠，還要動員那些僱用來進行後方支援的人？」

「對。就算這樣也不夠，我們打算去現場找人，讓他們幫忙……」

原因就出在這，所以軍隊人數才會多到那麼誇張嗎……

我讓戴絲特蘿莎當上外交武官，全權代理我。

一些小事就不用跟我報備，可以直接簽核——這是我已經叮嚀過了，所以似乎連紅丸也是最近才知道這些事。

結果變成僱用一大堆人是嗎？

「不過，這就是那些大國打的如意算盤吧？只要讓我們培育技師，今後就方便運用。」

比起偷取技術，這樣更有效率。這種想法實在很蠻橫，但我也不吝於採用這種方法。身為領導人，當然會想出這種對策。

而我們培養出來的技師今後會成為各國棟梁吧。沒辦法獲得一些權益固然可惜，但透過技術發展能引發良性競爭，其實也是一大樂事。

「看起來應該不是那樣。那樣這些大國怎麼可能放走那些技師？」

這麼說也對。

「——咦，聽你這麼說，戴絲特蘿莎找過來培育的支援用士兵全都要直接編進西方配備軍？」

「答對了。」

面對吃驚的我，紅丸帶著奸笑回應。

好不容易培育出這些技術人員，若是就此埋沒就太可惜了。既然如此，最好也一併進行災害救助訓練或是保鏢工作、都市防衛訓練——看樣子紅丸很懂得精打細算。

「戴絲特蘿莎說事情已經辦完了，想要把他們解僱，但這樣實在太浪費。」

「說得也是。」

「我自認能替他們準備工作，所以就基於獨斷將他們命名為西方配備軍，編制成這個軍隊。」

原來如此，我明白了。

不過，在短短的一年內，那些人應該不至於熟練到哪裡去。話雖如此，若是今後也持續訓練，應該能期待他們變成負責防災的專業部隊，而且能大顯身手。

還能用來處理事故，正如紅丸所說，應該能運用在各式各樣的場面之中。

「我知道了。這個判斷下的真不錯，紅丸。」

「應該沒有那麼值得誇讚啦。」

嘴上這麼說，紅丸一臉害臊。

話說回來，西方配備軍是吧。

十五萬是相當龐大的數量，但是要同時把這些人派到西方各國，就算有那麼多人也不夠用。

若是能夠確保獲得權益，他們就等同能夠靠自己的力量賺取生活所需吧。

一開始沒想到事情會變成這樣，聽到這個喜訊讓我很開心。

來看下一個。

「我已經知道西方配備軍是什麼情況了，那魔人混編軍又是什麼？」

人數高達三萬，是從朱拉大森林那邊徵魔物過來當兵嗎？

「在那支軍團裡，主要都是以前在克雷曼底下做事的魔人。蓋德要這些俘虜工作，但是他選出擅長戰鬥的人，把這些人租借出來。取而代之，有些豬人族自己手邊的工程已經做完，剛好沒事做，他們就會去補這些魔人的空缺。」

照紅丸的話聽來，似乎已經做了細心安排，以免對蓋德的工程造成影響。

既然這樣，也好啦。

與其找一些門外漢過來，還不如找一些有戰鬥經驗的人鞏固軍隊，這樣會比較強大吧。不過——

「那些傢伙好像不是很合群？」

說到克雷曼的部下，大部分的人都是B級。可是其中也有幾個人超過A級。

這是一個非常強大的集團，但是從軍團的角度來看卻很弱。這群魔物只是因為恐懼才服從命令，怎麼可能贏過受過訓練的職業軍人。

事到如今聚集這幫人應該也來不及實施軍事訓練。

「目前多虧有蓋德在場，所以沒有人出來胡鬧。不過，就算真的出現這樣的笨蛋好了，我也會讓他們閉嘴。」

是沒錯。

如果是紅丸，要用蠻力讓他們屈服很簡單吧。

「可是他們好不容易才習慣那些工作的內容，現在硬要他們上戰場恐怕……」

看我面有難色，紅丸說沒問題。

「那件事情是他們主動提出的。似乎想讓利姆路大人看看，讓您知道他們也能派上用場。」

「什麼？」

紅丸說的話讓人好意外。

那些我行我素的魔人竟然主動說要從軍。

「這裡有好吃的料理，還有志同道合的夥伴。再加上說需要他們的上司，以及做起來很有成就感的工作。他們大力主張，說為了守護這些，自己才會湧現動力。」

「真的假的……」

令人開心的誤算指的就是這個，他們主動提起對我們非常有幫助。

這是因為徵兵而來的兵力在實際作戰的時候根本派不上用場。一方面是為了保家衛國不得不這麼做，但若是衡量損益比，有的時候無條件降伏才是明智之舉。

變成其他國家的奴隸固然讓人難以忍受，但若只是被課重稅，在這種情況下歸順對方的國家，人們其實可以抱著臥薪嚐膽的心情陽奉陰違。

講難聽一點其實就是現在先忍耐，等到有機會再報仇。

只要侵略者沒有做出過分殘酷的行為，乖乖承受些許的損害也是一種選擇。

可是在這種情況下不能忽視住在那個國家的居民有何感受。

自己的未來需要自己負責並做出選擇。身為支配者只要回應他們的心情就行了。

因此我認為徵兵制度是最差勁的手段，不應該強迫他們對我國抱持愛國情操。

魔國聯邦這個國家受到我的庇護。

若是有人從其他地方冒出來，提出傲慢的要求，我可不打算接受。

我不打算輕易放棄我們應有的權利，如此一來無論如何都會出現意見對立。若是對方不願意妥協，勢必會發生戰爭，如果因此出現反彈聲浪，其實也是一種困擾。

若是大家不想靠自己的力量守護家園，想盡早逃到別的地方也沒關係，一直以來我都是這麼想的。

絕對不能搞錯，要知道自己應該保護哪些人。

從建國時期開始苦樂與共的夥伴自然要排在前面，之後才加入我們的人，若是只會一味主張自己的權利，我並不打算對他們照顧到那種程度。

若是沒有應該要守護的國民，就連我也早就逃之夭夭了吧。

然後再去某個地方找志同道合的夥伴，一起開創新的國家。對我來說，用不著執著於這塊土地。不過——

我們的歸屬之地就是魔國聯邦，假如大家都愛著這塊土地，我想要盡全力回應大家的心意。

不管面對什麼樣的外敵，都要盡全力打倒他們。

就算對手是魔王金也一樣。

我已經做好覺悟，不管用什麼樣的手段都必須打倒對手。

話雖如此，金實在很難對付，希望事情不要變成那樣。

「我確實感受到他們的熱誠，想必他們真的這麼想。除此之外，有些人來自朱拉大森林各地，聽說要打仗紛紛表示願意協助我們。將他們聚集在一起變成一個軍團，這就是魔人軍隊。」

雖然這麼說，還是有把弱者排除就是了——說到這邊，紅丸苦笑了一下。

嗯，聽起來真不錯。

這樣大家就有動力好好努力了，我感到很開心。

關於最後的義勇兵團。

聽說這是由人類組成的軍團，來自魔國聯邦的居民，或是由鄰近各國聚集而來。

不管怎麼說，若是我們戰敗，朱拉大森林周邊的國家也會毀滅。既然這樣還不如一開始就提供協助，所以願意提供全面協助的人才會聚集在此。

團隊裡頭多半是冒險者或傭兵。我們有接受一些外來移民，聽說也有不少人自願參加。

拚命探索地下迷宮的笨蛋們——每次都變成我們那些「替身」的獵捕對象——也有一大半成員聚集

過來。

總人數加起來是兩萬人，雖然不是那麼值得期待，但我們還是把他們計算進去，對本國戰鬥力不無小補。

「話說左邊大概是這樣的感覺。要說右邊跟左邊有什麼不同，那就是對魔國聯邦——應該說，對利姆路大人的忠誠度高低。」

「對我？」

「話說右邊的軍團，這些人賭上性命不是為了利姆路大人，就是為了這個國家。可是左邊這些人之所以會聚集過來，都有他們自己的打算。某些人或許有崇高的志願，但我們實在沒時間一一跟他們面試，所以就以這樣的型態將這些人組織起來。」

「原來如此……」

在我後方，紫苑跟迪亞布羅猛點頭。

我好像聽到一些危險的對話，例如要把左邊這些人當成棄子，或是要讓他們經過試煉，只選出菁英，這些一定是我聽錯了。

「那麼接下來的問題，就是各軍的軍團長該指派誰擔任。」

於是，我們現在總算要切入正題。

＊

先從西方配備軍開始評估。

這是最大規模的軍團，他們屬於評議會，成員目前依然分散在世界各地。

「如果只看數量，他們會變成二十萬大軍，但是關於西方配備軍這十五萬人，我打算不要動用，直接將他們留在現場運用。」

「也對。他們名義上是屬於評議會的軍團，我們不方便擅自動用，所以也不能刻意把他們叫到這邊。」

假如他們聚集在某個地方，我可以靠魔法把他們一口氣移過來就是了。

若是要一口氣移動十五萬人，光是要進行管理就非常耗費心力。目前指揮系統還沒有定案，我想應該也沒辦法進行像樣的軍事行動。為了避免帝國派來的奸細去各個國家搞鬼，最好請大家嚴加戒備。

「我也這麼想。靠我的力量要把他們拿來運用也行，但是關於西方配備軍這邊，我希望維持現狀。目前他們那邊沒有軍團長，但我打算這邊也讓身為外交武官的戴絲特蘿莎負責。」

「這個方案也不錯……可是戰爭一旦開始，或許也得讓戴絲特蘿莎回國。到時不知道能不能順利跟那些軍團成員取得聯繫，這點令人擔憂。」

那些部隊四散在西方諸國各地，該怎麼跟他們取得聯繫？

可以透過「魔法通訊」、聯絡用的通訊水晶，或是運用「魔鋼絲」打造聯絡網。像這樣運用各式各樣的通訊手段，各個國家和各大主要都市都已經成功架構通訊網。

可是就目前的狀況而言，一些末端城鎮或村落的配備並沒有這麼高級。該說設置那些東西也是工作部隊的任務。

每一個部隊裡頭都有魔法師，我想應該能使用「魔法通訊」，不過……

「沒問題的。如果是摩斯，就算有好幾百支部隊也有辦法管理吧。」

「沒錯，這件事我也有聽蒼影提過。摩斯跟蒼影合作，致力於蒐集情報，聽說他還會利用工作空檔處理部隊之間的聯繫工作。」

真的假的！

摩斯這傢伙還真好用。

「既然這樣，讓摩斯當軍團長不就得了？」

「不，該說那樣摩斯很可憐嗎……」

「的確，照戴絲特的性情來看，摩斯的下場會很慘吧。雖然這不關我的事，但我有點同情摩斯。」

「……好吧。既然這樣就暫時讓戴絲特蘿莎當軍團長好了。」

不只是紅丸，就連迪亞布羅都在同情摩斯。那我就要懂得察言觀色，還是別讓摩斯擔任軍團長比較好。

至於西方配備軍，這次就讓他們專心處理本業，也就是維持治安。

若是出什麼狀況就不一定了，但是出動西方配備軍要當成最終手段。

軍團長就由戴絲特蘿莎兼任。但我會事先聲明，說這只是暫時性的安排，找到合適人選就會交棒給對方。

關於西方配備軍的安排就到這邊。

接下來是魔人混編軍。

關於這點就交給紅丸安排吧？

「我個人推薦利格魯先生。」

利格魯是吧。

的確，利格魯有率領警備部隊的經驗，實力也超越A級，說真的無可挑剔。不過，利格魯負責輔佐利格魯德，讓人懷疑他有沒有空擔任軍團長。

可以的話，我希望只靠常備軍隊決勝負。可是目前還不清楚帝國那邊會準備多少兵力。

我們有派人過去偵查，但是沒辦法連帝國內部的情報都弄到手。

話雖如此，我們有斷斷續續獲得一些關於軍事演練的情報，照這些資訊推測，他們最少可能也會動員超過三十萬以上的兵力。搞不好還會出動超過百萬的大軍。

在這種情況下，我們就沒有延後動用這支魔人軍隊的餘力。

我對利格魯的指揮並未感到不滿，但是卻覺得不安。等到突然開打卻要動用像一盤散沙的部隊，不管怎麼想都覺得很危險。

「——唔——關於這個軍團，我還是想交給紅丸負責。今後這個魔人軍隊就叫做紅色軍團吧。要從『紅焰眾』裡頭選出千人長，讓他們管理部隊。這個就當作第四軍團，紅丸，由你擔任軍團長，直接指揮他們。」

因為很危險所以用紅色——開玩笑的。

好久沒有像這樣靈光一閃說出大叔才會說的笑話。

《……》

嗯。

我不想讓場面冷掉，就別說了吧。

臉上表情依舊一派認真，心裡卻在想這種白痴的事情。大家都沒發現這件事，會議順利進行。

「我知道了。既然這樣，就交給我吧。」

看樣子紅丸似乎也料到我可能會說出這種話。所以他不慌不忙，二話不說答應。

紅丸身上有獨有技「大元帥」。若是軍團的訓練程度不夠也能輕易彌補，要運用一大群士兵，紅丸是最合適的人選。

就這樣，除了指揮全軍，紅丸另外還要指揮他的直屬部隊紅色軍團。

那最後就剩義勇兵團了吧。

「你打算怎麼處置義勇軍？」

「問題就出在這裡。」

面對我的提問，紅丸面有難色地回應。

話說這個義勇軍裡頭幾乎都是人類。若是讓魔物擔任這種軍團的軍團長，可能會引發不必要的不滿

——紅丸在擔心的似乎是這個。

「這確實是個問題。若是出現傳聞，說在魔物的國度裡，人類永遠無法出頭天，光是這樣就會讓我們的形象打折。」

「會去擔心那種蠢事的不過就是一些三腳貓、喪家犬。反正這些人不會有太大的成就，用不著在意！」

「不對，紫苑。話確實是這樣說沒錯，但是有些人不了解我們，他們聽了會以為那是真的啊。」

「就是說啊。人類很難伺候。」

紫苑似乎不能認同，但是形象策略很重要。

若是為了這種事情被人家說我們有種族歧視那就好笑了，所以我認為關於這點有認真檢討的必要。

「不過，我們不是找不到合適人選嗎？」

這個時候迪亞布羅跳出來插話。

眼下情況就跟他說的一樣，所以紅丸也在為這件事情煩惱。

「是啊。基本上他們是義勇軍，我根本沒想到會多出這隻軍隊。」

「話雖如此，不用白不用。」

就是這樣。

我很感謝自願加入我們的人有那份心，不想讓他們的心血白費。

可是想要好好發揮他們的能力，必須找到一個能幹的指揮官。

比起魔人混編軍——更正，應該是紅色軍團，這邊應該更像是群龍無首的狀態，若是想要找個人讓他們團結起來，除了紅丸，找不到其他合適人選。

那這下該怎麼辦才好？

「在蒼影底下做事的傑拉德如何？」

「不行吧。我們是跟英格拉西亞王國暗中交易才得到他，而且那傢伙好像也不喜歡公開露臉。」

不曉得戴絲特蘿莎跟對方做了什麼樣的交易，這個我沒問，但我覺得讓傑拉德公開活躍不是很好。可能還會被貼上人類背叛者的標籤，若是不對外說這個人已經死了，似乎難以讓眾人心服。

我自然沒有義務保護他，可是也用不著勉強他去外面表現。

「要是只看他的實力，確實當之無愧，但就現實條件來看確實不可行……」

看樣子紅丸也只是說說看而已，並不是真的要推舉他。他一下子就打消念頭，說出下一個候選人。

不過，癥結在於要率領人類。他陸陸續續講出一些名字，可是都沒有讓人眼睛一亮的人選。

「要不要拜託聖騎士團幫忙？」

這個時候紫苑突然如此提議。

我跟紅丸先是互相對看，接著就開始凝望紫苑。

「應、應該不行吧。」

「不，這種事情——」

「既然這樣，要不要找正幸先生？」

這種事情辦不到啦——我才要說這句話就被紫苑打斷，她說出一個名字。

那就是正幸。

聽到這個名字，我彷彿被雷打到。

「就是他！」

「妳真厲害，紫苑！」

我跟紅丸同時大叫。

就在這個瞬間，義勇兵團的軍團長就決定是正幸。

＊

我們這個人事決定並沒有經過本人同意，但這決定真是太棒了，大家都很贊同。

就只有正幸本人不贊同。

「為什麼是我……」

當我將這件事告知正幸，他非常苦惱。

但這也是沒辦法的事情。

雖然很悲哀，但這就是戰爭。跟本人的意願無關。

雖然完全出乎之前的預想，可是我不能太在意正幸的感受。

因為如果交給正幸，就算我們什麼都不做，似乎也會出現圓滿的結局。

像這種時候，他就是很可靠的夥伴。

「我個人已經很會控制獨有技『英雄霸道』了。而且也不會像以前一樣，不管做什麼都受人誇獎。可是這次就算我要用也用不出來，所以你們可別太過期待喔。」

如此這般，正幸在做垂死掙扎、企圖逃避，但我知道那些都不是事實。因為正幸還是一樣受歡迎，如今還是有絕大的影響力。

「你也想讓劍也他們看看你帥氣的一面吧？」

「嗚，這個……」

假如他願意接下這個工作，對那些小孩子灌輸奇怪知識受他們尊敬的事，我就睜隻眼閉隻眼。

「沒問題，你一定能辦到！」

「可是……」

「還可是什麼。跟哥杰爾對決的時候，我不是有幫過你嗎？」

正幸他們已經突破第五十層。那個時候為了削弱樓層守護者哥杰爾，我有偷偷用假魔體幫忙。

「這件事多虧有你幫忙——」

「既然這樣，你知道該怎麼做吧？」

「是。」

我威脅兼哄騙，想辦法安撫他，最後交涉成立。

「我知道了啦。利姆路先生很關照我，我也想趁這個時候回報你的大恩……」

雖然一副心不甘情不願的樣子，但正幸最後還是願意擔任軍團長。

那些志願兵都沒意見。別說是有意見了，他們甚至還說「太好了！」、「這下我們一定會打贏！」，未戰先勝的風氣開始蔓延。

不管正幸擺出多麼沉重的表情都沒用，這下事情已成定局。

「事情果然變成這樣……」

他剛才說自己已經很能控制獨有技「英雄霸道」，究竟是……

果然就像我想得那樣，正幸說他已經很會使用那個技能根本是騙人的。

還是說跟技能一點關係都沒有，是因為正幸的超強運勢起作用？

那樣我會更驚訝就是了。

至於雷昂，他剛好跟正幸相反，不管做什麼都會被人朝壞的方向解釋。聽說他以前還在當勇者的時候就是這樣，每個人與生俱來的氣質改變起來或許沒那麼簡單吧。

「哎呀，別這樣嘛。擅自決定是我不好，但你要當精神象徵鼓舞大家！」

總而言之，我用這句話安慰正幸。

如此這般，以「勇者」之名，義勇兵團兩萬人將聽從正幸的指揮。

＊

組織表經過修正，右翼變成五萬兩千，左翼寫上五萬。
最高指揮官是紅丸。
底下有各個軍團的軍團長一字排開。
這支大軍總數超過十萬，但還是沒把握能對抗帝國軍。可是我們用不著慌張。因為所有的準備工作正確實進行。
有預備兵力——西方配備軍十五萬。
各國似乎也有在準備應援部隊，成員來自他們擁有的騎士團。並且組織西方聯合軍，當作最後一道的終極防線。
總人數恐怕不下二十萬，若是有什麼問題應該值得仰賴。
有了傭兵，還有來自各國的支援。
全部加起來數字大概就是那樣，該說這樣算多還是算少……
戴絲特蘿莎好像有在評議會上威脅大家，因為這樣，大家才願意提供協助。不管怎麼說，假如我們打敗仗，接下來就換他們遭殃，所以他們不得不幫忙。
不過要動員這支軍隊，那也要等到我們很可能輸掉這場戰爭的時候再說。
要說哪個部分有利於我們，那就是我們有地利之便。
還有就是我們這邊有維爾德拉，再加上能夠期待魯米納斯和雷昂這兩個魔王提供協助。
就連蜜莉姆都答應要幫我們的忙。卡利翁的獸王國戰士團隨時都能派兵。

另外還有屬於我個人的殺手鐧，迪亞布羅底下的黑色軍團隨時待命。

由於我將全軍的指揮權都交給紅丸，所以說真的搞不好沒有能讓我直接動用的軍隊——乍看之下好像是這樣，其實並非如此。

唯獨這個黑色軍團，他們只聽令於迪亞布羅，還有他的部下——那三個惡魔女孩。

這個軍團不受紅丸指揮，完全獨立運作。

這就是我們目前所有的戰力。

至於優樹會如何行動，這個要素並沒有計算在內。

「要打仗了啊。」

待在自己的房間裡，我小聲地喃喃自語。

帝國的目的真的是要併吞西方諸國？

金曾經提到「遊戲」這個字眼。

他跟帝國那邊好像有什麼糾葛，總覺得帝國那邊似乎也有什麼危險的企圖。

不過，就算事情真的是那樣——

「不管來的是誰，若是打算對我們的樂園出手，那我就要把對方打得落花流水。」

這是我心裡的真實心聲。

我不想再重蹈覆轍。

因為我是魔王。該怎麼劃分優先順序，不能誤判。

同一時間。

地點來到東方帝國。

利姆路他們正在為戰爭做準備，就跟他們一樣——不對，帝國花了更長的歲月，長到兩者根本無法相提並論。

他們仔細、確實地做準備。

已經準備好要大舉進攻。

再過不久，帝國就要從長眠中甦醒。

距離他們發動凶猛攻勢，只剩為數不多的時間——

中場　帝國的內情

東方帝國。

那是最古老的國家之一。

正式名稱為納斯卡・納姆利烏姆・烏爾梅利亞東方聯合統一帝國。

歷史悠久，據說兩千年前就已經有一個國家在運作，那成為現今帝國的基礎。

原本是一個小國的納斯卡王國歷經漫長歲月，吸收併吞原本是大國的納姆利烏斯魔法王國和烏爾梅利亞東方聯合，才誕生如今這個帝國。

以壓倒性的軍事力量為背景。

在這兩千年來——

於統一皇帝魯德拉・納姆・烏魯・納斯卡的名下。

帝國不允許被他們併吞的國家反叛，擁有極其強大的權勢。

身為絕對支配者，徹底統治這些國家。

這就是納斯卡・納姆利烏姆・烏爾梅利亞東方聯合統一帝國，一般人都稱之為「東方帝國」——以上是這個國家的實態。

據說——帝國皇帝推崇霸權主義。

現今這個皇帝也冠上「魯德拉」這個名字，是擁有純正血統的霸王後代。
姑且不論實際情況如何，總之皇帝崇尚絕對的實力主義——應是如此。
因此軍事單位的核心理念就是「力量代表一切」，採用一種特殊的形式，只要有實力就能出人頭地。
帝國臣民都在謠傳。
說帝國沒有跨越朱拉大森林進行侵略的理由只有一個。
那就是——還沒準備好。
約莫三百五十年前，他們想要讓「暴風龍」維爾德拉聽從自己的命令卻失敗了，其中一個都市被滅掉。不小心觸怒善變的龍，連後悔的餘地都沒有，直接跟這個都市一起迎接相同的命運。
受害都市在當時是規模最大的，人口高達十萬，緊鄰朱拉大森林東側，是一座要塞都市。
為了進攻朱拉大森林，他們耗費百年築起這個前線都市。
將這個都市當成軍事據點，只要突破那片森林，帝國就能進一步擴大版圖。受這個野心驅使，當時的軍事單位開始擬定作戰計畫。
要穿過這片朱拉大森林。
那是帝國百年來的悲願。
他們已經是一個豐饒的國家，想要擴張版圖的目的只有一個。
那就是皇帝如此希望。
沒有其他原因，所有的臣民對此都毫無怨言。
計畫順利進行，經過帝國培訓的軍隊正在蓄積力量，準備大展雄威。
緊接著他們以皇帝之名發布命令，準備展開侵略作戰。

然而某個部隊的隊長想到一個愚蠢的點子，導致所有的作戰計畫都功虧一簣。

既然都要出兵了，那我們就讓朱拉大森林的主宰者聽命。反正只是一隻巨大的蜥蜴，不足以跟我們為敵——因為這個過於愚蠢的想法導致他們走上毀滅一途。

至於他們曾經做過什麼，並沒有確實流傳於後世。這是因為負責留存文獻的人、保管文獻的場所都一起化為灰燼。

帝國的悲願、皇帝的野心就這樣灰飛煙滅。

之後時光飛逝，來到現在。

帝國一直在悄悄地養精蓄銳。

因為維爾德拉所受的傷已經痊癒。

然而皇帝一直沒有批准發動侵略作戰。

禁止對朱拉大森林做出任何侵略行為，經過長達三百五十年的時光，他們再次蓄積一股力量，一直在等待合適的時機，讓他們好好發揮。

那麼，接下來來看看帝國的政治體制。

在帝國內部，政治部門和軍事部門是皇帝的左右手。這兩部分——政治主導權和軍事統帥權都握在皇帝個人手中。

那是莫大的權力。

在政治部門裡，帝國的貴族組織貴族院，享有莫大的權勢。但那只是表面上看到的，事實上並沒有賦予那些貴族任何決定權。只享有名譽和權益，聽從皇帝的旨意，充其量不過就是些官僚罷了。

這些貴族都採用世襲制，不用經過投票也能成為議員。就算他們心中有崇高的野心，也無法獲得足以實現夢想的力量。

帝國所有的領土都歸皇帝所有。只是把這些借給貴族，讓他們管理那些土地罷了。

支撐這些貴族的都是官方人員，擁有高深的學問。

也是這些官方人員負責定立各式各樣的企畫，他們的後盾就是皇帝。

因此這些官方人員都宣誓效忠皇帝。

還有軍事部門也是一樣。

軍事統帥權——這個最高決定權並沒有歸屬國家，而是由皇帝掌握。帝國所有的軍事實力都屬於皇帝。

被帝國併吞、如今成為帝國一部分的一些地方都市，他們的處境也一樣。所有的領地都要上繳，形同跟皇帝租借。守護那裡的防衛部隊也不例外，是皇帝施恩惠借給他們的軍隊。

這樣的政策起作用，徹底封殺各地可能發生的叛亂。

之所以能讓這一切成真，那是因為國家實力有如天壤之別。

帝國接受其他國家投降，但那等於同意上繳所有的權利。若是對此感到不服想要違抗，那些人都會遭到血洗肅清。

這是為了避免人們又動那種念頭，要徹底根絕。

如此一來，帝國得以維持秩序。

憑藉壓倒性的武力創造恐懼，給予臣服者生活保障——這是一種恩威並施的手段。在這方面進行徹底管理，帝國才能常保安寧。

如此大規模的國家只靠一個人統治，在一般情況下是不可能的。不僅如此，放眼這兩千年來的漫長歷史，皇帝的支配權從來不曾動搖。

就算世代交替，皇帝的權力依舊沒有褪色。

不管從哪個角度來看都很奇怪。

如果這一切都是皇帝所為，那皇帝應該也不是人類了。

接下來，來看帝國的軍事力量。

話說帝國的軍事組織，大致可分成三個主力軍團。

機甲軍團——經過機甲技師進行調整，主力都是機械兵。

擁有戰車等軍武，是近代化武裝軍隊，也是帝國的技術象徵。

魔獸軍團——帝國從世界各地、在他們的領地內或是從其他地方抓來各式各樣的魔獸。

這個軍團會支配那些魔獸，使用牠們的力量，是帝國的力量象徵。

混合軍團——成員是一些規格外機械兵，或是不合群的狂暴魔獸，算是垃圾集中營。

這個軍團太過著重個人特性，不適合進行團體行動。

但是他們的力量是未知數，聚集在一起有可能會構成龐大的威脅。

這是帝國的心靈象徵。不過，那顆「心」目前還不成熟。

有別於將主力放在劍與魔法上的西方諸國，帝國認為他們要靠魔法和科學開創新時代。

帝國發展軍事實力的背後與「異界訪客」有密切關係。

另外一個世界的知識是這個世界沒有的，有人相中這點。

那個人是從很久以前就住在皇宮裡的大魔法師——名字叫蓋多拉。

跟蒼老的外表恰恰相反，這個人精力十足。渴望吸取所有的知識，不只局限於魔法，他也很喜歡聽從另一個世界過來的人的事情。

所以他知道在另一個世界裡也有很多國家，跟這邊的世界不一樣，那裡的居民說著不同的語言，但是卻克服不同主義思想的藩籬，能夠共存。

還知道那個世界沒有魔法，文明高度發展，型態跟這個世界不一樣。

蓋多拉活了好長一段時間。一旦他的壽命即將走向盡頭，他就會透過自己創造出來的神祕儀式——神祕奧義「輪迴轉生」一再重複轉生。

因為蓋多拉有這樣的能耐，才能經年累月觀察「異界訪客」。

蓋多拉的知識量相當龐大，還網羅各種異世界語言。除此之外，若是有「異界訪客」來到這個世界，他一定會派人把對方帶到自己底下接受保護。

從世界各地蒐集過來的不是只有魔獸而已。

蓋多拉也對皇帝主張「異界訪客」的實用性，獲得皇帝批准，可以隨意處置那些人。

有些人擁有特異功能，有些人知識淵博。

「異界訪客」來到帝國境內都能享受優渥待遇，數量跟其他國家相比壓倒性的多。因此在帝國境內充斥他們的文化和特性。

當然，帝國也找來很多擁有獨有技的人，他們正持續進行研究。從這方面來看，帝國的軍事技術向上發展，來到讓許多國家望塵莫及的地步。

在帝國境內，他們已經廢止騎士這個職業。

透過騎馬來戰鬥的概念早已式微，並確立以近代化兵器為主的戰術。將自身肉體機械化的士兵叫「機士」，在帝國是他們作戰時的精神象徵。

帝國的主力機甲軍團就充分展現這個特色。

除此之外，魔獸軍團也活用來自另一個世界的知識。

DNA——脫氧核糖核酸，總管生物體的遺傳情報，是一種生物高分子。這些知識都來自「異界訪客」，讓帝國得以分析魔獸的力量。更進一步的研究也不例外……

至於混合軍團，裡頭有許多頗具實力的「異界訪客」。每個人的獨有技都已經覺醒，那股戰鬥力不容小覷。

就像這樣，除了來自另一個世界的技術，還有特殊能力。巧妙汲取這些元素，帝國才能創立強大無比的軍團。

因為蓋多拉的熱情才能讓帝國軍愈來愈強，就算這麼說也不為過。

有別於蓋多拉培養的三個主力軍團，另外還有一個團體負責保護皇帝。

這個團體頂多只有一個中隊的規模，成員僅百人，名稱叫做「帝國皇帝近衛騎士團」。

照理說「騎士」已經廢除，他們卻冠上那個稱呼。

這只剩下一個形式，就像老古董一樣——一無所知的人八成會這麼想。

然而事實上並非如此。

這是因為帝國皇帝近衛騎士團裡的近衛騎士，全都是從各個軍團選出的佼佼者。

其中不乏「異界訪客」。

這就是證明帝國不會因為一個人的身世就差別待遇，忠於帝國的理念「力量代表一切」的最好證據。

這些人沒有受惠於古老帝國的血統和權力，純粹靠實力爭取那寶座。這個帝國皇帝近衛騎士團都被賜予傳說級的裝備，以證明他們是最強的人選。

最厲害的高手裝備最棒的武器防具，相輔相成創造出萬夫莫敵的效果。這些人相加起來的戰鬥能力甚至超越各個軍團。

他們也保證享有最高級的待遇。

每個人都是上級將校，在執行特殊任務的時候，權限最少也有大佐等級。

他們是帝國軍人的憧憬，帝國最強大的戰力——這就是帝國皇帝近衛騎士團。

如上所述，帝國境內有四個戰鬥集團。

身為這類軍團的統帥，必須展現力量讓其他人臣服。必須讓所有人認同，知道其為帝國境內最強。

那麼，該如何證明？

那部分就靠軍團內部的排行爭奪戰決定。

在客觀第三人的見證下，這套體制准許下位者挑戰上位者，也就是容許以下犯上，因此名次經常出現變動。

當然，要進行排行爭奪戰必須滿足幾個條件。

不能在軍事行動中舉行，沒有目擊者也無效。不僅如此，若是在挑戰的時候戰敗，下次要獲得挑戰權必須等待一年。殺掉跟自己對決的對手也是同理。

由於在上位者有權利殺掉挑戰者，所以行使挑戰權需三思。

要運用壓倒性的實力讓對手屈服。

這就是「力量代表一切」，實在是很有帝國風範的體制。

即使如此，想要當上近衛的人依然前仆後繼，想必是因為帝國的理念已經根植在大家心中。

帝國內部的排行高低就用這種方式明確決定，但是蓋多拉不在其中。他的立場很特殊，對帝國來說彷彿異邦人。

沒把蓋多拉算在內，從其他人中挑選出帝國皇帝近衛騎士團成員，並從中選出各個軍團的軍團長。

若是需要替換其他人選，他們也會從前一百名中選出。

對於想要往上爬的人，他們一視同仁給予機會。因此真正有實力的人不會遭到埋沒，每個人都在磨練自己的實力，虎視眈眈等著發揮所長。

透過這種方式，帝國選出最上位的「元帥」一名，「大將」三名。

順便補充一點，最上位者會自動被選來當元帥。反之，在皇帝、元帥、蓋多拉協議後，他們才會指名合適人選擔任「大將」。

理由很簡單，那就是光靠強悍並不能好好用兵。

總而言之，留在各個軍團裡的人都比近衛騎士弱，成為軍團長的「大將」在各個軍團裡肯定都是最

厲害的高手。用來率領各個軍團的軍團長就是透過這種方式決定。

這四個人對外代表帝國最厲害的人。

元帥和三名大將都會得到跟他們地位相稱的裝備。

既然帝國皇帝近衛騎士團會獲得傳說級的裝備，那賜予這四個人的裝備就要比他們更好。

那些裝備都是帝國的祕寶。

在遠古時代曾經展現神威，是用來壓制其他國家的最強寶具——屬於神話級。

這個神話級裝備甚至讓人懷疑是否真的存在，擁有好幾樣神話級裝備正好用來彰顯帝國的威信。

一般只有血肉之軀的人類根本沒機會碰觸這些究極裝備。想要使用那些裝備必須符合資格。要獲得那些裝備的認可，才能發揮真正的價值。

頂尖的實力配上究極武裝。

簡直無人能敵，所以帝國才能屹立不搖。

——而後——

這樣的帝國出現異變。

相隔數十年，軍團長換人當。

那個人還做出傲人成績，混合軍團原本是一盤散沙，那個人讓他們產生強大的向心力。

加入軍隊還不到一年，進展速度快到史無前例、超乎常理。

戰勝身經百戰的勇士，完全沒有輸過。

這名少年爬上其中一個頂點。

他的名字是神樂坂優樹。

因為優樹崛起，事情出現更劇烈的變化。

ROUGH SKETCH

第三章

來自帝國的訪客

Regarding Reincarnated to Slime

在一個豪華的房間裡，有三個人一臉緊張地站著。

他們立正站好，在等這個房間的主人到來。

房間的主人就是來帝國轉眼間就當上軍團長的男人——優樹。

在這幾個人看來，那種事沒什麼好驚訝的。

這是因為優樹是在他們幾個之上的主宰者。

也是祕密結社「三巨頭」的總帥。

「嗨，讓你們久等了！其實你們可以坐著等嘛。」

嘴裡一面說著，優樹進到房間裡。

後方跟著看起來就像祕書的卡嘉麗。

「不不不，優樹大人。我們是您忠實的部下，用不著在意我們。」

其中一個男人代替大家做出回應。

他是祕密結社「三巨頭」的其中一個首領，「金」之達姆拉德。看起來很可疑，讓人捉摸不定。

另外那兩個人，其中一個是代表「女色」的米夏。看起來既像少女，又像一名成熟的女性。是散發詭異魅力的美女。

最後一個人是象徵「力量」的男人，名字叫做威格。擁有像肉食野獸般均勻強韌的肉體，散發出來的壓迫感彷彿會將他看到的人射殺。

這三號人物就是「三巨頭」的幾名首領。

那三個人先是向優樹一鞠躬，接著就坐到位子上。

「恭賀您這次就任軍團長。」

「優樹大人甚至還從魔王金手下逃脫，這是當然的。」

「哼，若是交給我，掌管軍團根本小事一樁。」

達姆拉德跟米夏都出面恭賀，最後就只有威格看起來一臉不滿的樣子。

可是優樹並不介意。

（的確，如果是你應該能爬上前一百名喔。可是之後就沒辦法了。因為無法指望你展現指揮能力，所以根本不可能當上軍團長。）

他只在心裡苦笑。

「不過話又說回來，這都多虧達姆拉德替我引薦蓋多拉大師。」

優樹說這些話企圖改變話題，達姆拉德笑著回應。

「您說這什麼話。能走到今天這一步，全都多虧我們早已預料到會有這種事情發生，事先做好安排。我只是把優樹大人準備的『訪客』介紹給蓋多拉大師，做的事情沒有那麼值得誇讚啦。」

「哈哈哈，達姆拉德為人還是一樣死板。其實你大可直接表現出開心的樣子。」

「那可不行。讓人抱持過剩的期待對我來說也是一種困擾。」

「哈哈，真愛說笑。」

優樹跟達姆拉德互相對望，兩人相視而笑。光這樣就能心意相通，是因為彼此都對對方的實力有信心吧。

兩個人一起笑了一會兒後，優樹切入正題。

「那麼卡嘉麗，拜託妳針對魔王利姆路的動向進行說明。」

「好的，優樹大人。魔王利姆路目前──」

聽從優樹的命令，卡嘉麗開始報告。

她的情報來源來自留在西方的自由公會成員。以前當優樹爪牙的人大部分都逃走了，拿這個當障眼法，他們留下幾名間諜。

卡嘉麗用清晰明瞭的聲音簡潔有力地說明。

她說西方諸國完全被利姆路支配。

還說對方組織規模大到令人畏懼的軍團，用來防範帝國的侵略行動。

除此之外，在首都「利姆路」裡，有時會看到讓人難以置信的現象──諸如此類。

「原來如此，艾梅多大河沿岸有一個專門供人住宿的小鎮，他要把那裡當成軍事據點是嗎？也對，若是想要將防衛線擴張到本國，只能這麼做了。」

「是的。那個地點已經有將近兩萬名士兵駐紮。看樣子就連搬運物資都利用『魔導列車』這類東西行方便，聽說已經準備足以打持久戰的糧食量。」

「果然厲害。這麼說來，帝國那邊要獲勝應該也沒那麼簡單。」

「是啊。那個國家從法爾梅納斯王國輸入糧食，足以養超過數百萬的人口。國力已經不能跟一年前相提並論，搞不好只憑他們這個國家也能跟帝國作戰。不僅如此，就連西方諸國評議會都被魔王利姆路掌握。如果他匯聚西方所有的戰力，想必很可觀。」

「這就很難說了。利姆路先生打算讓自己徹底變得殘酷無情，可是就他本身的性格來看，實在很容易心軟。若是打算靠人數硬碰硬，只會讓傷亡人數增加，因此他八成打算靠國內的精銳部隊趕走帝國吧？」

「這怎麼可能……」

「他好歹是當上魔王的人，應該不至於做出這種蠢事才對……」

雖然卡嘉麗和達姆拉德都予以否認，但是優樹的想法依然沒變。

（那個人真的很天真，而且還莫名強大，可能會設法做些什麼……）

心裡雖然這麼想，優樹並沒有把那些話說出來，他要卡嘉麗繼續說下去。

「不好意思。我繼續報告。」

先是道個歉，接著卡嘉麗重新開始報告。

「在首都『利姆路』裡頭有超過五萬名士兵在那裡待機，舊猶拉瑟尼亞那邊派出的援軍也陸續抵達。預估總兵力應該超過十萬。」

「聽起來是很厲害沒錯，但帝國還是一樣保有優勢。」

「是的，畢竟人數相差懸殊。帝國那邊的軍隊人數超過百萬，就連最末端的士兵也做過詭異的改造。連那些雜兵的強度最少也有C級以上，再加上他們有許多奇怪的武裝。說真的，魔王利姆路他們根本不是帝國的對手。」

卡嘉麗當真如此認為。

擁有十萬大軍確實厲害。

這些士兵都經過高度訓練，士氣也很高昂。

照理說這樣的規模十分令人讚賞。

然而面對整支帝國軍卻相形見絀。

以前卡嘉麗還在當魔王卡札利姆的時候，打造出很有自信的作品——魔王城的據點防衛機構，但是碰到數量龐大的帝國軍也只能吃敗仗。兩者差距不免讓人這麼想，頂多只有十萬人的軍隊一點意義都沒有。

然而優樹另有別的看法。

「妳的意見會當作參考，繼續報告吧。」

「那麼我接著針對該國技術力——」

卡嘉麗淡淡地報告下去。

她提到魔國聯邦國內突然開始發售很稀有的新產品。有讓生活變得更加便利的道具，還有高性能的高級裝備。

用途千奇百怪，但每樣東西都很實用。

當然，許多人都想跟這些商品的開發者簽訂獨占契約。可是，不管那些商人多麼努力尋找製造商品的來源，這一切仍然像一團迷霧。

「——剛才提到的『魔導列車』也是其中之一，那個國家就跟帝國一樣，似乎正出現新一波的技術革新。只可惜，他們似乎徹底防止機密情報外泄。光靠公會成員的力量，沒辦法找到出處。」

恐怕在國內的某個地方進行開發。這點可以確定，但是不曉得地點在哪裡。

卡嘉麗也很懊惱，但是對方是魔王利姆路，總不能由她出馬。除此之外，若是被人懷疑就完蛋了，所以他們也不能勉強手下去做。

這個時候，卡嘉麗突然想到一件事。

「仔細想想，搞不好他們也有開發新型兵器。考量到這個可能性，或許我們需要保持更高的警戒，不能只針對眼前看到的士兵人數。」

聽到這句話，優樹笑了一下。

「妳果然注意到了。就是這樣。知道帝國一直在開發戰車固然令人吃驚，但是利姆路先生也成功開發出魔導列車。科學兵器並不是帝國的專利，不能去期待他們能靠這點占優勢。」

可不是只有帝國才擁有來自另一個世界的技術。利姆路也擁有以前仍是「異界訪客」的記憶，不曉得他會開發出什麼樣的兵器。

假如他們面對的是一般國家，面對這種未知的戰力，對方一定會很驚慌吧。就算對方那邊有「異界訪客」好了，在這種情況下反倒會因為擁有相關知識而陷入絕望。雙方的戰力差距明明白白，他們會發現自己毫無勝算可言。

然而對手也擁有高深技術，可以開發出一模一樣的東西。

他們馬上就能擬定對策，將所謂的優勢粉碎。反而該說，若是有人對這樣的優勢力量過分自信，瞬息萬變的狀況可能會讓他們來不及對應，使他們落於人後。

優樹已經看出這點，所以認為利姆路他們獲勝的可能性不低。

這個時候威格插嘴。

「無聊！把他們打個稀巴爛就行了。要是擔心就把他們徹底殲滅！那樣所有事情都解決了。」

不管是兵器還是軍隊，敢擋路就把他們全部滅掉——威格自信滿滿地放話。

聽對方講出這種根本沒把前後文聽懂的話，優樹很是頭疼。

（這傢伙雖然有很強的力量，頭腦卻不好——該說根本沒腦袋……）

若是再聰明一點，自己就能把更有用的職務交給他，優樹在心裡嘆息。

「那到時候就拜託你了，可別誤判敵情喔。」

用這句話含糊帶過，優樹要威格閉嘴。

不過，威格那番話不是沒有道理。

優樹陷入沉思，心裡想著：「畢竟——」

在這個世界裡，質比量更重要。

不管聚集多麼龐大的軍力，都不是魔王金的對手。看了這樣的例子也懂，個人戰力絕對不容輕忽。

為了達成戰略目標，看出對手有多少實力——這樣的情報戰成為關鍵。為了實現這點，派遣有一定實力的人過去試探會更快。

不僅如此，發現打不贏就放棄，這也是應該採取的手段之一，此種情況稀鬆平常。

若是讓好幾個戰鬥人員同時發動攻擊，不管對方的個人實力有多強，他們都有可能達成戰略目標。

換句話說，光看綜合戰力一點意義也沒有，手邊有什麼樣的部隊、要如何做有效運用，這樣的戰略手腕更重要。

從這個觀點來看，魔國聯邦是很棘手的敵人。

構成威脅的不是只有魔王利姆路。

在那個國家裡，有好幾個魔人都異常強大。

例如人們口中的四大天王——紅丸、迪亞布羅、紫苑、哥布達。

光這些人出動就有如動員四個戰術單位，單純只是要打敗他們就會變成高難度任務。

（這不只是技術實力的問題。那個地方有許多棘手人才，我想不管聚集多少人來對付他們都沒用。

所以換個角度思考，向魔王金投降才是正確選擇。）

就優樹所知，他知道有幾個人比哥布達還強。也就是說，最起碼還有其他人能媲美四大天王。

「最棘手的莫過於那些魔人，他們媲美聖人或魔王。」

達姆拉德的看法似乎也跟優樹一致，他嘴裡唸唸有詞。

「沒錯，在那個國家裡不是只有四大天王，還有蓋德或戈畢爾這些魔人。為什麼會有那麼多魔王級的人聚集在那兒，讓人有點難以理解。」

優樹覺得這件事愈想愈不對勁。

那些人的強度足以跟克雷曼媲美，在利姆路這個魔王底下就有不少那種人。知道這些事情的人甚至會忍不住抱怨，說「開什麼玩笑」。

「幸好現在的我們沒有跟魔王利姆路敵對。」

除了威格，聽到優樹輕輕說出這句話，另外那三個人都靜靜地點點頭。

目前優樹他們因為跟魔王金做了約定，等同向他投降。換句話說對優樹他們出手就等於跟魔王金作對。

既然優樹他們不打算對利姆路出手，目前可以說雙方處於停戰狀態。算優樹走運，他打算將這種情況做最大限度的活用。

就算總有一天會跟對方交手，那也要等他們彌補在西方受的損失再說。優樹用這種方式轉換心情，又將話題拉回正軌。

「那妳的報告結束了嗎？」

他轉而面向卡嘉麗問話。

面對這個問題，卡嘉麗似乎想起什麼，補上一句：

「底下的人似乎還沒查出詳細的軍事情報，準確度比較高的情報就是剛才那些。只不過，有一件事情讓人很感興趣。」

「什麼事？」

「在首都『利姆路』裡正進行叫做防災訓練的活動，後來還加上避難訓練。」

至今為止做的防災訓練裡，都是一些很具體的事情，例如逃進堅固的建築物內，或是接受滅火訓練，替著火的建築物滅火。然而這次的避難訓練卻讓人有點摸不著頭緒，那就是——迅速從四個門逃進城鎮裡。

「妳是說逃進城鎮？」

「對。調查員覺得很疑惑，所以他們就分頭行動。」

「分成內外嗎？」

「就是這樣。結果他們看到不可思議的現象，就像在作夢一樣——」

「看到不可思議的現象？」

「沒錯，米夏。讓人難以置信的事情發生，在廣播結束之後過了整整十分鐘，廣大的城鎮突然消失。然後那邊只留下一扇大門。」

留在外面的調查員向她報告，說除了那扇門，還有幾名警備隊員留在那裡，要帶來不及逃跑的人前往洞窟。

確定都沒有人留在現場後，調查員才下定決心進到門裡。之後發現裡面好像有一個用石頭建造的迷宮。

感到慌張的調查員能夠逃到外面，那表示人們應該可以自由進出。

「也許那個就是地下迷宮……」

「優樹大人您心裡有譜了？」

「對。卡嘉麗妳應該也知道，那座城鎮有被稱作地下迷宮的觀光設施對吧？」

「對，裡面有魔物徘徊，還有冒險者在裡頭挑戰對吧。」

「我想應該就是那個。聽說那座地下迷宮的地底下有都市……」

「地下迷宮裡頭有都市？」

一臉難以置信的達姆拉德回問對方，但是優樹和卡嘉麗都認真回應。對於不知情的人實在難以說明，他們只能說這些都是真的。

「沒錯。照常理想會覺得不可思議，但是利姆路先生有可能辦到。畢竟那座迷宮總共有地下百層，而且聽說還有維爾德拉在守護那裡。」

「……這些都是真的？」

「當然。這些話都是維爾德拉本人親口說的。」

聽完優樹這番話，達姆拉德啞口無言。

用同情的目光看著這樣的達姆拉德，卡嘉麗接著開口：

「不，朝這個方向想一切就說得通了。在那座都市裡，應該有個重要設施——就是用來進行技術開發的據點吧？」

「喔，原來如此。是有這個可能性，不對，應該說這麼想才合理吧。」

竟然做出這麼誇張的事情——優樹想到這邊，樂在其中的感覺已經超越驚訝。

雖然這想法只是推測，但他覺得八九不離十。如果是利姆路有可能讓這些事情成真，他如此確信。

「可是這樣一來，戰況會變得如何？」

「這個嘛，就連我也不曉得呢。我想不能用堂堂正正的打法對付這樣的對手，但沒想到他會用這種方式來進行都市防衛。帝國軍也會為此吃驚吧。」

優樹一直單方面認為——利姆路不可能在國土內跟人決戰。因為他不會讓鎮上的居民受到傷害。

不過，假如城鎮防守得很完美……

看樣子必須重新審視預想中可能會用到的戰術。

「也就是說在旅館小鎮跟人作戰只是用來觀望情況，真正的重點擺在首都嗎？若是帝國軍忽略那道門，直接從前方經過，那對方可能從背後狙擊。」

「原來是這樣，還能跟西方聯軍一起包夾敵人。」

「先派出先鋒部隊去試探帝國軍的作戰能力，並進行分析。之後趁西方聯軍跟帝國軍打消耗戰，他們可以慢慢想因應方法。」

「真是可怕的想法。不愧是魔王。」

明白優樹的想法後，卡嘉麗、達姆拉德、米夏全都一臉驚訝。

他們知道魔王利姆路不是派出一般戰鬥人員就能應付的，但沒想到厲害到這種地步。

光是想到今後會跟對方敵對，那難度就讓人的腦袋快要冒煙。正因為這樣，帝國軍跟魔王利姆路的對決最後會有什麼結果，優樹他們都很期待。

＊

「那麼，優樹大人。今後您打算如何行動？」

找個合適的時機，米夏提出疑問。

米夏他們也知道優樹曾經敗給魔王金。他們明知如此還是追隨優樹，但卻看不出優樹究竟有何想法。

若是利姆路他們讓帝國吃盡苦頭也不錯，但他們可不想一個不小心陪葬。這幫人不免這麼想。

優樹並沒有因為跟金的約定就要認真為帝國賣命。然而他卻當上軍團長，這讓人心生疑慮，怕他會作繭自縛。

對「三巨頭」來說，軍方最高幹部跟他們站在同一陣線確實很吸引人，可是反過來說又有風險，怕會受到軍隊牽連。

要將對方吃掉，還是被吞噬？

一旦搞錯方向，到時他們就等著滅亡。

米夏會那麼問是因為擔心這點，當然，優樹也很清楚。

「用不著擔心。若是利姆路先生向我們靠攏，那對我們來說也是剛好。為了實現我們的理想，帝國很礙事對吧？不只是因為魔王金要我們那麼做，不管怎麼說，總有一天都要把帝國搞垮。由於我當上軍團長，將能控制讓帝國毀滅的時間點。只要這麼想就行了。」

如今優樹變成帝國的三大將之一，可以說帝國軍的內情都在掌握之中。只要知道帝國的軍事戰略，就知道要怎麼調整腳步配合。到時必定連進行軍事行動的時刻、軍隊規模都能預測，甚至還能精準掌握

帝國本土防衛網會在什麼時候減弱。

若是西方諸國激烈抵抗，帝國就必須投入相應的戰力。如此一來，不管防守得多麼森嚴，總會露出破綻，優樹如此認為。

「我們要殺他個措手不及！」

在桌子上用力拍了一下，優樹如此宣言。

依然立正站好的卡嘉麗面帶微笑，至於坐在位子上的達姆拉德等人，他們都為這句話代表的意思感到興奮。

「要進行政變是嗎……」

「啊，真讓人受不了。這樣才像優樹大人。」

「嘿嘿，聽起來很有趣嘛。就算是帝國或魔王又怎樣，看我把他們打得滿地找牙！」

總覺得威格好像興奮過頭了，但優樹沒有放在心上。

他聽聽就算了，開始切入正題。

「總之那是最終目的。跟金做的約定也是要擾亂帝國，必須遵守約定。我還會順便擾亂西方，但關於這點，對方就沒理由抱怨了。」

話說到這邊，優樹露出得意的笑容。

金並沒有刻意要求，要他不准對西方出手。換句話說，優樹要做什麼都是他的自由。

「您要讓帝國跟西方諸國相爭，趁機除掉帝國的首腦是嗎……」

「想法還是一樣惡毒呢。」

「話不能這麼說。這樣的點子任誰都能想到。」

就算能想到，也不會有人想要付諸實行吧。不對，或許真的有人想要付諸實行，但卻沒人有這麼大的能耐將它實現。優樹算是特例。

「我也放了各式各樣的消息給蓋多拉大師。那個老爺爺很喜歡新事物，想法很有彈性，但不知道為什麼非常憎恨西方諸國。他的恨意非常強烈，之所以會替帝國開發各式各樣的兵器，說是那股怨念的產物也不為過。」

「的確，這件事情非常有名，連我都知道。」

「對吧？他應該會把魔王利姆路視為一種威脅，認為對方會阻礙帝國的野心。他一定會出手，藉此看出對方有多危險。」

「……那麼，事情會如何發展？」

「蓋多拉大師對帝國軍有莫大的影響力，但實際上形同沒有任何權限。這是因為，那個老爺爺只對復仇有興趣。所以說，若是我們巧妙誘導，應該能讓蓋多拉大師去對付魔王利姆路。」

在此同時，他也希望對方務必去刺探地下迷宮的情報。優樹在打這樣的如意算盤。

「如此一來，除了可以找魔王利姆路的麻煩，還能讓帝國軍變弱是嗎？」

「就是這樣！」

這個時候優樹朝達姆拉德滿意地點點頭。

優樹不打算親自對利姆路出手，他很歡迎其他人擅自過去挑戰。正因為這樣，才會想出許多卑鄙的計謀。

優樹進一步揭露自己的想法。

「在我看來，帝國境內需要列為警戒對象的人有三個。其中一個人就是蓋多拉大師。」

蓋多拉是大魔法師，也是長生的魔人。大家都很怕他，認為他是熟知帝國內幕的怪人，上一次大侵略——帝國跟「暴風龍」維爾德拉作戰，當時他也活下來了，是一個英雄人物。

「那麼，另外兩個人是誰？」

卡嘉麗站在優樹後方，她頗感興趣地問著，這時優樹擺出有點懊惱的表情。

「事實上我還沒掌握他們的真實身分，所以肯定很棘手。」

就算動用優樹擁有的情報網，還是查不出那些人的真實身分。光是聽到這點，應該就曉得對方有多麼難纏。

「該不會是帝國皇帝近衛騎士團排行前幾強的人？」

米夏似乎也有些想法，她這麼說。

面對這個問題，優樹曖昧地頷首。

比起軍團長，身為「個位數(Double O number)」的近衛騎士更強——軍團內部流傳著這個傳聞。

優樹已經切身感受到了，知道那並不是傳聞。雖然爬上軍團長這個位子，但是優樹的排行卻是「十位數」。

就算要挑戰排行爭奪戰好了，不知道對手是誰也沒意義。為了成為「個位數」必須去跟皇帝申請，在皇帝面前比賽並贏得勝利。

只有實際上非常有望獲得這個權利的人才知道這件事情。

「這只是我的猜測，但我應該能戰勝『個位數』。但是我不想當著敵人的面釋出殺手鐗，所以才沒跟皇帝申請。」

話雖如此，優樹還是被選為軍團長，但那是因為他運氣很好，背後有蓋多拉大師撐腰。

「不過，若是沒有真的跟對方打過，不清楚老大是不是比那些人強。既然這樣，棘手的不就變成——該怎麼說？那樣一來棘手的對象就不只九個了吧？」

這個時候威格一針見血地指出癥結。

除了對這件事有點吃驚，優樹還是予以認同。

「嗯，確實是那樣沒錯。搞不好在這九個人之中也暗藏讓人棘手的傢伙。不過，沒辦法去警戒沒看過對手吧？剛才我說的是在明處活動的人。」

「您指的是？」

那個問題來自達姆拉德。

「我說的是帝國情報局局長——近藤達也。」

「原來如此。的確，那個男人讓人摸不著底細。」

「雖然知道他叫什麼名字，也知道他長什麼樣子，卻不知道真實底細，這點確實詭異。」

近藤達也——看這個名字也知道是「異界訪客」，可是卻無法進一步蒐集到更詳盡的個人情報。人們甚至還謠傳——近藤達也是「以情報為食的怪人」。

他的階級是中尉，但就連各個軍團的軍團長也無權對他下令。這表示還有一個帝國情報局存在，地位比軍隊這個組織更高。

「我說，這樣很奇怪對吧？就我個人推測，那傢伙應該也是『個位數』之一。」

「……原來如此。」

「聽您這麼說，是有那個可能。」

達姆拉德跟卡嘉麗頗有同感。

米夏也一副若有所思的樣子，但她好像沒意見。

「那剩下還有一個人是誰？」

就只有威格表現出興趣缺缺的樣子，他問這話就像在催促優樹把話說完。

「哈哈哈，你還真是性急。關於近藤達也的事情，首先要去會一會他。我會找機會請求面會。接下來，關於剩下的那個人，我也不是很清楚。」

「你說什麼？這是什麼意思？」

「你冷靜點，威格。」

「喔、喔喔。抱歉。」

情緒太過高昂的威格不小心口沒遮攔，優樹稍微出聲提醒。他的語氣甚至稱得上溫和，可是被提醒的威格卻緊張到冷汗直流。

就在這瞬間，他跟優樹的「地位」差異已經如實呈現。

「剩下的這個人都跟在皇帝身邊。就算待在皇帝御用的簾子後面，也能感覺到他，散發非常強大的存在感。」

「「「——？」」」

居然知道這個人是何方神聖——不對，除了優樹，甚至沒人發現有這號人物。光看這點就知道那號人物有多麼危險。

「——居然有這樣的人存在？這種事連聽都沒聽過……」

這時，達姆拉德彷彿道出大家的心聲。

「果然沒錯。雖然他散發非常強烈的存在感，但大家都沒發現有這個人。這表示他非常厲害。」

優樹這句話讓大家陷入沉默。

「真的有這個人？我這邊也沒收到關於那個人的傳聞。」

「反過來說，如果不是優樹大人提起這件事，我想沒人會相信吧。」

「……」

對於還是有點狐疑的部下們，優樹露出笑容。

「沒關係，不用太在意。若是打算在帝國境內發動政變，你們只要記住這三者將會造成阻礙。首先要排除蓋多拉大師，達姆拉德，你可以幫我調查近藤達也嗎？」

「遵命。」

「米夏，妳繼續進行現在的任務。」

「我明白。我會繼續專心籠絡機甲軍團的軍團長。」

「那我該做什麼？」

「要麻煩你混進魔獸軍團。憑你的實力，馬上就能加入帝國皇帝近衛騎士團吧。不過，絕對不能殺掉軍團長喔！」

「知道了。我會努力。」

不用繼續聽命待機似乎讓威格很開心，他一臉剽悍地笑了一下。

真的沒問題嗎？——優樹很擔心，但這次他決定信賴威格。

要是軍團長真的被殺，帝國的軍事行動就會延遲。這點令人不安，但他決定看開一點，到時候再看著辦。

三巨頭退場後，現場只剩下優樹跟卡嘉麗。

「對了，優樹大人，他們真的會順利照我們的安排起舞？」

「這個嘛，我也不曉得。就連我都自認在行動的時候很慎重了，但還是踩到金的老虎尾巴。所以我沒資格說別人，但還是希望事情能夠順利進行。」

達姆拉德去調查近藤達也。

米夏企圖籠絡機甲軍團的軍團長。

他下令要威格在魔獸軍團裡嶄露頭角。

他們都要去執行危險的任務，為優樹賣命。身為總帥，只能去信任部下一定會把事情辦好。

「不過，我們終於走到這一步了。再過不久就要開戰。」

「對，沒錯。接下來就等著看哪邊會獲勝。」

「說得這麼悠哉。就算政變成功好了，更重要的事情還在後頭呢。」

「的確。就為了這點，我也要讓拉普拉斯他們做點事情。必須萬無一失。」

說完這些，他們兩人朝彼此露出笑容。

他們的目的並不是讓帝國勝利。

這場戰爭愈是陷入泥沼，帝國的國力就會愈低落。這才是他們的目的，之後發動政變成功與否，那才是優樹跟卡嘉麗擬定計畫的核心所在。

「要讓皇帝變成傀儡，打造一個新帝國。除此之外——」

「要跟西方諸國用和平的方式和解對吧。」

「還有——」

「引發皇帝暗殺事件！」

如果打倒利姆路這個魔王很困難，那用不著勉強。

因為敗給金，他放棄在中短期內征服世界。若是沒有獲得足以傲視群雄的力量，靠蠻力征服世界根本是種愚蠢至極的行為，他已經對這點有了體認。

與其那樣，還不如現在先專心增加自己手邊可用的王牌，那才是上策。

只要讓這場戰禍擴大，流下許多鮮血……

「那樣我就能覺醒成真魔王。」

「我很期待，卡嘉麗。在那之前，我也會把後來獲得的新力量用到爐火純青。」

如今優樹的究極技能已經覺醒了。因此他已經實際感受到自己的壽命大幅延長。

不僅如此，他還得知另一個事實，在這個世界上還有更厲害的人存在，像魔王金那樣的霸主正在主宰這個世界。

想要跳過這些人征服世界簡直是痴人說夢。

他要騙過金的耳目，現在要先儲備力量。

煽動帝國，讓戰爭延長、讓東方和西方都心力交瘁。讓厭世的氛圍蔓延，趁大家都對戰爭感到厭煩，這個時候再發生皇帝暗殺事件──那全世界將會陷入更淒慘的混沌境界吧。

他們可以趁亂讓身上更強大的力量覺醒──這才是優樹跟卡嘉麗想出的計畫全貌。

「總之，務必慎重行事。」

「對。一定要慎重。」

說完這些，那兩個人再次相視而笑。

——這兩個人雖然很聰明，卻沒將地下迷宮看得太重。

那是很厲害的機關，就連重要設施跟城鎮都能藏起來——他們頂多只有想到這點，為了找利姆路麻煩，頂多就是讓蓋多拉大師對此感興趣。

看情況而定，或許得親自去一趟也說不定，而為了找出進行攻略的眉目，頂多事先做個調查就夠了——這兩人只抱持如此輕率的想法。

結果地下迷宮攻略小組將會帶回讓人意想不到的報告，但優樹並沒有料到這點。

●

收到優樹帶來的情報後，蓋多拉大師陷入沉思，臉色很難看。

（嗯——還以為這是個好機會，可以再次讓帝國出動，討伐神魯米納斯……）

由於「暴風龍」維爾德拉復活，因此他必須重新大幅評估計畫。

這也是逼不得已。

上次大長征的時候，那隻「暴風龍」讓計畫功虧一簣。

時至今日。

為求計畫周全，有人說最好等「暴風龍」消失。

也有人說要靠成功開發出來的新兵器威力讓「暴風龍」臣服。

為了避免跟「暴風龍」對上，還有人主張繞過朱拉大森林。

人們的意見分成這三大派系，因此讓帝國失去先機，結果讓「暴風龍」有機會復活。

認為應該要「讓『暴風龍』臣服」的好戰派對此感到憤怒，但另外兩個派系是主流，所以他們的意見就遭到漠視。

畢竟他們提到的新兵器若是起不了作用，計畫又會出現破綻。

對蓋多拉來說，「暴風龍」根本不重要。他的目的是將魯米納斯教逐出西方，對殺死好友的「七曜大師」復仇，這才是他的生存目標。

他從西方那邊弄到一些新聞，有個標題寫著「英雄失墜」，裡頭記載「七曜大師」做過的壞事。他同時也得知新聞報導「七曜大師」已滅亡。

然而蓋多拉並沒有將這些情報照單全收。

至少他認定日曜師格蘭一定還活著，而且偷偷潛伏在某處。

這幾個月以來，來自西方的情報錯綜複雜，很難透過調查印證。因此一直分不清是真是假，但聽說羅素一族也毀滅了。

（總而言之，目前還不清楚真假。日曜師格蘭恐怕是被那個「勇者」殺掉。雖然他年事已高，但肯定是不容小看的對手。）

蓋多拉是這麼想的。

除此之外，表面上評議會的支配似乎堅若磐石，可是背後卻有人頻頻做些動作。

在這些訊息裡頭，並沒有收到有關西方聖教會變弱的消息。在蓋多拉看來，他認為這足以證明日曜師格蘭還活著。

（要是能無視「暴風龍」，早點進攻西方就好了……）

蓋多拉在心裡想著，但他很清楚這有多麼困難。

（「暴風龍」跟魔王聯手是嗎？那種怪物根本已經跳脫所謂的魔法法則，出動軍隊對付未免太過愚蠢。老夫也有幫忙架構關於新兵器的理論，靠那樣東西，應該能暫時阻止他行動。不過，能不能把他滅掉是另一回事。更別說要支配他……）

蓋多拉是上次大長征的倖存者之一，已經親身體驗過維爾德拉帶來的威脅性。

根據他的經驗，他認為主戰派太過有勇無謀。

（話說要對精神生命體進行精神支配，那些笨蛋根本不曉得這是多麼困難的事情！）

要對精神生命體進行精神支配，這並非不可能。他曾經拿惡魔族當實驗對象，也做出一些成績。

蓋多拉對此非常了解。想出那個理論的人也是他，若是不知道就怪了。

他已經求證出各式各樣的結果，根據這些導出結論，認為他們絕對不能對「暴風龍」維爾德拉出手。

他已經將這份報告書交給皇帝，但可悲的是並未獲得認可。

「有些人想試一試，就讓他們去試吧。」

最後蓋多拉的意見默默被人忽略。

這件事姑且不談。

這次又發生別的問題，那跟魔王利姆路有關。

他以嚇人的速度建國，這個魔王一統朱拉大森林。若是這個魔王跟「暴風龍」聯手，進攻朱拉大森林根本就是一種愚蠢的行為。

若是動員帝國所有的軍隊就另當別論，那樣一來為了布局全軍做最有效率的運用，必須將敵人引進對我方有利的地形位置。

照常理想，那是不可能的事情。

那去對方的地盤作戰呢？

「到地下迷宮作戰？而且他們可能還開發出來自另一個世界的兵器……是嗎？這點一定要調查清楚。若是能在我軍損失三成的情況下打倒維爾德拉跟利姆路，那倒還好。假如沒辦法，在那之後要跟西方諸國一決勝負是不可能的。」

像是要鼓勵自己，蓋多拉自說自話。

這個時候蓋多拉完全搞錯方向了。

他認為應該警戒的對象不是魔國聯邦，而是支配西方諸國的魯米納斯教才對。

能不能發現這個錯誤，接下來那將是決定蓋多拉成敗的關鍵。

●

在優樹一聲令下，有三個人脫穎而出。

條件是蓋多拉大師也認識，並且必須隸屬於混合軍團——這三人因此被選上。

今天要讓他們會面，因此優樹招待蓋多拉來自己的房間。

首先是谷村真治。

他原本是日本的大學生，每天都待在研究室裡。來這個世界以後也很愛穿白衣，現在變成他特有的標記。

馬克・羅蘭。

留了一頭咖啡色頭髮，身上有很多肌肉。年約二十五歲，在三個人裡面年紀最大。冬天也穿坦克背心搭配牛仔褲，身體很健康。

申龍星。

這個男人很年輕，話不多。很難看出他在想什麼，但言出必行。將黑色的頭髮編成麻花辮掛在背後，身上穿著寬鬆的中國式服裝。聽說他的衣服底下藏了很多暗器。

馬克和申都會乖乖聽真治的話。也因為這樣，不知不覺間真治就變成他們的領袖。

這三個人在優樹跟蓋多拉面前立正站好。

「師父，好久不見！」

黑髮青年——真治代表大家向蓋多拉打招呼。

「好久不見，真治，還有馬克跟申，你們過得可好？」

「是，我們過得很好。看老爺爺你也很硬朗真是太好了。」

「……老師，我過得不好。」

聽到馬克跟申如此回應，蓋多拉快活地笑著回話。

「你們還是老樣子。在軍團那邊似乎也很努力，這樣老夫就放心了。」

真治他們是被優樹收留的「異界訪客」。優樹從世界各地找來「異界訪客」，不管是特別擅長戰鬥的人，或是沒那種特質的，統統都被送進帝國。

帝國這邊負責接收他們的就是祕密結社「三巨頭」，接著他們會被送給帝國的大魔法師蓋多拉大師。他的目的是要問出來自另一個世界的知識，但本人若是有戰鬥才華，而且也有那個意願，蓋多拉將會鍛鍊他們。

這些人被鍛鍊完就會來到一個地方，那裡聚集個性豐富的特殊人才——就是混合軍團。

但是帝國沒那麼好混，不會因為他們來自另一個世界就能擔任軍團裡的高階職務。必須能夠正確活用自己的力量，這樣才配稱優秀的戰士。

所謂的力量，就是他們每個人身上顯現的獨有技。

真治他們能夠熟練運用自己的獨有技，因此在軍團內部才會奠定穩固的地位。

「是啊，在我帶領的混合軍團裡，真治他們三個人也屬於第一線的高手。我認為很適合接這次的調查任務。」

「既然優樹先生都這麼說了，老夫也沒意見。你們幾個快坐下吧。」

那三個人誠惶誠恐，因為這個嚴格的魔法師要他們入座，他們才坐到椅子上。

看他們三個人那樣，蓋多拉稍微笑了一下。

他們都已經變成獨當一面的士兵了，現在看到自己還是像個緊張的徒弟，感覺很有趣。

「那麼優樹先生，關於之前說過的調查行動，你要把這三人借給老夫是吧？」

一直在這玩味別人的表現也不是辦法，蓋多拉開口問話。

「對。我很想自己過去調查，但實在不方便去那個國家。只有送真治他們過去，我不是很放心，所以才想能不能拜託大師監督他們。」

「嗯。報告書老夫已經看過了，內容確實很耐人尋味。如果上面寫的都是事實，在大長征之前就必須調查一下。」

蓋多拉用試探性的目光看著優樹，等他做出反應。優樹似乎早就料到對方會這麼做，他點點頭。

「那些全都是真的。我也跟他們三個解釋過，這次的任務有點特殊，我想請他們調查某個迷宮。」

「喂喂喂，請先等一下！把我們叫來就是為了攻略迷宮？我們就那麼不值得信賴？就算是蓋多拉老師出面拜託好了，馬上就要進行大規模的軍事侵略，我不認為這是侵略前夕必須做的事情！」

在這三個人裡頭，馬克最沉不住氣，他開始質疑優樹。

出現這種行為是常有的事。若是不能接受儘管問沒關係，優樹本人已經批准他們這麼做。

「馬克，你別激動。這件事情很重要喔。」

「可是！」

「稍安勿躁，馬克。優樹先生應該有什麼想法吧？我們可以聽聽他怎麼說啊。」

一面安撫馬克，真治轉頭面向優樹。

「那就麻煩您解釋了。」

「當然沒問題。我想聽完這些，你們應該就不會抱怨了。」

說完這句話，優樹開始詳細解說任務內容。

…………………

……………

……

蓋多拉事前就知道那些內容，他邊聽優樹說話邊確認兩者是否有出入。

真治他們三個人倒是很吃驚。

聽命於優樹的戰士——擁有特別利於戰鬥的獨有技之人——混進各個軍團隱藏鋒芒生活。目的在於等時機到來要一同奮起，好掌握各個軍團。

大家並沒有聽說具體的計畫內容，但他們都認為這天時日將近。

真治他們也一樣，如今混合軍團已經在優樹的掌握之中，他們認為他下令只是時間早晚的問題。

——要征服世界——

從優樹口中聽到這個宛如孩子才會有的夢想，一開始大家都認為那不可能實現。

可是當大家磨練自己的實力、對世界情勢愈來愈了解，這些人開始覺得有機會實現那個夢想。

真治他們開始對優樹著迷，一直在等待適當的時機到來。

就在這個時候，對方突然下令要他們攻略迷宮。

怪不得他們三個人會如此困惑。

話雖如此，在聽優樹說明的時候，他們的想法也跟著改變。

關於這次的戰爭，已經做過一些準備和調查，只剩迷宮內部還沒調查過。因此，那個迷宮裡很有可能藏著什麼祕密。

聽到敵人可以將整座城鎮藏到迷宮裡，這就成了讓人難以忽視的問題。

…………

……………

……

「原來是這樣……也就是說帝國軍若要展開行動就不能忽視這座地下迷宮？」

「而且裡頭還有城鎮？這種事情沒親眼見識還是讓人難以置信。」

「……所以才要我們過去一趟吧。」

真治他們這下不得不接受了。

「說明如上。不過，這樣你們就明白了吧？這次大長征，帝國若是要侵略朱拉大森林，作戰時期將會在某種程度上延長，我們預計在那個時候發動軍事叛變。到時希望能盡量引開帝國軍的注意。光靠魔王利姆路的大軍，加上『暴風龍』維爾德拉，這些還不夠讓帝國出動所有的軍隊。我需要更強烈的動機，能夠讓他們總動員。」

不確定那座迷宮是否能創造這樣的動機，若是沒辦法創造就算了，隨便捏造一個就好，優樹這麼說。

當他們用那種方式爭取時間，優樹等人要一口氣鎮壓帝都。

真治他們對此感到吃驚。

早就想到未來會發動政變，但這還是第一次聽到那麼具體的敘述。在那之前，蓋多拉也在這裡。說話不夠小心會害他們的計畫外泄，因此真治他們沒想到優樹會在這裡聊那件事。

「先等一下，優樹先生！」

真治想要阻止優樹，不料優樹笑著應答。

「我知道，別擔心。蓋多拉大師知道我的計畫。」

「咦？」

「呵呵呵，那是當然的。老夫對陛下有情義在，但是帝國會有什麼下場和老夫無關。老夫的目的是毀掉魯米納斯教。神魯米納斯的真面目其實是魔王魯米納斯，這是以前沒發現的盲點。那些信徒會變成怎樣，老夫沒興趣知道。可是那些傢伙殺了老夫的朋友，不將他們親手葬送難消心頭之恨。聽說魔王利姆路跟魔王魯米納斯關係很好，老夫第一個要解決的就是魔王利姆路。所以老夫也會參加迷宮攻略行動。」

蓋多拉露出瘋狂的笑容，說之後的事情對他來說一點也不重要。

當然蓋多拉也聽說過魔王利姆路的傳聞。

一年前法爾姆斯王國因為觸怒「暴風龍」導致國家滅亡。

據說之後「暴風龍」力量用盡，是魔王利姆路收服他。

是否真的被收服，或者單純只是協助對方，真相不得而知。可是從那個時候開始「暴風龍」就沒有作亂的跡象，也沒有偵測到龐大的妖氣。蓋多拉認為那些傳聞有一定程度的可信度。

除此之外，魔王之間也有動靜。

有幾個魔王從十大魔王之中除名，據說現在變成「八星魔王（Octagram）」。

雖然這件事已經傳到人類社會裡，但背後肯定是魔王利姆路在搞鬼。

原本是十大魔王之一的克雷曼消失，新來的利姆路在那群魔王之中列名。發生這件事表示利姆路比克雷曼更強。

克雷曼這個魔王很狡猾，不能小看，但是魔王利姆路比他更具威脅性。

不只如此，魔王利姆路還跟人類的國家建立邦交，在評議會裡的影響力也愈來愈大。

不曉得西方諸國是怎麼想的，但是蓋多拉認為觸怒利姆路這個魔王很危險。

再說有件事讓蓋多拉很在意。

那就是據說有超過兩萬名兵力參加法爾姆斯王國的軍事行動，但是最後活下來的人就只有三個。其中一個人被殺掉，最後只剩下前任國王和以前曾經是蓋多拉徒弟的拉贊。

（看樣子有必要跟拉贊質詢這件事。）

蓋多拉先把這件事記下。

（除了那些，魔王利姆路身上也有許多謎團。）

他不敢大意。

據說法爾姆斯王國的大軍葬送在「暴風龍」手裡，但無法證明那件事是真的。光這點就讓人覺得詭異。

一般而言打仗的時候若是出現三成死傷，那就表示作戰行動失敗。這個時候就應該要投降，但卻沒看到哪裡有留下相關紀錄指出法爾姆斯王國軍隊曾經做出這類舉動。

向「暴風龍」投降是沒用的——當然也有人提出這樣的看法。

但是關於這點，蓋多拉予以否認。畢竟上次大長征的時候，蓋多拉撿回一命活下來，因此他非常熟悉維爾德拉的性格。

簡單一句話形容就是他做事情很隨性。不會去追殺逃跑的人，雖然會有很大的傷亡，但是只限於一開始被捲入攻擊的那些人。

按照這種邏輯思考，在正常情況下兩萬大軍不可能全滅。

那麼，是不是魔王利姆路動過什麼手腳……依照外面風傳的利姆路為人來推論，蓋多拉認為實在不可能。

若是跟他投降，應該不至於被殺掉才對。可是最後所有人都被殺了。

（看樣子果然該解釋為——當法爾姆斯王國軍隊跟維爾德拉投降後，他馬上將這些人全部殺光。）

說真的，蓋多拉想到就覺得可怕。

正因為這樣，他們才要避免跟對方正面對決，也準備了相關的因應策略。

魔王利姆路有古怪，話雖如此，從現在開始進行調查再想想對策還是有機會解決。

想到這邊，蓋多拉切換思緒。

他不恨魔王利姆路，但是他跟魔王魯米納斯站在同一邊，那就等同蓋多拉的敵人。

既然是敵人就必須打倒，話雖如此，蓋多拉也不打算草率行動。

他花了好長一段時間安排計畫，要讓帝國出兵進攻西方諸國。

如今那個計畫即將實現，他可不能蠢到沉不住氣。

因此蓋多拉行動的時候慎重再慎重。

優樹跟蓋多拉的利害關係一致，兩人談過之後決定攜手合作。他們會彼此分享手中握有的情報，兩人的關係可以說形同戰友。

天大的祕密三兩下就被暴露出來，真治他們全都臉色慘白。

他們突然聽人說出這種話，當然會想說「拜託暫停一下」。

（這、這個……照剛才的發展看來，要是一不小心沒弄好可能會被除掉吧……）

真治也不是笨蛋，他不認為對方會這麼信任他們。雖然這麼想，也自認應該不至於把他們當成隨手可丟的棄子。

對方在試探他們——真治如此認為。

馬克跟申似乎也這麼想。

「我知道了！我們會盡全力調查。」

「總之我們不會拖累老爺爺的——敬請期待！」

「……我會加油。」

這肯定是一個重要任務。若是藉這次機會做出成績——不對，這次必須拿出好成績，他們才能活下去——真治等人悟出這個道理。

「那老夫考考你們。你們應該曉得世界上有幾個魔王吧？」

「是的，有八個魔王對吧？」

「——咦？不是十個魔王嗎？不對，應該增加到十一個吧？」

「……馬克，去年他們才大洗牌……」

這讓蓋多拉嘆了一口氣，嘴裡發出怒吼：

「真治，你快點替這個笨蛋灌輸正確的訊息吧。加入軍隊卻連蒐集情報都不會，看就知道第一個死的會是他！」

當他的心情稍微平復就開始解說。

「魔王總共有八個，他們自稱『八星魔王（Octagram）』。意思應該是自認可以跟星星相提並論，但其中有些人確實有那個能耐。之所以會提到這件事，都是因為這次的對手是『新星（Newbie）』利姆路。不能對他掉以輕心，但這次先不去探討那個問題。還有另一個理由。在這些魔王之中，有個人被稱為『迷宮妖精（Labyrinth）』。好了，你們聽完有什麼看法？」

那句話讓真治他們三個人倒抽一口氣。

就連優樹都擺出驚訝的表情，一直盯著蓋多拉看。

「你說迷宮妖精——重點是迷宮嗎？」

這個時候真治害怕地闡述看法。

蓋多拉鄭重其事地點了點頭，拿出一份文獻讓那三個人看。

有個迷宮名字就叫「精靈神域」，據說就在西方的烏格雷西亞共和國。世人都說那一大片迷宮蓋在地底下，或是在空中，事實上並不是這樣。

從某方面來說是那樣沒錯，但從某個角度來看也不全然正確。

那份文獻裡寫到住在「精靈神域」裡頭的不是只有精靈，還說從精靈變成妖精的女王也住在那裡。

「這個女王就是『迷宮妖精』菈米莉絲——遠古時期就存在的魔王之一。」

蓋多拉這番話重重地壓在那三個人身上。

他還進一步透露真相。

「通往那個迷宮的門以前就在烏爾格自然公園裡，但現在已經消失了。這是老夫親自調查到的，肯定沒錯。至於消失的時期，根據聽說的消息推測，跟利姆路當上魔王是同一個時期。後來那個國家就對外公開他們的地下迷宮——」

當蓋多拉說完，優樹接著補充：

「這下八九不離十。我之前一直在想利姆路是怎麼做出那樣的迷宮，我想肯定是魔王菈米莉絲創造出來的。換句話說，魔王利姆路跟魔王菈米莉絲已經聯手了。」

優樹似乎已經認定事情就是這樣，臉上露出豁然開朗的笑容。

真治他們也沒有出言否認。不僅如此，他們覺得這下調查難度勢必會提高，開始變得很憂鬱。

「期待你們的表現。」

「記得要隨時保持警戒。」

之後優樹對他們耳提面命再三叮嚀，告訴他們魔王利姆路有多可怕、多狡猾，真治等人聽完就離開現場。

被優樹叫過去的隔天，他的祕書——卡嘉麗過來帶領真治等人，將他們送到魔國聯邦近郊。

把真治他們送出去之後，過了十天，蓋多拉獨自一人前往其他的目的地。

看到優樹威脅真治他們，他打算一開始先將調查任務交給這些人。

恐怕優樹並不是真的要把那三個人當成棄子。為了讓真治他們認真起來，才稍微威脅一下吧。

（不過，優樹先生也不夠坦率呢。因為他本人過分能幹，才希望其他人也能達到這種境界吧。）

蓋多拉早就看穿這點。

不過這也可以套用在他身上。

蓋多拉也不打算眼睜睜看著徒弟送死，若是他們遇到困難，他打算伸出援手。可是蓋多拉不會把這些想法說出口，他只會默默向別人施壓，所以其他人才會覺得他很可怕。

蓋多拉本人並不知道這些，前往法爾姆斯王國的舊址。

他想起自己很久以前還收過一個徒弟，打算去蒐集跟魔王利姆路有關的情報。

緊接著蓋多拉飛向舊法爾姆斯王都「馬利斯」，直接朝皇宮走去。

拉贊在辦公室裡工作，這時他從椅子上跳起來。

原本以為偉大的老師——蓋多拉已經死掉了，但他感覺到對方的氣息。

「沒想到……他還活著……」

嘴裡喃喃自語的同時，他心想這下糟了。
不知道蓋多拉有什麼企圖，但他來這裡是為了找自己吧。
可以確定的是肯定不是要跟他悠哉緬懷往日交情。
而且還有一個問題，那就是法爾梅納斯的士兵都不認識蓋多拉這個男人。這樣下去會在城門那邊被攔下來盤查，惹蓋多拉不快的人恐怕會受到傷害。
萬一一個不小心害他們跟蓋多拉變成敵人……
（這下不妙。假如事情演變成那樣，靠我沒辦法壓制蓋多拉大人。）
拉贊迅速做出如上判斷，並展開行動。
他透過「魔法通訊」呼叫後來新收的徒弟。
『你能聽到我說話吧？』
『嘖，不要突然呼叫我啦。』
『你應該有發現出什麼狀況了吧。』
『有。雖然格萊哥利好像沒有發現，但剛才出現異常的氣息。那傢伙再過不久就會抵達城門吧？』
『既然你這麼清楚，事情就好說了。你也過去城門那邊。』
『……你對我有恩。知道了啦。』
「魔法通訊」到這邊中斷。
他新收的徒弟共有兩個人。
就是薩雷跟格萊哥利。
這兩個男人原本都是「三武仙」──隸屬於神聖法皇國魯貝利歐斯的法皇廳，以前待在法皇直屬近衛師團。

拉贊為了在國內進行視察，巡迴各地的時候認識他們，他們犯下重大失誤不敢回法皇廳，所以拉贊就直接把他們收來當徒弟。

不是想施恩惠給他們，而是能夠體會他們的感受。

尤其是薩雷，他好像當著各國記者的面輸得慘兮兮。聽到對手就是迪亞布羅，這下拉贊再也無法置身事外。

薩雷態度囂張，但他還是認可拉贊當他的師父。

格萊哥利也會不時表現出對某樣東西的恐懼，不過現在正逐漸找回往日的瀟灑。

光看實力，這兩個人無可挑剔，因此拉贊決定鍛鍊這兩個人，總有一天要讓他們去做法爾梅納斯王國檯面下的工作。那也包括像這次這樣進行危機處理。

（有我、薩雷跟格萊哥利啊。之後再加上克魯西斯先生，應該就能對抗蓋多拉大人。）

面對擁有壓倒性力量的單一個體，普通士兵無法派上用場。目前法爾梅納斯王國的弱點在於缺乏英雄級人才。

以前法爾姆斯王國還在的時候，他的同僚騎士團長弗肯和跟他同等級的勇士們如今都成為過往人物。必須找出可以代替他們的人才——這是法爾梅納斯王國的課題。

拉贊再次體認這點，對於自己來不及處理這個問題感到懊惱。

當他趕到城門那邊，薩雷他們已經在那兒了。

而且正在跟蓋多拉對峙。

「我說，不曉得你來這座城有什麼事，但我們受這裡關照。不能放身分不明的人過去，這點你應該也明白吧？」

「就是說啊，老爺爺。我們不會去跟人告狀，今天你就先回去吧。如果要跟某個人會面，你可以去跟櫃檯申請，大概兩到三天就會有回覆。」

薩雷等人想用和平的方式解決，擋在道路前方不讓蓋多拉通過。可是看在拉贊眼裡卻讓他壽命縮減。

「快住手！讓那位大人通過。」

「咦，不是要我們阻止他啊？」

「既然這樣，為什麼把我們叫來？」

那兩個人似乎都對命令感到不滿，可是拉贊沒空管那種事。

「好久不見，蓋多拉大人。小的不知您還活著，一直都沒去問候您，是我失敬。」

拉贊在蓋多拉面前單膝跪地，嘴裡如是說。

他想避免跟蓋多拉為敵。要是有什麼萬一，他也做好覺悟了，就算釋出所有的力量也要阻止蓋多拉，但是看樣子似乎是他過度警戒。

「好久不見，拉贊。你的外表已經不一樣了，但看樣子果然是你本人沒錯。」

「是，我跟師父不一樣，必須更換肉體才能活下去——」

「這不是在責備你，不用這麼害怕。今天之所以會過來，是因為想問你一些事情。藏在那邊的獸人，你也不用這麼警戒沒關係。若是要跟你們作對，老夫就不會一個人過來。」

蓋多拉這句話總算緩和緊張氛圍。

雖然是這樣，拉贊他們還是沒有大意，他們要去準備會場好跟蓋多拉進行會談，因此大家就地解散。

＊

隔天，他們在城堡裡的某個房間進行會談。

參加的人有尤姆、克魯西斯和拉贊這三人。薩雷跟格萊哥利在室內待機，負責保護尤姆。

繆蘭也想參加，卻遭到拒絕。她才剛生完孩子，必須徹底靜養，所以尤姆拚命阻止她。

題外話，生的小孩是個女孩子，名字叫蜜姆。長得跟繆蘭很像，很討人喜歡，現在正由艾德卡照顧，他非常寵愛這個孩子。

「對了，師父，您想問什麼事情？」

「嗯，在進入正題之前，讓老夫來指正幾個點。小子，你叫薩雷是吧？你的實力還算不錯，不過，魔法是你的死穴對吧？那種東西並不是學會就能運用，正確管理自己的魔力很重要。那邊那個獸人，你叫克魯西斯是吧。至於你——」

蓋多拉開始一一指出每個人的缺點。

他要克魯西斯培養看穿對手實力的眼光。

「當著敵人的面變身，那就等同把先發制人的機會讓給對手。」

蓋多拉甚至還嚴厲地指出缺點。

關於尤姆這邊，他先是說了一句「你看起來比一般人還強……」，接著就說老是依賴裝備的力量不成氣候，要專心思考該如何自我防守。

面對格萊哥利更是無情，要他繼續精進——只用這句話就打發。

最後他看向拉贊，對他這麼說：

「拉贊，看來你精進不少。你的魔法是附身類——？」

「是，以師父的神祕奧義『輪迴轉生』之理論為基礎，編排出大祕術『附身轉生』。」

「嗯。這又是一個有趣的嘗試。跟老夫的魔法不一樣，不會暫時變弱，返老還童變成小嬰兒。」

「多謝誇獎——」

「不過，沒辦法徹底發揮就沒意義。難得奪走別人的肉體，你並沒有發揮性能吧。」

「是！」

面對蓋多拉的指正，拉贊大汗淋漓，誠惶誠恐。這些事情他自己也心裡有數，不得不承認那些指正全都一針見血。

（這位大人還真是可怕。居然一下子就完美看穿我們的實力……）

拉贊說不出話來，只能沉默以對。

不過，薩雷跟格萊哥利聽了很不是滋味。

「搞什麼鬼，看我默默聽都不講話就在那自以為是。你又從我身上看到什麼了，竟然說出那種話？」

「就是啊。拉贊先生對我有恩，但沒道理連他的師父都怕。既然你這麼有自信，那就向你請教請教，請你露一手！」

最後他們開始糾纏蓋多拉。

快住口——拉贊很想大喊這句話，但是看到師父蓋多拉的眼神，他就沒有把話說出口。

對蓋多拉來說，發生這種事都在意料之中。拉贊這才發現他想讓薩雷和格萊哥利見識自己的實力。

（如此一來，事情還是能順利收場。就照師父的意思做吧。）

拉贊如此盤算。

緊接著，就像在會談之前稍微做點熱身運動，蓋多拉開始跟薩雷和格萊哥利對決。

他們在訓練場對戰，結果是蓋多拉獲得壓倒性的勝利。

「這、這怎麼可能……」

「這個老爺爺好厲害……沒想到同時對付我們兩個，他一點都不覺得累。我完全輸給他……」

蓋多拉強到無以復加，將他們原本身為「三武仙」的驕傲徹底粉碎。

要在這裡誇耀自己的力量，讓交涉順利進行——這才是蓋多拉的目的，薩雷和格萊哥利的反應都在預料之中。只不過，接下來的發展出乎意料。

「不過，還是比不上那個惡魔。」

「就只有這點程度？話說跟我作戰的那隻狗，實力應該跟老爺爺差不多。」

「——嗯？」

明明輸給蓋多拉，薩雷跟格萊哥利卻一下子就接受這個事實。除此之外，明明見識到蓋多拉的實力，他們兩個卻不怎麼驚訝。

（——可以跟老夫相提並論？不僅如此，還有比老夫更強的惡魔……？）

意想不到的反應讓蓋多拉困惑，薩雷他們說那些話不像是輸不起。如此想來，那些應該都是真心話。

蓋多拉正想質問這件事——

「蓋多拉大人，那件事也可以留著以後再談。我還是先來回答蓋多拉大人此行要問的問題吧。」

此時拉贊跳出來說了這麼一句話，目前發生的這件事暫時告一段落。

＊

地點又回到接待室，他們再次展開會談。

「不愧是拉贊的師父，簡直是如假包換的怪物。不是我能戰勝的對手。」

這個時候尤姆用輕鬆的語氣說著。

克魯西斯也頗有同感。

「魔人拉贊威名遠播，但是關於他師父的傳聞卻少之又少。繆蘭是這麼說的，她說大師是一個偉人，還為魔法理論架構新體系，看剛剛作戰的樣子終於懂了。」

他興奮地說了這些。

這也難怪，畢竟蓋多拉的魔法很厲害。

可以干涉對手的魔力，還能妨礙對手發動魔法，可以同時發動兩種以上的魔法，發揮無與倫比的效果和威力。

簡直就是在清楚體現這點，剛剛他在大家面前打了漂亮的一仗。

話說薩雷跟格萊哥利的實力，遠遠超越認真起來的克魯西斯。他們兩個人被蓋多拉玩弄於股掌間，因此蓋多拉的實力無庸置疑。

跟尤姆、克魯西斯正好形成對比，輸給蓋多拉的那兩個人一臉惆悵。但是人在現場還是很安分，專心執行護衛任務。

「那麼，您來這裡有何要事？」

這個問題來自拉贊。

「關於老夫展現實力的理由，都是為了避免讓你們做出不必要的抵抗。拉贊應該明白，老夫的憤怒是針對魯米納斯教，對其他事情沒興趣。因此老夫也不忍心看到這個國家遭受帝國侵略，出現不必要的傷亡。」

蓋多拉若無其事地說出可怕的事。

「帝國——」

「不會吧。別在我當王的時候打過來好嗎——」

「真是的。感覺就沒什麼勝算，真不希望繆蘭跟我的女兒陷入危險。」

「那又不是你的女兒。那個孩子可是我的寶貝！」

「吵死了——！雖然沒有血緣關係，可是那個孩子是我的女兒。我已經決定今後要以父親的身分活下去。」

「別擅自決定——！」

尤姆跟克魯西斯開始進行醜陋的鬥爭。

拉贊乾咳幾聲，要這兩個笨蛋閉嘴。

「原來如此，我明白蓋多拉大人來這裡的目的了。作為拯救我們免受戰禍波及的回報，您希望法爾梅納斯王國倒戈，歸順帝國是嗎？」

「正是如此。你應該也知道帝國有多強大吧？再加上那裡還有老夫，由你率領的法爾梅納斯若是加入我方陣營，就連德瓦崗都能輕易攻陷。那個國家不擅長應付針對兵糧發動的攻擊。只要停止跟人交易，他們馬上就會哀鴻遍野。」

當然，要做到這點必須先處置魔國聯邦。拉贊指出這個癥結點。

「那是不可能的事情，蓋多拉大人。如今矮人王國跟魔國聯邦之間已經鋪設鐵道，可以進行高速運輸。就算我國斷絕糧食供給，他們也能經由別的國家進行補給吧。」

「所以才要你們背叛。魔國聯邦國內的糧食自給率也沒多高。若是你們這個國家斷絕——」

「蓋多拉大人。」

明知這樣很沒禮貌，拉贊還是打斷蓋多拉的話。因為他發現蓋多拉手中的情報太舊，已經跟不上時代。

如今的世界局勢變動飛快，已經跟從前大不相同。照現在的情勢來看，若是背叛西方諸國，那就有可能被排除在經濟圈之外。代表國家有可能會走向滅亡。

就算接受帝國的庇蔭，受到保證會給予豐沛的資源，也不可能像現在這麼繁榮。

法爾梅納斯王國就是受西方——不對，受到魔國聯邦影響如此深遠。

拉贊針對這點進行說明。

「……原來如此。其實老夫早就知道了，只是想聽你親口說出真話。可是話說魔王利姆路難道不怕天上大軍嗎？當然假使力量足夠甚至連天使都能戰勝，但就算這樣好了，好不容易建造起來的東西也會蒙受莫大災害吧。帝國原本也考慮導入列車，因為這個理由放棄……」

聽說對方要用鐵道連接各個大都市，蓋多拉便說出這句話。

「利姆路陛下並不怕遭受損害。」

「是啊。少爺討厭出現人員損傷，卻不在意其他的損失。」

「能夠多出新的工作，也許他會更開心吧。」

拉贊、克魯西斯、尤姆隨意說出自己的看法。

特別是尤姆那番話格外重要。

話說人類這種生物，能夠被委託處理一些事情就會覺得開心，因為他們希望自己學習到的技術能夠派上用場。若是沒有工作被當成吃閒飯的，任誰都會失去幹勁吧。

也許有人還會跑去犯罪也說不定。為了避免這種事情發生，準備新工作就是領導人——僱主的職責。

「通往各國的整頓工作一旦完成，剩下的工作就只有維護和修補。到時候該怎麼辦，利姆路少爺一直很煩惱。那個也想做、這個也想做，可是技術層面卻追不上。跟他去喝一杯的時候，他一直在抱怨這件事情。」

「在這種時候天使若是過來襲擊，為了進行災後重建肯定有很多特殊需求。如此一來，少爺或許會表面上很生氣，私底下卻很開心也說不定。」

後來連克魯西斯都開始跟尤姆一個鼻孔出氣。

薩雷和格萊哥利雖然擺出受不了的表情，但他們似乎沒有否認的意思。

「不過，就算他是魔王好了，西方是人類的領域，像這樣擅自亂來，羅素一族不會坐視不管吧？」

拉贊那番話跟蓋多拉蒐集而來的情報一致，但還是欠缺一些部分。趁這個機會，蓋多拉打算從拉贊身上盡情榨取情報。

用不著等天上大軍出動，羅素一族為了維護自己的權益就會有所動作。而這次事件又跟經濟層面有關，他們應該不會採取軍事行動，會用其他方式妨礙，蓋多拉向拉贊徵詢這方面的事。

當然他的用意其實是想察探羅素一族的現況。

拉贊正確解讀他的意圖，給出蓋多拉想要得到的答案。

「羅素一族已經完蛋了。德蘭將王國沒有毀滅，倖存的人都聚集在那裡，但如今再也沒辦法影響評議會了吧。周邊各國之所以到現在還是跟他們進行交易，原因就是因為利姆路陛下允許他們那麼做。德蘭王也向利姆路陛下投降了。」

拉贊針對這件事情進行說明。順便道出真相，說出法爾姆斯王國的國軍是如何戰敗的。

這下蓋多拉總算為自己不知道的情勢感到震驚。

「……你是說魔王利姆路靠他一個人就把法爾姆斯王國的軍隊殺光？而且還把羅素一族滅掉……不，等等！如果這些都不只是傳聞，那日曜師格蘭——格蘭貝爾怎麼了？」

「勇者」格蘭貝爾獲得蓋多拉認可，在他心目中是最強的男人。就是因為他認為這個男人是「七曜」的領頭羊，對於西方的大長征計畫才慎重其事。

然而拉贊卻說羅素一族已經毀滅。

「那『七曜』滅亡的傳聞不就……」

「師父，這件事也是真的。『七曜』跟利姆路陛下敵對，還設計聖騎士團長日向，要讓她跟我們起紛爭，可是他們的計謀被人識破，也因此滅亡。」

聽到這句話，這次蓋多拉真的無言以對。

拉贊已經明言「七曜」全數滅亡。

就連那個日曜師格蘭也被樞機尼可拉斯親手葬送。蓋多拉得知這點，不禁哀嘆自己的情報網不夠準確。

既然格蘭貝爾死去，那羅素一族毀滅的事情就合乎邏輯。如果早點掌握這個情報，大長征計畫也能重新進行大幅度評估。

在此同時——

「那個臭小子……明明知道這點卻沒告訴老夫……」

想起優樹的嘴臉，蓋多拉恨恨地喃喃自語。八成是想告訴蓋多拉這件事情可能會讓他不那麼想復仇，可是在蓋多拉看來，這讓他感到很不是滋味。

「您說的臭小子可是神樂坂優樹？我們也被那個男人利用，所以很明白蓋多拉大人的心情。」

被徒弟如此安慰，蓋多拉心中浮現難以言喻的感受，覺得有點懊惱，又有點丟臉。

按照拉贊的話聽來，魔王利姆路似乎也被優樹害到。但對方又說即使如此，他們目前還是先觀察情況，不至於徹底跟對方敵對。

（優樹那傢伙，看樣子又隱瞞一些事情。除了那些……他明明知道老夫的目的是毀掉魯米納斯教，透露跟西方聖教會有關的情報卻總是曖昧不清。是不方便說給老夫聽嗎……？）

蓋多拉發現自己遭人利用，當著拉贊一干人等的面，他開始煩惱接下來該怎麼辦。

＊

「這下頭大了。聽了這些事情，必須重新思考該怎麼跟魔王利姆路對應。」

魔王利姆路的危險性出乎蓋多拉意料。

面對這樣的威脅，究竟該怎麼做才是正確的選擇？

因為他的好朋友受騙上當被人殺害，因此蓋多拉還是要繼續對魯米納斯教復仇。

然而他最應該要復仇的對象——「七曜大師」已經全數陣亡。

如此一來，他就不用那麼熱衷於毀滅西方。

因為帝國跟蓋多拉的利害關係一致，他才出手幫忙，少了這個動機，蓋多拉就沒理由去挺帝國。

（──不對，理由還是有。這一切的元凶，神──魔王魯米納斯還活著。）

想到好友因為相信神才死去，他就不能讓以神之名招搖撞騙的魔王活下去。想到這邊，蓋多拉再次下定決心，決定繼續執行作戰計畫。

──不對，應該說他正打算這麼做。

「蓋多拉大人，或許您會嫌我多管閒事，但您還是打消念頭比較好。」

「哦？」

拉贊一直在觀望蓋多拉的反應，這個時候他對蓋多拉的決心潑了一盆冷水。

「如今我依然是您忠心的徒弟，也對此感到自豪。但我對某位大人有更強烈的忠誠心。若是您打算跟他的國家作對，我就必須把您當成敵人。」

「莫非是魔王利姆路？」

「不。是他的部下之一，迪亞布羅大人──他才是我現在的主子。」

這番話讓蓋多拉有點驚訝。

拉贊是他引以為傲的徒弟。那號人物能夠讓這樣的拉贊效忠，卻甘於當魔王的部下，一時之間讓他難以置信。

「我可能沒那個立場插嘴，但既然有這個機會，我就順便說一下。那個叫迪亞布羅的傢伙──那位大人就是打倒我的惡魔。」

明明沒人問他，薩雷卻擅自補充。

（就是那個據說比老夫更厲害的惡魔是嗎？雖然難以置信，但連拉贊都能收服，很難斷言這是謊話。）

儘管如此，蓋多拉還是不認為自己會輸，他先把迪亞布羅這個名字記下了。

「蓋多拉大人，這個訊息也透露給您。迪亞布羅大人是遠古惡魔。」

「想想也是。能夠把你打倒應該是古代種，搞不好還是很少見的史前惡魔。」

再加上那個惡魔還有名字，就算實力超越魔王也不奇怪。

「不，不是只有這點程度而已。那位大人更是厲害許多——」

「聽說他是『惡魔大公』。」

「這怎麼——！」

這怎麼可能——蓋多拉不禁想放聲慘叫。

惡魔有所謂的進化極限。

那是絕對無法突破的規則，能夠突破這項法則的人，就蓋多拉所知只有一個。

那個惡魔超越高階魔將，成為惡魔大公。

就是最強大、最邪惡的魔王——「暗黑皇帝（Lord of Darkness）」金．克林姆茲。

「蓋多拉大人，話說我的主人迪亞布羅大人，根本不需要爭論他活多久。如果是您，應該明白這句話的意思吧？」

拉贊這番話聽在蓋多拉耳裡顯得好遙遠。

那讓人難以置信，也不願相信。

帶著這樣的心情，蓋多拉嘴裡唸唸有詞。

「——是始祖嗎？」

「是的。」

拉贊如此斷言，那聲音殘酷地傳進耳裡。

原來是這樣——蓋多拉心想，一面安撫迷惘的心，努力看出這番話的真假。

如果是這樣，拉贊會臣服於對方也是情有可原。

除此之外，一旦始祖獲得肉體，就算誕生新的「惡魔大公」也不奇怪。應該說，如果拉贊他們說的話都是事實，那帝國的大長征計畫就必須重新大幅度評估。

看看讓帝國苦惱的純白始祖，棘手程度不言自明。

（——不對，等等。假如始祖獲得肉體，為什麼都沒發生慘事？）

蓋多拉開始恢復冷靜，但他推翻自己的想法，認為那種事情不重要。

（先等一下。迪亞布羅是不是始祖，現在那一點都不重要吧。至少可以知道他真的讓拉贊臣服，起碼也是一個「惡魔大公」——）

緊接著聽到尤姆他們不經意閒聊一些事情，這讓蓋多拉渾身僵硬。

「話說迪亞布羅先生，他在當利姆路少爺的管家吧。之前為了紀念列車開始運行，有辦紀念活動，我跑過去祝賀，那個時候稍微聽到一些事情，他說他自己不想打雜，所以才去挖角認識的人，讓他們來當自己的部下。」

「喔喔，你說的那個惡魔我有不經意瞥到。少爺指派她擔任外交武官，所以我才在評議會遇到她。一頭白髮配上深紅色的眼睛非常漂亮，是一個大美女。」

這個時候蓋多拉渾身虛脫地靠在椅子上。

（這、這不是真的吧？那些特徵不就跟純白始祖一樣嗎……）
那些事情突然開始變得很有真實感，在蓋多拉聽來簡直就是一場惡夢。
他看向拉贊，只見對方一臉了然於心地點點頭。
「這些都是真的吧？」
「我不會對師父撒謊。」
這下蓋多拉恍然大悟。
知道拉贊他們說的都是真話，真的是為蓋多拉著想才想說服他不要發動戰爭。
「真的這麼危險？」
對此，在場人員給的反應就是默默點頭。
蓋多拉看了之後——
（啊，真治他們可能已經去執行任務了！）
想到這邊，那張臉完全失去血色。

●

在魔國聯邦的首都「利姆路」裡，人山人海非常熱鬧。
如此盛況稱之為大都會當之無愧，就連來自另一個世界的真治等人看了，也覺得這是一座高度發展的都市，一點都不像落後的鄉下。
帝都納斯卡另當別論，但就連周邊都市都飄散來自動物的臭味，這個地方卻沒有那種不舒服的感覺。

這件事讓他們很吃驚。

「聽說他們留下一道門，這裡都變成空地，應該是看錯了吧？」

「應該不可能吧。可能對方能夠自由自在操控，不然就是間諜看到幻覺。」

「……既然這樣，我們就不能大意。」

真治他們三個人你看我我看你，再次繃緊神經。

有人用元素魔法「據點移動」送真治他們過來這邊，這個人曾經造訪過魔國聯邦，她就是卡嘉麗。

卡嘉麗馬上就回去了，但回程該怎麼辦用不著擔心。他們會跟蓋多拉會合，靠他的魔法回去。

他們接到的命令是在那之前不要太過勉強，盡可能調查就行了。真治他們也不是笨蛋，用不著命令他們做這種事，他們也會乖乖照辦。

「卡嘉麗女士真的好漂亮。」

「我說真治，講這種話會被女朋友甩掉喔。」

「女朋友？沒那種東西。如果有交到女朋友，我的人生應該會變得更加多采多姿才對……」

「咦？」

「……沒用的，真治很遲鈍。」

看真治在那唉聲嘆氣，馬克跟申聳聳肩。

他們一面悠哉閒聊，一面在城鎮入口接受入國審查。

因為優樹有替他們準備自由公會的身分證，所以他們只聽取簡單的說明就能入國，比想像中更容易。

接著他們去旅店辦理入住手續，以蒐集情報為名在城鎮上觀光。

三個人好驚訝。

他們是「異界訪客」，在這個世界上擁有能受到優渥待遇的力量。可是他們並沒有像魔王利姆路這樣，愛幹嘛就幹嘛，再說應該也辦不到吧。

優樹花了很多心力改善生活飲食和生活環境，帝國也有引進那一套系統，但是卻被這個國家三兩下超越。真治對那些事情非常清楚，因此這已經不是驚訝就能形容的，甚至讓他很傻眼。

這裡有章魚燒跟大阪燒，還有炒麵。甚至有各式各樣的甜點，像可麗餅或蛋糕。店裡還擺了各式各樣極其昂貴的物品，讓人很想問原料是哪來的。

這裡有小攤販、咖啡廳，從小餐館到高級餐廳都有。

裡頭的品項讓人感覺到他們對飲食的熱誠，重現另一個世界的風味。想必一開始這個世界的居民也很困惑，但現在好像對多采多姿的料理很習慣了。

至於真治，他在食堂看到咖哩飯的時候，開心到流下淚水。

這裡的廁所也很完善，還有旅館住起來也很舒服。

再加上可以付費使用的澡堂，為大眾娛樂扎根。

「我乾脆來這個國家住好了？兩位，我們別回帝國了吧？」

「喂！」

「沒有啦，抱歉……我在開玩笑，這都是玩笑話。你別生氣嘛，真治。」

「我沒在生氣，是在想其實可以認真考慮——」

「……我也想住在這裡。」

他們三個人面面相覷，嘴裡發出嘆息。

真治他們一直以為在這個世界裡，帝國是最文明的。

然而如今認識這個國家才發現之前想的都是錯的。

這座城鎮欣欣向榮，食物也很好吃。

除了住起來很舒服，彷彿還成了娛樂與文化重心，陸續出現新的遊樂方式。

那些遊樂都是在原生世界很熟悉的，這幾個人一直以來都在嚴苛的環境中生存，對他們來說那些東西全都讓人懷念。

帝國也不乏文化和娛樂，但那些都是貴族才能享用的。不如這座城鎮來得自由，若是平民想要使用，價錢都過於高昂。

相較之下，這座城鎮……

「不不不，那樣還是不好吧。」

「也對。優樹先生可能會有意見，而且蓋多拉老師好可怕。再說戰爭就快開始……」

「……臨陣脫逃會被槍殺。」

對。

再過不久就會有戰爭。

這座都市是明確的目標，免不了要面臨一場戰禍。

真治他們三個很清楚帝國有多大的軍事力量，要說這個國家面對帝國有多少勝算，光想就覺得他們沒戲唱。

因此真治他們才逼不得已拋棄那份留戀。

然後開始忠於任務，著手挑戰迷宮。

……………

…………

……

「聽說『勇者』正幸好不容易才突破第五十層，但是打起來比想像中還要輕鬆。」

「哈哈，那是當然的吧。根據優樹先生所說，正幸這個人的實力其實沒什麼大不了。」

「……但是他的技能不容小覷。」

「所以啦，才要花半年以上慎重攻略吧。」

在前進第四十層的當下，真治他們一面打哈哈。

他們一開始還對地下迷宮保持警戒，但是現在卻覺得游刃有餘，也沒那麼緊張了。

因為不想冒險，所以他們有事先蒐集情報，但真治他們總覺得這座迷宮充滿遊戲要素。

申似乎過著跟電玩遊戲無緣的生活，可是真治跟馬克都很喜歡打電動。尤其是真治，他很喜歡角色扮演遊戲，在大學做研究的時候，只要有空就會沉浸在一系列的冒險遊戲中。

跟他擁有的遊戲知識對照，不禁讓人覺得這座地下迷宮很扯。

確實有人刻意要惡整挑戰者。

話雖如此，擁有相關知識的人才熟悉這些……

申龍星最擅長感應陷阱。再加上有真治給他建議，因此才能確實看穿那些陷阱。

只要能想辦法處理這些陷阱，就算魔物厲害也沒什麼大不了。

「在這座迷宮裡，那些挑戰者可能因為相關知識不夠，攻略起來才很花時間吧。」

「應該是。我也曾經笑這座迷宮是競技遊樂區，真的就是那樣。像這種東西，只要知道作者要怎麼整人，那就意外好破。」

「……而且還不會死掉。」

在蒐集情報的時候，他們聽說「復生手環」的事。

櫃檯那邊也有免費發一個給他們。只要戴上這個，就算在迷宮裡死掉，似乎也能於入口處復活。

聽到那些，真治等人神情微妙。

該怎麼說，在這個嚴肅的世界裡，就只有這裡好像另一個充滿玩笑的世界，讓他們產生難以言喻的心情。

目前問題在於不清楚迷宮有多深。

就算想一口氣進攻，能夠帶來的食物也有限。

真治他們還在納悶究竟該準備多少才好，卻在櫃檯這邊聽到意想不到的說明。

「那個啊，不需要為這種事情擔心。只要發現樓梯，那裡就會有通往旅館的出入口。雖然要付錢，但是可以在那裡過夜，因此不用太擔心食物的問題。利姆路大人曾經說過『小點心最多只能三百圓』。不知道那是什麼意思，但應該很重要吧。對了對了，旅館裡面也會有商人在那裡等著，可以讓他收購礙事的東西喔。」

想的還真是周到。

真治很想大叫「比起小點心，收購的情報更重要好嗎！」，但他可不想因為喊出奇怪的句子被人安個大不敬的罪名，所以當場選擇隱忍。

……………………

……………

……

時間來到現在。

自從他們開始攻略迷宮，已經過去一個星期。

真治他們三個人在迷宮裡的旅館休息，一面眺望戰利品。

「——話說這幾天賺了不少嘛。雖然這裡的旅館聽說只有最低限度的設備，可是住起來非常舒服。相形之下住宿費就顯得很便宜，賣掉不必要的裝備可以賺不少錢吧？」

心情很好的馬克提出問題。

似乎有點興趣，申也抬起臉龐。

像在回應這兩個人，真治從袋子裡取出金幣。

那陣金色光芒讓三個人目不轉睛地盯著。

他們從魔物身上或寶箱中拿到各式各樣的道具，這些不只是賣掉道具的錢。還拿到獎金——有幾十枚金幣，甚至還拿到星金幣。這樣的報酬簡直是破天荒。

「算是吧。我們賺了不少錢。後來我聽說一些事情，連進攻到最前線的小組都沒突破第五十層。據說只有正幸一行人攻破，我們是第二組。」

就連正幸他們目前都停留在六十層。可想而知人們應該是被第四十層的樓層守護者擋住去路。

多虧這點，真治他們才享有本月MVP的殊榮。

「噢對，是因為那隻嵐蛇吧。確實很強，但不是我們的對手。」

嵐蛇有A⁻，就連比較厲害的冒險者遇到這隻魔物也會陷入苦戰。

牠會進行範圍攻擊，吐出危險的噴霧，在狹窄的房間裡特別凶殘。因為無處可逃只好面對，但是蛇的肉體很強韌，只要被纏繞到一圈就完蛋了。

照理說應該是不能掉以輕心的魔物，但是對真治等人而言，要打倒這個對手其實也沒多辛苦。耐人尋味的不是魔物有多強，而是打倒之後可以拿到的寶物。

「這個武器上面有孔洞，不曉得是什麼。這樣東西可以賣到驚人的高價……」

就是因為價錢很高，他們才不敢拿去賣。

關於這種有孔洞的武器，來到四十層附近就會開始慢慢出現。他們在帝國沒看過那種東西，因此真治一行人都不清楚其價值。

「這個洞到底是什麼啊？就算用我的鑑定魔法也查不出結果，可能要留到師父過來會比較好。」

「四十層之前都沒出現這樣的武器呢。」

「……嗯。就只有魔王的房間會出現，不然就是五十層附近的強力魔物會掉。」

「嗯，是這樣沒錯。可是事實上鎮上好像也有在流通，雖然很少見。聽說三十層以下的寶箱會以很低的機率開出這種東西。」

「好吧，品質確實很好。但就算拿這個當理由好了，應該也不會賣到那麼貴吧？」

「……是有什麼祕密嗎？」

「應該是。就算問商人，他們也只是笑咪咪的，都不告訴我們。」

「喂喂喂，那樣太可疑了吧。在老爺爺過來之前，我們還是先留著吧。先別管那個了，看這個看這個，快看這個！」

嘴裡一面說著，馬克拿出牛頭魔人的戰斧向大家炫耀。

它散發美麗的銀白色光芒。

那樣東西用魔銀打造，是至高無上的夢幻逸品。

也是特質級的武器，第五十層的樓層守護者在守護一個寶箱，那是從寶箱開出來的。

「這可是特質級武器呢。就算在帝國境內也很難拿到這樣的東西喔！」

馬克看樣子非常中意，都快把臉頰貼到戰斧上磨蹭。

不過，說真的那武器非常棒。

若是加入帝國境內的帝國皇帝近衛騎士團，會被賜予傳說級裝備。可是對於在那之下的將領和士兵，給他們的裝備雖然高品質又堅固，但是上頭連魔法都沒有。

至於特質級裝備，那種東西就連上級將校都很難弄到手。怪不得馬克會這麼興奮。

「也對。聽優樹先生說，帝國的裝備似乎都是量產的。我們很少有機會看到，但是聽說連傳說級裝備都是一樣的款式。」

「……這有可能嗎？」

中要問真治的是有可能量產傳說級裝備嗎？

理論上——這種事情不可能辦到。

「真治，那是你在亂講吧？全部都是一樣的形狀不代表它是量產品啊？」

馬克似乎也有意見，對真治這番話一笑置之。如果這種事情有可能成真，那他得到的特質級裝備價值也會下滑。

「當然，用一般方式不可能。就連蓋多拉師父都說要量產『魔鋼』很困難。不過，若是能夠維持一個特殊的環境，似乎還是有可能辦到。」

「……特殊的環境？」

「對。一般人馬上會死掉，即使來到B級，待的時間太久也會死掉，A級以上才能勉強撐著，頂多只有身體不適，聽說把裝備擺在這類魔素濃度很高的地方，長時間——動輒數百年至數千年安置，就能滿足裝備進化的條件。之後只要等裝備認可優秀的擁有者，它們就會開始各自進化。」

「天底下應該沒這種事吧。」

「……嗯。我也覺得不可能。」

「對吧？可是優樹先生跟蓋多拉師父都說有那種事。」

「——那就假設有那個可能好了，又怎樣？」

「沒怎樣啦。是說這個牛頭魔人的戰斧搞不好也是量產的。」

「怎麼可能。」

「你也覺得不可能對吧？可是這個戰斧上面也有孔洞。我們沒看過自然生成的長這樣不是嗎？」

「沒看過。那到底是什麼？」

「……不過，這個武器很漂亮。雖然形狀很詭異。」

真治並不是想發牢騷。

也不是看馬克那麼開心就羨慕他。畢竟像戰斧這樣的大型武器，真治跟申難以駕馭。

真治只是——

「我只是覺得這個國家能夠輕易提供那種武器，那表示他們比我們想像的更加厲害……」

他這番話讓馬克跟申都陷入沉默。

其實他們兩個也有同樣的心情。

馬克一直在擔心拿到牛頭魔人的戰斧之後，會不會被櫃檯人員收走。

在迷宮內拿到的道具全都是挑戰者的財產——對方已經跟他們提過這個規矩了。但他還是不免浮現

某個想法，認為一般而言這樣厲害的武器都會收歸國庫。
就他們幾個的立場來看，如果事情變成那樣就算了，只能逆來順受。
話說，他們幾個是間諜，前提是不能把事情鬧大。
然而結果卻出乎意料。
大家對他們拍手恭賀，在場的工作人員還對他們獻上祝福。不僅如此，甚至還拿到獎金。
所以這三人不禁覺得那就是證據，證明魔國聯邦超乎尋常。
「武器的事情也是一樣，這個國家好奇怪。」
「真讓人驚訝。若是認真攻略這裡，不僅有錢可以拿，感覺還會玩得很愉快。應該說，對我們來說好像沒損失。比較弱的人要在這裡賺錢生活應該很勉強，可是像我們這麼厲害的話——」
「不行，馬克。你快回想一下，臨陣脫逃會有什麼下場？」
「……死刑。」
「——是啊，會有那種下場。可是不管怎麼想，這邊的生活方式似乎都比較開心。」
真治跟申都認同馬克的看法。
然而現實是殘酷的。
馬克那番話很有魅力，但他們不能老是在這裡說夢話。
「如果發生戰爭，這個國家也會受害吧。」
「——應該是。假如這個國家戰勝，我會開開心心背叛帝國投靠他們。可是臨陣脫逃又背叛祖國，不管是哪個國家都不願意收這樣的人吧。」
「……失去容身之處會很困擾，沒辦法了。」

他們三個人嘆了一口氣，決定拋去天真的想法。

真治一行人換個心情，開始思考明天的攻略計畫。

「從明天開始就要踏進五十一層，聽說接下來這個地方被人們稱為『死者的樂園』。馬克的牛頭魔人戰斧用聖屬性魔銀製成，對不死系或死靈系的效果值得期待。」

「就是這個。這點也很不可思議，真的好像在玩遊戲。攻略下一個關卡的關鍵由魔王守護。」

「……而且還會逐漸增強。」

看他們兩個出現這種反應，其實真治也注意到了。

真治最擅長的遊戲就是角色扮演，用不著別人說，他早就想到這點。只是感覺起來實在太過詭異，所以他故意不去想。

他發現許多事情。

像是位於十倍數樓層的樓層守護者都會突然變強。

一開始是難度相當於B級的大蜘蛛（黑暗蜘蛛），再來是難度相當於B^{+}級的大蜈蚣（邪惡蜈蚣）。

之後來到第三十層，等級有B^{+}的大鬼狂王（食人魔王）率領好幾個手下現身。由於這些魔物通力合作，所以難就難在單純只靠強大的蠻力難以應付。

四十層出現剛才說過的A^{-}嵐蛇，五十層出現會講人話的魔人——他是牛鬼族，名字叫做哥杰爾。

相當於災害級——照優樹訂的等級來看，那是A級魔物。

來到這個等級，在一百年內都不見得會出現一次。

相當於魔王底下的魔人，是很危險的對手。

不過若是真治他們三個人一起上，雖然費了一點心力，但還是能打倒他。若是有那個意思，就算一個人出馬單挑應該也能戰勝。

但是不能忘記一件事。在迷宮裡頭不會死掉，所以在作戰的時候可以硬幹。

「的確是那樣。既然第五十層是那種等級的魔物在守護，接下來可能會一口氣變強。」

「……到時候可能就要決一死戰。」

馬克同意真治的說法，申也用充滿覺悟的表情點點頭。

進展到這邊都算順利，但是接下來將面臨嚴苛的戰役——三人都這麼想。

「就跟之前一樣，接下來的戰術還是以馬克為主。我們還拿到擁有特殊效果的武器，就看看能打到什麼地步吧。」

「……也對。」

「那麼強大的魔物應該不至於滿地都是吧。我想接下來的六十層應該就是最底層，假如不是那樣，那還真是嚇人。」

「不不不，應該不至於吧。」

雖然真治出面否認，但他其實聽到令人討厭的傳聞。

他不打算將這件事情告訴馬克他們。因為他知道若是說了，這兩人的士氣一定會下降。

畢竟那個傳聞就是地下迷宮有到地下一百層。

（太扯了。）

這是真治下的結論。

接下來要面對的關卡魔王讓他感到不安，但是去在意那些也沒用。

反正他們不會死掉，真治一行人認為最後還是能夠戰勝，只不過接下來可能要長期抗戰。

「反正再怎麼糟也不至於沒命，我們就試著努力看看，記得提高警覺就好。」

聽真治這麼說，馬克跟申都點點頭。

目的地是最底層。

據說那裡有一座研究設施，他們要去確認是不是真的。

後來真治他們再度確認方針，這天他們就這麼睡了。

之後三天過去。

攻破有毒的沼澤和腐蝕地帶，真治他們總算發現位於第五十九層的樓梯。

走下這個樓梯就會抵達地下六十層。總算能夠來到關卡魔王的房間前方。

他們才花七天就直接打到第五十層，從五十層到六十層卻花了整整三天。雖然面積變小，難度卻提昇很多。

「都做好心理準備了嗎？」

「好了。」

「……嗯。」

昨天他們充分休息，已經做了萬全準備。

幹勁十足。

「似乎跟第五十層一樣，前方有所謂的樓層守護者。肯定是擁有智慧的魔物。」

「我知道。應該比昨天的死靈騎士長更難對付。」

「……我們從一開始就全力以赴吧。」

面對接下來的關卡，只要冷靜應對就沒問題。那三個人這麼想，朝彼此靜靜地點點頭。

緊接著——

他們朝那扇門慎重地伸手過去，一口氣推開。

●

時間稍微往回轉——

待在自己的房間裡，我考慮構築一個監控網路。

目前蒼影跟摩斯放出的間諜正在朱拉大森林重點地帶待機。不僅如此，我們還網羅從法爾梅納斯王國到英格拉西亞北部的海岸沿線，甚至在山頂各處都有部署人員。

話雖如此，情報蒐集還是讓我有一絲不安。

我最怕的就是時間延遲。

放出的情報人員都是兩人一組，也要考慮到兩人可能同時遭到殺害。在這種情況下，從那個地點傳出的情報就會中斷。

人員受傷固然讓人心痛，但是情報來得太慢可能會牽扯到國家存亡危機。為了避免發生這種事情，我要蒼影跟那些人說重話叮嚀。

一旦監視人員被發現，就算沒有被殺，可能也會跟對方發生戰鬥。如此一來情報傳遞的速度就會延遲，因此我一直在摸索，尋找運作起來更安全、更順利的方法。

因此我就想到是不是能用魔法來監視。

有一些魔法能夠看得很遠，存在於咒術系統之中，可是卻比想像中還要難用。頂多只能確認對方的姿態，能夠傳輸的情報量並不是那麼多。

而且只能監控單一地點，若是要看不一樣的地方，必須重新發動魔法。

切換上需要花一些時間，若是對手已經從那個地點經過，那就沒意義了，這種魔法使用彈性不夠大。

除此之外，若是對手有放出魔法障壁，魔法會被彈開接著消失。根本不能用來監視比較厲害的人，結論是在實戰中無法派上用場。

但是我卻浮現一個點子。

那就是「物理魔法」——「神怒」。

所謂的「神怒」，這種魔法會讓水滴聚集成鏡片的形狀，用來匯聚太陽光。只要沿用這種理論，我想應該也能創造出監視魔法。

例如讓那些水珠漂浮在各個地方，映照出現場的樣子。若是能夠將那些景色複寫出來，我想應該也能確認遠方的情況。

假如這樣不行，那我就讓漂到空中一萬公尺左右的鏡片照出那些影像，再讓影像擴大，使這些影像投射到螢幕上。

這是一套整合系統，有望遠鏡、照片和情報複寫。將這些組合在一起，就能用魔法製造出監視用的衛星——朝這個方向想應該比較容易理解。

用魔法一個接著一個構築這些原理好像很麻煩，不過智慧之王給了答案，說只要用「物理魔法」、

「精靈魔法」再加上「空間支配」就能實現。

　接下來只要把詳細要求傳送給智慧之王就行了。

光只要做這些，我想要的魔法就能完成。

　當這套監視系統完工，蒐集情報會變得更簡單吧。

變得很安全，而且很確實。能夠弄到手的情報量也會變得非常龐大，不管敵人如何採取行動，我們都能輕易掌握對方的動向。

　或許有人會覺得在這麼忙的時候還搞那些幹嘛，但這是非常重要的事情。

　掌控情報的人就掌控世界——甚至重要到這種程度，依此類推也能掌控戰爭。

　過去打日俄戰爭的時候，當時在日本海進行海上作戰，在聯合艦隊司令長官東鄉平八郎的指揮下，日本海軍將俄羅斯的波羅的海艦隊擊滅。

　據說在這場海戰中最重要的課題就是能不能遇到敵人的艦隊。

　要先預測能夠在哪裡捕捉對手、能夠在哪裡迎擊。假如猜測錯誤，歷史上就不會有那場戰役。就結果而言，日本也會輸掉戰爭吧。

　換句話說那就跟我們現在的狀況不謀而合。

　若是把戰鬥人員分散在各個地方，我們的軍隊人數處於劣勢，很可能會戰敗。是否能夠看穿帝國的動向，將戰鬥人員集中在最適合的地點，那才是勝利的關鍵。

　反之帝國若是讓他們的軍隊分散，我們就可以擬定更詳細的作戰計畫，將他們個別擊破。為了像這樣讓戰況有利於我們，還有最重要的是我們要確實贏得勝利，因此必須完成這個魔法。

——雖然我要酷說了這些，但事實上魔法的完成度已經來到試作階段。之所以還一直對智慧之王提出要求，那是因為我希望能做到更方便使用，是我針對這方面提的細部指正。

咦？我不自己動手做？

可不能說這種蠢話。

智慧之王就是我的技能，也就是說這等同我自己有在努力。

想到這邊就覺得最近自己可能操勞過度。為了消除疲勞，我想要稍微喘口氣。

緊接著睽違已久，我開始享用紫苑替我泡的紅茶。

在這段放鬆的過程中，我打算來用用看已經做好的監視魔法——

『利姆路大人，有件事想跟您緊急匯報！』

——就在這個時候，貝瑞塔緊急用「思念網」聯絡我。

…………

…………

……

他的報告令人吃驚。

在地下迷宮裡突破到第五十層的攻略者已經出現第二組。

順便補充一點，用不著多說，第一批人就是正幸他們。目前就快跟其他國家發生戰爭，所以他們暫時休兵，他們的突破紀錄是第五十九層。

多虧正幸他們幾個人，迷宮盛況空前。

每天都有很多挑戰者過來運用，替我們帶來財富。

當然對那些挑戰者也有好處。

這一年以來，他們也變得相當熟練。開始陸續出現進攻到第三十層的小組，採用像是一直死而復生再來挑戰的作戰方式，或是讓隊友光榮犧牲當活祭品這類的作戰計畫，大家創造出利用不死現象的攻略方法。

然而突破第三十層之後，第一次遇到那些陷阱的人不只會沒命，魔物也會開始集體行動作戰。若是用一些邪魔歪道的方式攻略，對應起來會變得很困難。

不過在這些挑戰者之中，還是不乏有實力的人。

用正當打法進攻的人腳步通常會比較慢，但他們的技術比較熟練，裝備方面也會愈來愈充實。同時實力還會提昇。習慣這種東西是很可怕的，就算遇到凶惡的陷阱，某些人也會開始靠直覺閃避。

情況大概就是這樣，最近最前線的攻略小組即將逼近第四十層的樓層守護者——然而目前他們都在這裡卡關。

因為第四十層的樓層守護者是A⁻等級的嵐蛇。

牠也是我最先開始遇到的黑蛇，擅長對一整群人發動很有效果的噴霧攻擊。很多人都被這傢伙噴到裝備壞掉，最後眼眶含淚來我國商店光顧。

這個時候我們會很貼心，可以出借魔國聯邦生產的裝備。

反正弄壞會跟他們索賠，這又是一筆好買賣。

哎呀——黑蛇先生謝謝你！

替我們從挑戰者身上徹底奪走他們之前賺來的積蓄。原本還想說這個守護者就是那麼可靠、就是那麼棒，能為我們帶來財富……沒想到居然被打倒，真是丟臉。

而且聽說連五十層的樓層守護者都被幹掉。

正幸他們破關的時候有耍一些小手段，那就表示這次來的人實力很強。雖然連獎金都被他們拿走，但是剛好可以拿來當成宣傳費用抵銷。

迷宮那邊鬧得沸沸揚揚，說有新的英雄誕生，盛況空前的程度似乎更甚以往。

關於這個第五十層，我拜託有智慧的魔人負責防衛。

命令牛鬼族的哥杰爾和馬鬼族的梅傑爾輪流守護。

那兩個人並不弱，被人突破讓我好驚訝。

畢竟他們兩個人只要有空就會互相競爭，開始會玩一些創意，讓戰鬥變得更複雜。他們已經不是只會靠蠻力的笨蛋，在戰鬥方式上也看得出有下心思。

現在那兩個人不太會起紛爭，就像好朋友一樣。

至於有這兩個人輪流守護的五十層，我想到當人們突破這個樓層的時候，我有準備非常棒的獎品。

只有第一次會以百分之百的機率從寶箱開出裝備。

那是特質級的裝備——牛頭馬面系列。

名字取自迷宮之王米陶諾斯。這些裝備很強、強得亂七八糟。

如果開出武器，那就是牛頭魔人的戰斧或馬頭魔人的戰槍。

沒有盾牌，剩下的都是身體各部位防具。

原本以為應該還要好一陣子才會有人打到這一層，因此我好像只準備十組左右。但是就品質來看肯

定都是一流貨色。來自黑兵衛的高徒，聚集他們的技術結晶才打造出這些夢幻逸品。

被人拿到那種東西是一個問題，然而更重要的是這些攻略者的戰鬥能力。

話說，因為替哥杰爾和梅傑爾命名，所以他們變強了。能夠打倒這兩個人，本國很想挖角他們。

若是他們不願意讓我們挖角，可能會變成我們的敵人。這樣就麻煩了，所以我們預計要監視這些危險人物。

基於上述理由，若是哥杰爾他們被人打倒，就會有人跟我緊急聯絡。

所以剛才貝瑞塔才會來聯絡我。

…………

…………

……

『那麼，情況如何？』

『回您的話。共有三名突破者。每個人都擁有獨有技。』

搞不好是我認識的人——我原本這麼推測，但一下子就被推翻。

不只靠三個人打倒哥杰爾，而且他們還有獨有技。不僅如此，他們不是之前就很活躍的那些人，是最近才剛加入的新進人員。

如果是平常來就算了，但眼下就快發生戰爭，照現況看來，很有可能是被誘餌引誘過來的間諜。

有必要詳細蒐集他們的情報。

因為這樣，我暫停監視魔法的預定練習計畫，前往設在迷宮之中的司令室。

＊

進到裡面發現菈米莉絲跟維爾德拉已經在那兒了。

迪諾跟培斯塔今天好像放假休息。

迪諾就算了，培斯塔最近好像很操勞，希望他好好休息。

菈米莉絲跟維爾德拉倒是很有精神。

這兩個人可能不知道什麼叫疲勞。

這就是所謂的小孩子一身精力吧。

只要做自己有興趣的事，這段期間就完全不會感到疲憊。

「喔，司令你來啦！目前情況還沒出現變化！」

我不懂是什麼地方沒出現變化。

大概隨便說些有模有樣的話吧。

我看向大畫面上映照出來的影像。

那裡確實映照出三名年輕人。

看樣子他們正以勢如破竹的氣勢突破那些樓層。不僅如此，他們的戰鬥方式極度特殊。

有個人擁有明顯異常的投擲力，正在抓「空氣」丟。

應該類似空氣壓縮彈之類的吧？憑人類的力量絕對不可能辦到。

那是一個身材壯碩又高大的男人，頭髮是咖啡色的。五官很深遂，身上穿著坦克背心配牛仔褲。

沒錯，坦克背心配牛仔褲。光看這些就覺得他是「異界訪客」。

來看看另外兩個人。

其中一個男人用黑色斗篷遮住瘦小身軀，另外一個人穿著鎖子甲，那名青年身上還套著白衣。

白衣。沒錯，就是白衣。

在研究室或醫院常常會看到，是隨處可見的白衣。可是在這個世界裡並沒有那麼常見。

白衣青年的五官看起來就像黃種人。

不管怎麼看都像日本人。

那個黑斗篷就算了，穿背心的男人跟白衣青年應該都是「異界訪客」。

這些先擺一邊。

在大畫面裡頭，戰鬥持續進行。

這次對手是厲害角色——另外又有六隻死靈狼參戰，朝他們三個人發動攻擊。

速度快到一般人來不及反應，死靈狼一鼓作氣逼近獵物。

死靈狼大概認為距離拉太遠只會單方面遭受攻擊。在這裡——也就是地下五十層之後，就連出現的雜碎魔物都有高智商。

順便補充一下，光一隻死靈狼就有B^+，聚集六隻將會變得非常棘手。而且牠們還是死靈系的魔物，特徵就是必須透過聖屬性武器或魔法武器才能造成物理性損傷。

牠們的肉體由魔素構築，就算被打得稀巴爛也會立刻再生。是非常難纏的魔物，若是沒有因應對策就無法戰勝。

一不小心就會被牠們一口氣咬死……

「別小看我，不過就是一隻狗！看招——！」

有人放聲大叫，是剛才一直在抓空氣丟的褐髮男。這次拿起背上揹的可怕戰斧，在那裡大力回動。

光是這一揮就讓三隻死靈狼變成光球消失。

啊啊，那個東西！我就想說那個樣貌危險的戰斧很眼熟，原來是牛頭魔人的戰斧。

既然它是特質級的武器，當然會帶有魔力。也就是說那是一種魔法武器，可以對死靈系輕鬆造成傷害。光是那個武器擁有的魔力就能對魔物造成損傷。

而且牛頭魔人的戰斧照理說在用料上也很講究。印象中那好像是特別訂製的東西，在魔鋼裡頭混入銀，用魔銀製成。這是聖屬性的，這種武器特別用來對不死系或死靈系造成大損傷。

「對喔，如果是牛頭魔人的戰斧，只要一刀就能砍死死靈狼。」

「嗯。那個武器好像是哥杰爾掉的。剛撿到武器就能用得這麼純熟，看樣子那個人很有戰鬥天分。」

我在那裡喃喃自語，維爾德拉也認同我的看法。

一面觀望他們作戰的情況，我順便聽聽之前的經過。

就在今日這一刻，我真希望有洋芋片可以配。

看樣子之前那些戰鬥大部分也都是那個咖啡色頭髮的男人將敵人打倒。

實際親眼看過之後終於明白了。

那個咖啡色頭髮的傢伙確實很強。

那麼，各式各樣的陷阱又怎麼了？

關於這點，都是那個黑斗篷迅速發現，把位置告訴同伴。

從第五十一層開始，正式採用一些巧妙的陷阱，或是第一次遇到的人會被殺死的陰險陷阱。

看了會發現那個黑斗篷都有正確指出陷阱的位置。

那應該是他的獨有技吧。可以說要攻略迷宮，這樣的成員不可或缺。

最後那個白衣男子至今為止只出場過一次。聽說就是跟哥杰爾對戰的時候。

維爾德拉他們的解說讓人聽了一頭霧水，所以我拜託智慧之王拉斐爾大師調閱迷宮過去的紀錄。接著發現他確實做過很不可思議的事。

他從懷裡拿出注射器，替兩個夥伴施打。

緊接著，哥杰爾的行動突然變遲鈍。

是賦予什麼樣的狀態變化嗎？

《答。那是毒藥。根據分析結果得知個體名「哥杰爾」受到的攻擊來自神經性毒素。那個房間裡充滿有毒的瓦斯，若是有人抵抗力不夠，似乎能夠阻礙行動。目前沒有影響。》

啊，原來是毒氣。

而且還能當場自由自在配合對手調製。

哥杰爾的動作變遲鈍，剛好變成褐髮男的標吧。

不過，是那個白衣男子送他上西天。他從懷裡拿出散發銀色光芒的小刀，正確切開哥杰爾脖子上的血管。

這個白衣男子是他們三個人的領隊。

並不是他幾乎都沒機會出場，而是他要負責發號施令吧。

而且身手也不錯。遇到緊急狀況可以上場作戰，因此看樣子擔任前衛的咖啡色頭髮男子也能自由行動。

他們的平衡性很好，可以說是一支不錯的隊伍。

就在這個時候，敲房門的聲音響起。

門靜靜地打開，朱菜進到屋子裡。

她把一張紙拿來，剛才那三個人已經是話題人物，上面有他們三個人登錄用的資訊。

「這就是那三個人入國時登錄的情報。」

接著朱菜一鞠躬，將那張紙交給我。

真摯：二十三歲，魔法師。

馬克：二十六歲，鬥士。

申：十七歲，狩獵者。

紙上簡單記載他們的名字和職業。

來自帝國旁邊的小國家。

從商人那邊聽說地下迷宮的傳聞，就來小試身手——關於進入我國的目的，上頭如此記載。

不不不，怎麼看都是在騙人吧。

智慧之王拉斐爾大師也提出那三個人的分析結果。就跟貝瑞塔說的一樣，看樣子那三個人各自擁有獨有技。

這三個人會組成一個隊伍，還在同一時間過來，教人如何相信。

關於他們提出的職業，其中幾點也讓我有些在意。

所謂的魔法師，會的魔法必須在兩種系統以上，屬於比較進階的職業。至於那個真摯，他好像學會「精靈魔法」和「元素魔法」，可以說素質非常棒。

鬥士也一樣，必須在武器使用上和格鬥技巧兩方面都登峰造極。在這種條件下，基礎格鬥術和會使用的武器至少需要各一種。

如果用劍就是劍術，用弓箭就是射擊術，其中還有丟擲短刀或投石之類的投擲術。要從五花八門的武器中選出適合自己的。還要能夠靈活運用，這才是武器使用技巧的極致。

那個馬克除了格鬥術，似乎還擅長投擲術跟使用長矛，感覺很多才多藝。

至於最後的狩獵者，那堪稱魔物獵人的最頂級。

在射擊技術中，特別著重於弓箭的弓術且學到極致，還要會使用技藝裡頭難度最高的「隱形法」。而且還必須學會技能「危機感知」，光靠天分無法成為狩獵者。

對於隸屬於討伐部門的人來說是最值得仰賴的職業。

在這個世界裡，探險的時候必須要能夠發現陷阱或魔物，有那類技能的人少之又少。狀況就是這個樣子，能夠當上狩獵者的人似乎就只有狩獵民族成員，是難度很高的職業。

這三個人的職業都非常稀奇，而且他們還組隊過來。不管怎麼想都覺得就像在說「請懷疑我」。

「這三個人果然很像上鉤的間諜。」

「是的。不過，間諜會像這樣大方暴露自己的身分？」

在我那聲喃喃自語後，有人接話，是存在感稀薄的迪亞布羅。

我進行魔法開發的時候，他當我的諮詢對象，也很期待新型監視魔法的實驗，但實驗因為這次的召集被迫中斷，他好像很不開心。他的眼神彷彿對畫面裡那三個人充滿憎恨，但原來判斷力還很正常嗎？

「啊，這點我也很狐疑。我曾經想過他們可能要聲東擊西，但是鎮上的治安很穩定。」

這個隊伍確實很可疑，不過記載在上面的資訊確實過於坦白。

他們是不是真的誠實寫下那些東西──會讓人產生這種疑問，那是為了讓我們疑心生暗鬼的巧妙作戰計畫也說不定？

「利姆路，你未免想太多了吧。你不是也常常說誠實最重要嗎？」

「就是說啊？比起那個，要怎麼款待那些挑戰者才是現在最重要的事情！」

不對吧，真羨慕你們兩個，都不用用大腦。

他們應該沒煩惱吧，我開始羨慕維爾德拉跟菈米莉絲。

算了。

不管真相是什麼，對這些人肯定都要多加留意。

穿白衣的黑髮青年名字叫做真摯。

我說真摯是假名吧。不管怎麼看都覺得他應該叫真治。

咖啡色頭髮的傢伙是馬克。

他不是只有丟空氣彈而已，像是魔物的屍體、掉落的石頭，總之只要能抓的起來，好像什麼都能丟。

他還抓活著的魔物，丟出去將兩隻骷髏戰士同時打個粉碎，害我看了差點把茶噴出來。

看樣子應該真的是鬥士。巧妙操縱牛頭魔人的戰斧，將那些死靈陸續打倒。

穿著黑色斗篷的人是申。

這傢伙肯定擁有看穿陷阱的眼光。

一開始我以為是「危機感知」，但是看到他能事先避開所有危險地點，我就想那八成也是靠獨有技加持。

原本在五十層之後凶惡的陷阱比強大魔物更具威脅性。

不死系的魔物不需要呼吸，為了避免出現不自然的情況，我們會調整空氣成分。還準備沒有氧氣的房間，那個地方非常凶殘，就算一不小心踏進去也會立刻沒命。

其他還準備毒水、酸沼、腐蝕瓦斯房間等等。

不只是肉體，就連裝備都會受到損傷，非常討人厭的各種陷阱等待挑戰者。

那些陰險的陷阱正好體現製作者的性格，用這些危險的陷阱妨礙大家攻略，就是五十層以後的設計理念。

然而陷阱徹底被人看穿就沒意義了。

除此之外，他們的方向感似乎也很突出，不會被旋轉地板欺騙，簡簡單單地就走最短距離前進。

迷宮顯然一點意義也沒有。

要是受了一些傷，白衣青年真摯會替他們治療。還能分解毒素，似乎不能期待那些陷阱有太大的效果。

雖然只有三個人，但他們特別適合攻略迷宮。

就這樣，三天過去。

我、維爾德拉跟菈米莉絲這三人開開心心看真摯一行人攻略迷宮。

不，絕對不是要把他們當成換自己攻略迷宮用的參考範本喔！

就是那個——單純只是在讚賞高手作戰的英姿。

迪亞布羅正在房間的某個角落看書，朱菜在教紫苑做點心的方法。

除此之外，朱菜還替我們三個人倒新的茶。

今天喝的是紅茶，但是裡頭的蘋果香氣讓人身心舒暢。

「對了，利姆路，你說那些人上鉤，那是什麼意思？」

嗯，在說什麼——想到這邊我恍然大悟，原來在說三天前的對話。

遲鈍的程度跟恐龍不相上下，但他是維爾德拉，沒辦法。

「那件事你用不著在意沒關係。」

「這樣未免太見外了吧。可以告訴我啊。」

平常明明對這種事情一點都不在意，今天卻特別執著。好吧，要我說也是可以。

「那我就說了，其實是——」

如此這般，我決定跟維爾德拉說明。

上鉤就是字面上的意思。

我們追加了避難訓練。理由在於我們已經能做到直接將整個城鎮隔離在地下迷宮裡這麼誇張的事情。

菈米莉絲的固有能力「迷宮創造」真的很厲害。我知道她可以替換樓層，但沒想到連地面上的都市

都能當成一個樓層進行替換。

雖然已進行隔離就會固定二十四小時。可是不需要擔心水和空氣。該說還能看見太陽，對居民的心靈似乎也不會造成太大負擔。

當然那需要非常強大的力量，這個時候就要找他——我們這裡有維爾德拉大哥在。

因為這樣，我們的作戰方針主要是在戰爭的時候把城鎮隔離。

——而且還練習好幾次，這就是我們對間諜撒下的誘餌。

只在地面上留下一扇門，那是通往迷宮的路口，看起來說有多可疑就有多可疑。在跟紅丸他們討論的時候，我們得出一個結論，那就是對方絕對會過來調查。

「原來如此。多虧師父，我的威力也提昇了！看起來好像幫上很大的忙，真是太好了。」

「呵呵呵，這樣啊。多虧我是嗎？原來如此。」

維爾德拉用很想受人稱讚的眼神看著我。

我心裡想著「這傢伙真麻煩」，但多虧維爾德拉是事實。

「哎呀——真是幫了我們大忙，維爾德拉大哥。」

「嘎————哈哈哈！我想也是，就是那樣吧！那麼，我可以拿走這個蛋糕吧？」

那怎麼行——！

這個蛋糕是我要留下來享用的。

「那麼就請您吃我的份吧。」

喔喔，迪亞布羅啊，謝謝你！

「抱歉。」

「哪兒的話，為了利姆路大人，這點小事不算什麼。」

真是太可靠了。

那我就對迪亞布羅的好意恭敬不如從命吧。

一面享用蛋糕，我的眼睛看向大畫面。

緊接著，那群挑戰著這就要挑戰第六十層的樓層守護者。

「既然知道他們是間諜，不是應該把他們抓起來嗎？」

「不，我想測試他們的實力，看看他們能前進到什麼地步。要付出獎金是一大損失，可是他們把氣氛炒得很熱，這樣應該就沒問題了。」

反正大不了還可以把他們抓起來，將那些東西拿回來。

現在就讓他們以為我們會豪情大放送，要來徹底利用這些人。

「不愧是利姆路。」

「真骯髒！你的點子果然都很天才！」

明明被維爾德拉和菈米莉絲誇獎，為什麼我高興不起來。

朱菜用傻眼的目光看著我們幾個。

「話說還真是失敗。沒想到第一次就開出牛頭魔人的戰斧。那個是聖屬性的，對不死系或死靈系的傷害會大幅度提昇。」

「居然還搞什麼初回限定大放送，我們好像有點得意忘形……」

六十層的守護者是阿德曼。

就跟以前在當死靈之王的時候一樣，他去迎擊那些挑戰者，所以我就讓他冠上「不死王」這個稱號，不過……

必須要率領軍隊才能發揮阿德曼的實力。若是只有他一個，其實比哥杰爾或梅傑爾還弱，總覺得這次可能也會出現讓人遺憾的結果。

而且阿德曼是死靈，對聖屬性或光屬性很沒抵抗力。

只要馬克手裡有牛頭魔人的戰斧，阿德曼戰勝的可能性就很低。

我有跟阿德曼提出一些建議，但這個樓層主打的其實是陷阱。

對關卡魔王的強度並沒有抱持太多期待，所以我認為給挑戰者能夠攻擊弱點的武器也沒問題。

我對不起阿德曼。

很可惜，靠他應該沒辦法阻止那三個人吧。

好吧，這也許是我的錯，就拜託大家原諒我。

——原因如上，我比較期待第七十層的守護者。

●

「不死王」阿德曼發現有人入侵他的管轄區域，沒有肉的嘴唇向上揚起。

牙齒微微摩擦，發出細小的聲音。雖然很難看出來，但是阿德曼自認在冷笑。

「您的心情好像不錯，阿德曼大人。」

有人對阿德曼開口說話，是很久以前在當他心腹的男人。

這個人原本是聖堂騎士，名字叫做艾伯特。

就算阿德曼被人設陷阱暗算逝去，他也一直追隨阿德曼。

成為利姆路的部下，位列末座後，艾伯特變成叫做骸骨劍士的低階魔物。甚至還能存在於世上就算運氣很好，他變成很弱的事物。

當然更不可能說話。

然而如今的艾伯特卻流暢對話。

這是為什麼？

其實理由非常簡單。

因為現在的艾伯特已經不是什麼骸骨劍士，也不是往前進化好幾個階段的死靈騎士。

而是更厲害的角色──死靈聖騎士。

既然他是死靈，就不會具備肉體。然而他卻用跟生前沒兩樣的姿態站在那兒。只不過周遭有藍色的鬼火飛舞，皮膚的顏色慘白，明顯看得出他不是活人。

阿德曼對生前的肉體一點也不留戀，還比較喜歡現在這個姿態，只剩下骨頭。可是艾伯特的想法似乎不一樣，由於他得到比死靈騎士更龐大的魔力，所以現在可以自由自在靠魔素架構肉體。

艾伯特對生前的樣子還有留戀，而且那模樣讓他引以為傲。

他變成擁有清爽容貌──說死靈很清爽挺奇怪的──的青年。

身上有看似危險的裝備守護，一眼就能看出艾伯特不是泛泛之輩。

「嗯，我的心情當然好。艾伯特啊，好像有客人來了。」

聽到這句話，艾伯特也開心地點點頭。

「原來如此，總算來了嗎？」

這兩個人的交情好到清楚彼此的一切，只要少許對話就能心靈相通。

「嗯。這一刻總算來了。魔王利姆路大人賜予我們安寧，這下可以幫上那位大人的忙了。既然他賜予我們這麼強大的力量，你要知道我們可不能像以前那樣失態。」

「這是當然，敝人艾伯特十分明白。」

「呵呵呵，看樣子是我多管閒事。八成是太興奮，才會一不小心就嘮叨起來。」

緊接著他們兩個互相對看，朝彼此露出笑容。

除了他們還有另一隻。

「吼喔喔喔喔喔喔喔喔——！」

凶殘狂暴的咆哮聲在死亡都市內部轟然作響。

「這樣啊，看樣子你也很期待。那好吧。今天要好好發揮你的力量。我們要向『神』證明我們的忠誠！」

既寧靜又厚重。

那三個人的熱情籠罩全場。

阿德曼的信仰曾一度死去，魔王利姆路變成他重新信仰的神。

經歷慘痛的敗仗後，幾個月過去。

他希望能夠對利姆路有所貢獻，才短短幾個月的時間，阿德曼就取回死靈之王的力量，跟全盛時期相比有過之而無不及。

阿德曼的信仰已經變得如此強烈。

在利姆路看來，他只覺得那份信仰太過剩，難以招架。

不僅如此，他還在心裡想著「抱歉，你們應該沒勝算」，已經開始期待接下來的守護者，阿德曼他們完全不知道這件事情，大家幹勁十足。

這次一定要——不對，接下來每次都不能例外。

不允許失敗，必須不斷獲勝。

阿德曼跟他的夥伴充滿幹勁，心想那些愚蠢的入侵者應該再過不久就會過來，開始慎重地討論對策。

●

一場激烈的戰鬥開打，在轉眼間結束。

這場戰鬥真的很激烈——我很想發表這樣的感言，但是進展實在太過輕描淡寫，因此我說不出口。

為了排遣無聊時光，我連撲克牌都準備了，那些卻完全無用武之地。

結果是阿德曼獲得壓倒性勝利。

贏得很光彩，光彩到讓人說不出話的地步。

並不是挑戰者太弱，他們也沒有生病或受傷。

那些人身體狀況似乎很好，也充滿幹勁。可是在這些層面上，阿德曼他們更勝一籌。

這次的挑戰者非常強勁。

他們的技能也分析完成，我覺得應該比阿德曼還強。

那三個人統統超過A級，每個人都擁有獨有技。

真摯身上的獨有技叫做「醫療師」，是非常稀有的技能。透過那個技能可以操縱構造微小的病毒。如果對方是生物，似乎還能從身體內部破壞。好像還能操縱空氣成分，散布細小的攻擊用病毒。

老實說那厲害到不行。如果對手是生物，大概無人能敵吧？

不透過顯微鏡就沒辦法分辨那些尺寸極小的攻擊體，若是沒辦法看出這些東西，當下要贏過真摯應該是不可能的事情。

當然他也能進行治療。那比醫療用的奈米機器人還要優秀，這個技能從用途廣泛度來看，也非常優秀。

再來是馬克，他的力量是獨有技「投擲者」。

只要是能夠拿在手裡的東西，似乎什麼都能丟。看他可以拿魔物丟人，能舉起來的東西似乎也適用這項技能。

要是跟操縱重力的魔法組合，可能會比一般的質量兵器還要棘手。與其用來對付單一個體，特別針對軍隊運用或許更能有效活用。

最後是申的技能，裡頭包含許多便利的技能。

他的是獨有技「觀察者」——裡頭包含「直覺迴避」、「危機感知」、「陷阱感知」、「魔物感知」、「氣息感知」，似乎連真摯的微小攻擊體都能看見。再加上他個人的戰鬥能力，綜合起來特別擅長逃跑。不僅速度快，還不會被陷阱暗算，是迷宮的天敵。

大概就是這樣。

那些看起來很不錯的技能就讓我當參考。

每個人都很優秀，而且那三個人又很有默契，怪不得這麼強。

我認為這三個人能夠戰勝阿德曼，會這麼想情有可原。

然而——

在這幾個月內，阿德曼那傢伙似乎有了大幅度成長。

話說沒有自我意志的魔物，戰鬥能力要從初始數值大幅度向上增加是不可能的。如果活了好幾十年另當別論，但短短幾年不會有變化。

可是阿德曼跟艾伯特卻——

「——我說，這是怎麼一回事？為什麼阿德曼他們變這麼強？」

話說那隻龍是什麼？

這次的關卡魔王除了阿德曼和艾伯特，另外還有一隻從來沒看過的邪龍。身高將近十公尺，身上散發可怕的黑暗氣息。

你們是從哪邊帶來這種東西……

我去國外視察不在鎮上的時候，到底發生什麼事了。

「嘿嘿嘿，你嚇到了吧！其實我們一直瞞著沒講，利姆路你不是給他們裝備嗎？他們好像很開心，所以就努力鍛鍊！還有還有，迷宮裡頭的魔素濃度很高對吧？因為吸收這些魔素，所以阿德曼跟艾伯特都取回原本的力量！」

惡整成功！——菈米莉絲跟我說話的時候大概就是這種感覺。

的確，仔細看會發現阿德曼從死靈進化成死靈之王。因為他一樣都是渾身骨頭，而且衣服很豪華，所以我才沒發現，其實他的魔力變很大。

還有另一個人，艾伯特他似乎超越死靈騎士，進化成死靈聖騎士之類的高階魔物。

「那個死靈之王跟死靈聖騎士，他們的魔素量都相當於高階魔將吧……」

「嘎——哈哈哈！雖然都是些小角色，但他們為了替我們爭光倒是挺努力！」

說他們進化講起來是很簡單，但是強化程度已經超乎意料。

「那我問你，這隻龍是怎樣？」

「咦，利姆路不知道嗎？那個是阿德曼的寵物喔！」

寵物……？

嗯——這麼說來……阿德曼好像說過他想養寵物，沒想到居然是這麼邪惡的龍。

這隻龍是立於死亡魔物頂點的死靈龍。因為朱菜他們似乎對這個對手很熟悉，所以人們才以為我也知情。

其實在這件事情上我也有疏忽。不禁讓我覺得報告、聯絡、商談真的很重要。

如此這般，來看看最重要的部分，也就是作戰內容。

關於這點已經用不著多說了。

阿德曼沒有從王座上挪動半分。左手邊有死靈龍坐鎮。

就只有艾伯特一個人來到前方作戰，但是他直接把所有人都打倒。

至於馬克拿在手裡的牛頭魔人的戰斧，根本來不及發揮真正的價值。被同樣是特質級武器的怨靈劍擋下，馬克就這樣被人斬殺。

申看了驚訝到說不出話來，在那瞬間出現破綻。艾伯特沒有放過這個好機會，速度快到讓人以為他已經消失，就此朝申發動攻擊。光這樣就讓申跟著完蛋。

「什麼？」

真摯很驚訝，但他趕緊朝艾伯特放出神聖魔法「靈子聖砲（Holy Cannon）」。那是聖騎士擅長的魔法，一般而言會用的人不多。在登錄時的申請書上也沒有記載，這應該是真摯的絕招吧。

這個魔法很適合用來快速進攻，直接擊中艾伯特。

看起來應該能躲過，是艾伯特太大意嗎──原本還這麼想，看樣子用不著擔心。因為沒必要迴避，艾伯特才沒有採取行動。

「騙人的吧！」

瞄準驚訝的真摯，艾伯特揮下他的劍。

到這邊就結束了。

──艾伯特也是不死系魔物，聖屬性應該是弱點才對吧？如果有人這麼想，那感想就跟我一樣。

肯定沒錯。

艾伯特為什麼沒事，原因就出在阿德曼身上。

那就是阿德曼的殺手鐧──追加技「聖魔反轉」。

《告。「聖魔反轉」是個體名「阿德曼」創造出來的神祕奧義。這個技能具有的效果可以替換「聖」和「魔」屬性。》

多虧阿德曼的這個技能，艾伯特從魔屬性轉換成聖屬性。

那不會影響到裝備，但艾伯特依然是死人，不會被吸收精氣。看樣子就算屬性改變似乎也沒什麼問題。

假如對象是自己人，不用擔心會產生抗性。

神聖的死者，這是在開什麼玩笑──想歸想，因為阿德曼的「聖魔反轉」，這件事因此成為現實。

阿德曼他們是死靈，能夠抵抗各種屬性的攻擊。至於物理攻擊，大多數都沒辦法傷害他們。

這樣的他們已經克服弱點聖屬性。在這種狀態下，一般的挑戰者可以說是無計可施。

用不著使用我教的魔法，阿德曼他們已經贏得勝利。

情況就是這樣，真摯他們三個人三兩下就戰敗了，變成許多小光球退場。

＊

「我的神利姆路啊，您看到了嗎？我們為您贏得勝利！」

看著高聲叫喚的阿德曼，我有個想法。

阿德曼這幫人當第六十層的守備戰力好像過頭了。

印象中我確實跟阿德曼說過，跟組隊的對手對決就用組隊回敬。

對此，他們確實遵守我的叮嚀，面對進攻的對手沒有派出比他們更多的人。

不過這樣算詐欺吧。

那算什麼？

特A級──三隻災厄級同時出現，都可以把某個小王國滅掉了吧。

照這個樣子看來，他們應該還有隱瞞其他事情。

我打算等事情告一段落再去質問菈米莉絲，現在就先慰勞阿德曼他們吧。

「幹得好，阿德曼！離這麼遠不太方便，你來這個司令室吧。」

「噢、噢噢噢噢！萬分感謝，我馬上趕到您的身邊！」

他還是一樣講究禮數。

算了，這樣才像阿德曼。

「艾伯特也能說話了吧。把他一起帶過來。」

「遵命。那麼死靈龍呢——？」

「再怎樣還是讓龍看家吧。」

「是！」

死靈龍看起來好像很悲傷，但我這次鐵了心拒絕。

高達十公尺，那樣實在太過巨大。

如果是位於地下一百層的維爾德拉專用大廳就另當別論，這座司令室可沒那麼大。雖然可憐，還是要請牠放棄。

我命令紫苑替阿德曼和艾伯特準備紅茶，緊接著她就用認真的表情問我：

「他們都是骨頭，有辦法喝嗎？」

「……」

對喔，話是這麼說沒錯。

艾伯特好像有肉體了？可是阿德曼還是骷髏吧。

話雖如此，至少能夠享受香味吧？

「像這種時候重視的是那份心意。」

「原來是這樣啊，我知道了！」

我們兩個一面說著，一面等阿德曼他們過來。

「讓您久等了，利姆路大人！」

「能夠拜見您的尊容，在下由衷感謝。」

阿德曼跟艾伯特在我們面前下跪。

沒有透過大畫面，而是就近看這兩個人。他們的力量大增，甚至讓人懷疑是否為先前同一人。

「嗯，辛苦你們了。你叫艾伯特對吧，你的身手十分了得。還有阿德曼，身為守護者，你表現得非常好。今後也要繼續努力！」

「嗯嗯，今後也要拜託你們喔！」

我還來不及跟他們說話，維爾德拉跟菈米莉絲就出面激勵他們。像這種時候若是沒有搶先發言，就會愈來愈煩惱該說什麼才好。

好吧，就別說太艱澀的話了。

「哎呀，真的是那樣。好久沒見到你們，你們成長好多，讓我大吃一驚。」

那已經不是成長，是進化了吧。

那三個挑戰者很厲害，我還以為靠你們幾個會應付得很吃力——這句話硬是被我吞了下去。就算心裡真的這樣想，還是別說比較好——有時也會碰到這樣的情況。

「「是——！」」

阿德曼他們感動萬分。

為了逼走些許的罪惡感，我請他們坐到椅子上。

「這真的、真的好香。如果是其他人請我們喝，我會以為對方在挖苦我們——」

啊，果然是這樣？

對不能喝的人來說太過分了嗎？

「——但這是來自利姆路大人的邀請，光是這股香味就能療癒心靈，感覺身上的疲勞都沒了。」

那就好，只不過泡這些茶的人是紫苑。

「——好喝。宛如甘露，有甜甜的香氣。承蒙您賜予無比幸福的短暫時光，在下艾伯特感激不盡。」

你們兩個也太誇張……

艾伯特好像是用魔素架構肉體的。

大概只有在迷宮裡頭才能辦到吧，是暫時性的肉體。

「阿德曼，你不打算跟艾伯特一樣，創造一個肉體嗎？」

「——咦？」

「沒什麼特別的意思，只是想說這樣一來，你連紅茶都能享用吧。」

「說、說的是，也許是那樣，但我個人好像比較重視氣氛……」

原來如此，我不是很懂，不過阿德曼有他的堅持吧。既然這樣就沒有我插嘴的餘地。

「如果是這樣，我就不勉強你了。」

於是我決定換個話題。

「對了，關於追加技能『聖魔反轉』，這個著眼點不錯。光是開發出這樣的東西，就表示你很努力。」

「多謝誇獎！關於那樣東西，貝瑞塔先生也有提供協助。此外——」

我若無其事改變話題，去問「聖魔反轉」的事情，結果聽到讓人驚訝的內幕。沒想到這件事還跟魯米納斯有關。

「魯米納斯大人跟我說『就當是賠罪』，惠賜我一個神祕儀式『晝夜反轉』。貝瑞塔先生用獨有技『天邪鬼』進行改造，結果我就順利學會了。」

據說是這麼一回事。

魯米納斯說要「賠罪」，是指對「七曜大師」失控一事睜隻眼閉隻眼吧。

為什麼格蘭貝爾要排除能幹的阿德曼？關於這點，我的推論如下。

除了格蘭貝爾，其他的「七曜大師」為了避免地位受到威脅，他們都拚命想辦法排除阿德曼吧。不過格蘭貝爾卻覺得阿德曼必須克服這點程度的陷阱，才能為己所用。

阿德曼他們跟腐肉龍作戰卻兩敗俱傷。或許格蘭貝爾沒有料到事情會變成這樣。

連這點程度的敵人都無法打倒，不可能成為人類的守護者——我總覺得事情應該是這個樣子。

看過那孤高的姿態——格蘭貝爾死前的模樣，才讓我萌生那種想法。

可是把那種事情說出來未免太不解風情。

希望某天阿德曼會自行發現。一面在心裡祈禱，我再次改變話題。

「那真是太好了。我之後也會去跟魯米納斯道謝，阿德曼！」

「是！」

「如果是你，應該能戰勝目前負責第七十層的樓層守護者吧？」

「——您言下之意是？」

面對困惑的阿德曼，我決定仔細說明一番。

…………

…………

……

目前六十一到七十層都是魔偶區。

這些士兵沒血沒淚，不知道疲憊為何物。至於特殊的地域守護者，其中某幾個甚至配備我們試作出來的槍械。

至於陷阱的種類，大多數都很凶殘，有地雷等等的機關。不過並不至於讓人死亡，我們主要是想設定成給回復術師當練習場用。

除此之外，話說被我們當成樓層守護者的東西，都是改造聖靈守護巨像而成的新機種。

凱金也有幫忙，最後培斯塔終於將這些東西完成。

用「魔鋼」打造出的高度防禦力依然存在，他們成功將這些東西變得更小更輕。軌道性能大幅度上升，駕駛座的保護也萬無一失。

這樣東西沒有自我意志，構造上可以讓駕駛人搭乘。還能用「念力」遠距離操作，非常優秀。

目前應該正由貝瑞塔遠距離操控。

如果是遠距離操控，就算碰到微小的攻擊型病毒也沒關係。那些東西的身體用鋼鐵製成，就算是牛頭魔人的戰斧也起不了作用。不只這樣，身上裝甲還有好幾層，更有來自暴風大妖渦鱗片的「魔力妨礙」加持。

是完全無敵的鋼鐵守護者。

這就是聖靈守護巨像・改——魔王守護巨像。

真摯他們無法突破第七十層。之前我一直很確定這點。

……………

…………

……

可是這次看到阿德曼他們作戰的情況，我的想法也變了。

「維爾德拉，你覺得阿德曼跟魔王守護巨像誰比較強？」

「嗯。肯定是阿德曼。」

「對吧？就是這樣，阿德曼。我要讓你升到七十層。」

果然沒錯。

既然維爾德拉也這麼想，那我的看法應該也沒錯。

《答。個體名「阿德曼」跟魔王守護巨像的戰力比較為——》

啊，嗯。

這種事情講究的是氛圍，細部數字就不用管了。

「喔、喔喔喔喔喔——！為了回應利姆路大人的期待，小的阿德曼會更加努力，在所不惜。」

「不才艾伯特，將全力支持我的主子阿德曼。」

跪在我面前，阿德曼跟艾伯特如此宣示。

短短一陣子沒見，他們的實力就出現大幅度變動。

魔王守護巨像也不弱，但是說真的，它們欠缺關卡魔王的氣勢。

最重要的是，又被弄壞會讓人受不了。如果運用的時候沒有確實將「靈魂」裝進去，就沒辦法受菈米莉絲的力量影響。沒辦法隨性做實驗，看壞掉的時候會不會復活。

如果這些東西有自我意志，情況就不一樣了。

還是讓某個人實際操控好了？

不，乾脆讓人附身，那樣可能就不用當成道具處理……

只可惜我們沒有那種預定計畫。因此讓阿德曼他們升級也沒什麼問題。

「好！那從今天開始，替我把五十一層到六十層跟六十一到七十層交換。」

「知道了，包在我身上！」

就是這樣，迷宮內的樓層調換。

＊

我稱讚阿德曼他們，並決定交換樓層。

這樣事情就辦完了，我正打算命令阿德曼他們退出房間。

然而就在這個時候——

「各位談話似乎告一段落了，有件事想跟您報告。」

剛才一直很安分的迪亞布羅開口說話。

「什麼事？」

「是這樣的，我的僕人拉贊跟我進行『魔法通訊』，說有件事想跟利姆路緊急報備。好像是他以前的師父過來這邊，那個人似乎希望謁見利姆路大人。聽說名字叫做蓋多拉。」

嗯——不認識。

《答。在幾本魔導書裡，作者名稱都有記載這號人物。》

看樣子是很有名的人。

拉贊也是赫赫有名的優秀大魔法師，但是他的師父更有名啊。

我有點感興趣，見見他也行。

「這不是陷阱嗎？我們即將跟帝國決一死戰，要在這個時期會面，真的好可疑。」

「沒錯！像這樣的可疑人物，利姆路大人沒必要刻意跟他見面！」

紫苑的警戒心全開，疑心病比我更重。

我不是不懂她的意思。畢竟現在是敏感時期，既然她是我的親衛隊成員，保護我遠離不必要的危險也是任務內容之一。

我的警覺心有點薄弱，像這種時候最好還是聽聽那些部下的意見。

「的確。區區一個拉贊，他的意見用不著照單全收。想必也不需要我去找他問話。」

迪亞布羅這話說得理所當然，但他只是怕麻煩吧。

既然兩名祕書都反對，這件事就算了——話說到一半，我發現阿德曼好像很浮躁。

這樣啊，現在阿德曼是什麼樣的心情，其實我也明白。

跟上級長官開會的時候，談完話正打算離開，這個時候卻有訪客，或是有人打電話過來。因為不想打擾到上司，所以就老老實實待著，白白浪費那段時間，覺得很悲哀。

想回去卻不能回去——出社會以後常常會遇到這種事情呢。

咦，只有我嗎？

總之那些事情不重要。

「阿德曼，抱歉我們離題了。你們可以先走沒關係。」

「啊，不會！用不著在意我們，可是比起那個……」

「嗯？」

「其實是那個，這個……」

「嗯。」

「剛才說到蓋多拉這個人——」

「有講過。」

「我在想他是不是我的朋友。」

「什麼？」

我不禁盯著阿德曼看，結果他變得很慌張，出現詭異的行為舉止。

不，我沒有把你當成背叛者啦。對方慌亂的程度讓人很想這麼說。

我要迪亞布羅等一下再回覆，決定先聽阿德曼說說詳細情形。

聽起來在一千年以前，蓋多拉跟阿德曼就是好朋友了。既然這樣對方應該已經壽終正寢了才對，不過蓋多拉是大魔法師，就算用自己創造出來的神祕法術延續生命也不奇怪。

說來運用神祕奧義「輪迴轉生」拯救阿德曼的人似乎就是蓋多拉。

阿德曼對拉贊這個名字也有印象，他在想這個人是不是蓋多拉很久以前收的徒弟——是其中一名高徒。

隨著阿德曼愈說愈多，我開始覺得那就是蓋多拉本人沒錯。

「迪亞布羅。」

「遵命。我會磨合日期，將見面會談的事情安排好。」

不愧是比較能幹的那個祕書。只是叫他的名字就知道我在想什麼。

另外那個比較笨的祕書似乎也沒意見，因此我決定見蓋多拉一面。

●

在第六十層戰敗後，真治他們三個人第一次體驗所謂的死回原點。

回去之後許多人跟他們說辛苦了，或是大聲激勵，還有人臭罵開什麼玩笑，也有人安慰他們，說這也是沒辦法的事情，人們對他們說各式各樣的話。

在迷宮內部的戰鬥情形由魔國聯邦獨家轉播，真治他們的挑戰過程博得高人氣。

當然能不能放映透過簽契約決定，當事人可以自由選擇，要拒絕也行。可是基於兩個理由，真治決定簽契約。

第一個理由就是其中一部分放映收入會進入他們的口袋。

第二個理由是衝高名氣之後，他認為這樣人身安全就會獲得保障。

這裡屬於敵人的勢力範圍，有名人士比較不容易遭到暗殺。除此之外，只有跟關卡魔王作戰的時候才會被放映出來，不用連路途中都刻意留意。能夠拿到的金額似乎很可觀，在真治看來沒道理拒絕。

面對真治的決定，其他兩個人也沒意見。因此他們才簽立契約，結果現在周遭眾人就出現這種反應。

「好可惜。可以再多加修鍊，改天重新挑戰。」

「不不不，那個打不過啦。那隻怪物是什麼鬼東西。出劍速度根本異於常人，還有那個坐在王位上的骷髏人，是傳說級的魔物吧？」

「我猜應該是死靈之王。連大惡魔都不放在眼裡，是掌管死亡的災厄之物。」

「這麼說來，那隻龍是活的嗎？看起來好像不只是裝飾品，如果連那隻龍都加入戰局，說真的人類根本沒勝算吧？」

諸如此類，也有很多人提出疑問。

真治他們對這些話一笑置之，設法迴避這種場面。

「總之我們還是期待勇者大人吧。」

「這下子你們的紀錄就跟正幸大人一樣了。如果想贏過他們，可以趁正幸大人忙著為戰爭做準備的這段期間，找到打倒那個關卡魔王的策略。」

「有道理。我已經下賭注賭你們會贏了。下次就拜託你們了！」

轉身背對這些聲音，真治他們回到自己住的旅館裡。

一進到旅館裡，三個人就倒在床鋪上。

「喂，接下來該怎麼辦？」

「不怎麼辦。先讓我休息一下。」

馬克找真治說話，但是真治疲憊不堪。他們帶著十足幹勁挑戰關卡魔王，可是難度卻高到讓人覺得五十九層以前都算可愛了。

來到六十層，就連出現的雜碎魔物都訓練有素。那個被稱之為死靈騎士長、有自我意志的魔物，還帶著底下的士兵發動突襲。

真治一行人設法打倒他們，來到關卡魔王的房間，結果卻很淒慘。

「……這也要跟優樹先生報告嗎？」

被申點到這件事，真治這才從床上爬起來。

他坐在床上，嘴裡發出嘆息。

馬克跟申也爬起來，三人重新面對面坐好。

「還什麼報告，那種敵人打不過吧。沒想到迷宮深處這麼難。」

「對啊，到五十九層都還算順利。可是六十層是怎樣？死靈騎士長會率領死靈騎士，組成小隊徘徊。遇到那種東西，一般的士兵只會被殺掉吧！」

「應該會。」

「……那些魔物不簡單。來到那一層突然變得戒備森嚴。不只是打倒我們的騎士，還有坐在王位上的骷髏人跟死靈龍，讓人不禁懷疑他們三個是不是隱藏魔王。」

真治他們三個人開始大肆發表意見。

大概是太興奮了吧，完全沒去管對方有什麼反應。

昨天之前還游刃有餘，結果今天那份餘力就煙消雲散。

「還有那個骷髏人。就是坐在王位上的傢伙，那可是死靈之王。如果有人會用高級的鑑定魔法，應該就能看穿他的真面目。可是本人跟在畫面上看到的完全不能相提並論！」

「沒錯。如果之後作戰真的碰到這種傢伙，我們這邊肯定沒辦法應付。」

「……說真的，我不想挑戰第二次。」

聽到申這麼說，另外那兩個人也跟他有相同看法。

那個死靈之王甚至沒有加入戰鬥。似乎只是負責散發王者威嚴，沒有從王位上移動半分。

「看起來像普通關卡魔王的牛頭魔物在強度上也相當於A級。拿他的強度當基準，六十層未免強化過頭了吧？」

「……這部分真的很誇張。我想五十層之前應該是想讓挑戰者掉以輕心。」

「不過，這下就能確定了。有這麼厲害的魔物在把守，那座迷宮肯定有鬼。」

真治如此斷言。

「有可能。畢竟那個自稱艾伯特的騎士強到亂七八糟。」

「裝備就跟其他人不一樣了。馬克在作戰的時候，我有趁機嘗試鑑定，結果讓人驚訝，他身上穿的都是特質級上等貨。」

「怪不得。原本以為靠我的牛頭魔人的戰斧可以把他跟他的武器一起砍爆。」

「是說撿到的武器剛好可以用來打魔王，這種事只會出現在電玩遊戲中……」

「說得也是。我們幾個好像太自以為是了。」

「……嗯。」

後來他們三個面面相覷，嘴裡吐出深深的嘆息。

聊到這邊，那三個人總算稍微冷靜下來。

他們自行泡茶，休息一下喘口氣。

「明天要不要再挑戰一次看看？」

「——你是認真的？」

「……我們不是他們的對手。不管打幾次都會輸。」

「我想也是。」

「那些人剛剛說到勇者，應該就是優樹先生提過的正幸吧？聽說只是一個運氣很好的少年，他該不會有去挑戰過六十層吧？」

「不，好像沒有。聽說他之前都順利攻略，連一次都沒死過。」

「那其他人呢？」

「聽說排行前幾名的人正在挑戰第五十層。不過他們好像沒有簽訂播放契約，有被放映出來的最高紀錄就是正幸挑戰過的五十層。另外還有幾組人馬挑戰四十層，大概就是這樣。」

就算簽訂放映契約，也不至於在各個樓層都被追蹤。攝影機只會拍出十倍數樓層的關卡魔王房間。除此之外，聽說為了辦活動之類的原因，有時採訪小組會跟挑戰者同行。

就是因為真治他們在這種情況下挑戰六十層，才會在一時之間爆紅。他們陸續刷新紀錄，因此才變成簽賭的對象。

「我想應該有人跟正幸說過背後的祕辛。說六十層還有隱藏的關卡魔王。」

「既然這樣，我們會輸也情有可原。那麼強的魔物共有兩隻，而且另外一隻還是龍呢。那座迷宮的

平衡性未免太差了吧。」

「……在五十層之前平衡性都不錯，那個果然是隱藏魔王吧。在那之後應該有城鎮。」

他們三個人就這樣聊起來，拿那些話安慰自己。不僅如此，還開始討論今後的打算。

「現在我們都變得這麼顯眼了，沒辦法繼續當間諜吧。」

「這方面沒問題。之前也說明過，這樣我們會比較安全。」

「……反正我們只有調查迷宮。」

「那要不要等蓋多拉大人過來？光靠我們幾個，不管挑戰幾次都沒用吧？」

還是要拿來當修鍊？——這時馬克半開玩笑地問出口。

聽到這句話，真治苦笑著回應。

「再走下去肯定有什麼東西，守護那樣東西的守護者也異常強大，要不要跟優樹先生報告這件事情？」

「那順便跟他說迷宮有多大好了。應該是靠某種魔法擴張的，那裡又大又深，不像人工建造。」

「……跟其他樓層比起來，戰力也異常強大——這件事也不能忘了說。」

既然馬克跟申都這麼說了，真治就二話不說點點頭。

「我知道。那等我們聯絡完，要不要去觀光一下？」

先後順序都決定了，他們就要盡快展開行動。

這三個人重新振作，來到夜晚的大街上。

＊

真治一行人暫時來到郊外，開始照順序報告。

簡單整理報告書並傳送給優樹，在那之後大概經過十分鐘，優樹就用「魔法通訊」聯繫他們。

『嗨，你們好像很有精神，太好了。』

『到昨天為止還很有精神，可是今天卻很慘。』

『啊哈哈，看樣子吃了不少苦頭。那你們今後的預定計畫呢？打算怎麼辦？』

『要看師父。光靠我們幾個不可能突破六十層，就算想暗中潛入好了，在迷宮內部也沒辦法那麼做。』

『我想也是，知道了。那我想問一件事情。』

『請說？』

『憑你的感覺說就行了，話說那個六十層的關卡魔王，大概有多強？』

問真治他們「對方有多強」，這段話只有他們聽得出玄機。

意思就是拿來跟帝國皇帝近衛騎士團比較，對手大概相當於什麼等級。

優樹的問題讓真治陷入沉思。

真治對軍團內部的排行爭奪戰沒興趣。他並沒有那麼想出人頭地，甚至沒有參加過這場排行爭奪戰。

因為優樹撿到他，對他有恩，而且又很照顧他，真治想要回報恩情才會在他底下做事。真治不想幫忙犯罪組織，因此他選擇加入軍隊。後來優樹當上軍團長，真治原本屬於機甲軍團，這下就調到混合軍團。

在「異界訪客」之中，有好幾個人都跟真治想法一致。不想彰顯自己的力量，為了避免承擔太大的責任，那些人隨性過生活。

這些人的實力都不透明，近衛軍是否真的為最強集團依然不得而知，但是名義上這個集團肯定是帝國內部最強的集團。

從某方面來說當然會被當成排行強弱的基準。

『我想想，至少可以擠進前五十名吧。排行比較後面的人應該沒辦法打贏那些關卡魔王。』

『這些評論只針對那個叫艾伯特的騎士嗎？』

『是的。啊，不知道能不能當作參考，以前我曾經當過軍隊裡的醫生，有參加高階魔將討伐任務。那個時候有稍微看到一眼，魔素量跟今天看到的死靈之王差不多。』

『你說的該不會就是「紅染湖畔事變」？』

『啊，對。就是那個。』

『知道了。非常具有參考價值。那跟蓋多拉大師會合之前，你們可以好好悠哉一下。』

說完這句話，優樹結束「魔法通訊」。

…………

…………

……

關於「紅染湖畔事變」，那是在帝國領土內發生的其中一個不祥事件。

比鄰一座美麗湖泊的帝國屬國意圖背叛帝國，說他們想要自主獨立。這個國家的戰鬥力不如帝國，他們的國王採取某種手段，那成了悲劇的導火線。

他運用禁忌的神祕法術召喚惡魔。

國王命令宮廷魔術師團召喚可以聽命於他們的最強惡魔，那些宮廷魔術師也照辦。

結果惡魔召喚叫出高階魔將，把那個小國毀滅。

這個小國的人口不到一萬，跟帝國硬碰硬也毫無勝算可言。即使如此國王還是決定要獨立，背後有相應的理由。

國王底下有一個獨生女，帝國的貴族希望這名公主當他的愛妾。

帝國非常強大，皇帝用不著去管小國的動向。所有的領土都歸屬於皇帝，並交給貴族管理。要怎麼管理這些屬國，全憑貴族決定。

有個邊境伯爵負責管理首都外的地區，他利用皇帝的威勢作威作福，這種事情在帝國境內很常見。

而那個惡魔想要該王國的公主。

國王斷然拒絕，然而宮廷魔術師長一看到惡魔就瘋了，答應惡魔的要求。

結果惡魔露出邪惡的笑容，附身到公主身上。

國王勃然大怒。可是他的怒火馬上被恐懼取代。

因為獲得肉體，惡魔開始肆虐。

結果那個小國因此滅亡，這件事情傳回帝國本土，他們決定派人討伐惡魔。

如果他們的動作再慢一點，就會催生第二個金．克林姆茲吧。

小國居民的血染滿那座美麗的湖，讓湖水變成紅色。
在帝國近來數百年來的歷史上，這件事情最讓人毛骨悚然，堪稱史上最慘。
有人出面解決「紅染湖畔事變」，那是在帝國全境都設有分部的機甲軍團。
表面上是這樣。
然而事實上並非如此。加入軍隊的真治遠遠地看著自己的部隊奈何不了的高階魔將，由少數士兵出面打倒。
這整件事情也很可疑。
貴族作威作福是事實，然而那隻惡魔連自己國家的國民都不放過，真治認為真相應該跟這些傳聞有出入。
畢竟帝國展開行動的速度未免也太過快速。
當事情發生、消息傳回帝國本土，接著他們決定派出士兵討伐，還要編制討伐部隊。
如果花這麼多時間，惡魔都已經在肉體上附身完成了吧。
然而事情沒有變成這樣。
只差一步，帝國沒有讓惡魔成功取得肉體，這件事就足以證明帝國從一開始就知道——真治如此認為。
他不打算跟其他人說出自己的想法。
看到當時跟惡魔作戰的人們有多麼強大，他才明白世上有些事情還是不曉得會更幸福。

（那些人恐怕就是近衛騎士團的前幾大高手吧……）

如果要去跟那些人對戰，不管真治多麼努力也無法戰勝。

雙方根本是不同世界的人。

因此真治才對排行爭奪戰喪失興趣。

…………

…………

……

呼出一口氣，真治總算鬆懈下來，這時馬克跟申找他說話。

「結束了嗎？」

「……辛苦了。」

「對，跟人報告就是這麼一回事。晚點師父會過來，在那之前我們先去輕鬆一下吧。」

「好啊。話說原來真治是『紅染湖畔事變』的生還者啊？」

「……還好有撿回一命。」

「是啊，當時我裝死才逃過一劫，虧我能想出這種妙招。」

「不不不，光是能活下來就很厲害了。那件事的生存機率不是只有三成嗎？」

「就是說啊。讓人不想參加第二次——話說回來，雖然那時我在軍隊裡面當醫生，但當時也沒幫上什麼忙呢。」

「……咦？」

「不，因為受到攻擊的人當場就死掉，所以根本沒機會幫他們治療或是回復。所以我也只能盡早逃之夭夭。」

「聽起來還真是淒慘。高階魔將真的有這麼可怕？」

「我看到的那個傢伙已經不是可怕兩個字能夠形容的了。說真的，我覺得自己有跟對方對上眼，但對方好像放我一馬。光是想起那對深紅色眼睛，我就快要尿褲子了。」

看到兩人一臉驚訝，真治笑著說出這句話。

「可是你說跟那麼危險的高階魔將是同等級，我們哪有可能戰勝那個骷髏人。」

「……他們真的是同等級？」

「頂多就只有魔素量一樣。所謂的惡魔，活愈久就愈強。關於我看到的那個傢伙，雖然只是我的猜測，但應該活很久了。」

否則帝國的上級不會採取那種對策。正要把這句話說出來，真治又把話吞回去。

「總之去在意這種事情也沒用。我國好像在開發可以調查對手實力的機器，但我想大概沒什麼意義。那個叫做艾伯特的其實也一樣，若是看魔素量，他強的讓人難以想像。不過你們想想以前在學校班級上課的時候，打架強不強不是只看體力吧？」

「也對，我懂你想說的。」

「……嗯。」

「就是這麼一回事。那表示在惡魔之中，有些人的實力深不可測。你們只要記得這點就行了。」

真治表示這些事情跟自己等人沒關係，另外兩個人聽了也決定不再細想。

＊

那三個人轉換心情，在自由公會的事務所還沒關門前衝進去，把「魔晶石」和沒有用到的裝備賣給資材部門。

「不得了，這不愧是深層的『魔晶石』，品質有天壤之別。」

「又是有孔洞的武器？而且還是純的『魔鋼』製成，在其他國家哪能於市面上流通？」

諸如此類，那些公會人員都很開心。

若是嚴格挑選販賣對象，應該能獲得更多利益吧。可是真治他們的目的是潛入調查，不希望太多人認識他們。

而且賣給自由公會的價錢也不錯。

雖然調查任務碰到瓶頸，卻拿到不少收入。光這幾天就讓他們賺了很多錢。

加入軍隊領的是年俸。

那些錢會事前支付，如果有升官，明年會補多出的差額。

就算身上沒錢也沒關係，只要加入軍隊就會在當天拿到預備金。軍方會先計算一年內剩餘的天數，再將那些錢當成薪水的一部分支付給這些人。

基本上軍方沒什麼損失。就算士兵戰死，先付出去的錢也可以當成部分慰問金。

一般士兵——二等兵只能拿到本俸。

行情是十個金幣——相當於年薪一百萬圓。

軍方會照料他們的食衣住行，對沒有錢的人來說是一大筆金額。

還會按照階級給予加給，或是有各種補助，有的時候還會有危險任務津貼。

馬克跟申中的階級是中尉，真治是擁有軍醫資格的少佐。雖然沒有命令權，但處處受到禮遇。

在帝國境內，「異界訪客」的待遇優厚。最低也有少尉可當，跟那些人比起來，真治算是享有比較優渥的待遇。

至於真治他們的收入，也比一般士兵多上許多。

中尉階級的加給有金幣三十六枚。

少佐階級的加給是金幣四十四枚。

只要向上提昇一個階級，就會增加四枚金幣。

馬克跟申一年大概可以領到五十個金幣。真治則是七十枚多一點。

軍隊給的薪資超過一般人的平均薪資，卻不至於讓人過奢侈的生活。若是去比較偏僻的地方，他們就會變成有錢人，然而帝都物價高昂。話雖如此，這個世界的生存條件很嚴苛，不夠讓他們脫離軍隊自立。

光是能過上安穩的生活就很有吸引力。

不過這次他們學會一件事。

用不著一直巴著軍隊不放，其實他們三個可以一起靠迷宮都市討生活。

光是這次的販賣所得就超過三百枚金幣，短時間內出這趟任務賺到的錢就比他們三個人年薪加起來還多。

再加上還能拿到屬於他們自己的特質級裝備，若是帝國那邊沒有發給他們，他們這輩子還沒機會拿到。這樣的成果說是大豐收也不為過。

他們三個人都注意到這件事了，可是都三緘其口。然後他們繼續保持沉默，靜靜地邁步。

來到在這座魔都「利姆路」裡頭算得上高級的餐廳，真治他們三個人在那邊用餐。

好久沒這麼享受了。

「……這樣好嗎？擅自把裝備賣掉。」

比較膽小的申戰戰兢兢地說著。

然而真治跟馬克不為所動。

「沒關係啦。又不是全部賣掉，還有留一些樣本。」

「再說反正我們也沒辦法全部帶回去。只要留下品質比較好的那幾個，上頭就不會抱怨了。」

在軍事行動中獲得的戰利品，除非上頭批准他們搶奪，否則全都屬於軍方。而這次就算裝備全部都被拿走，真治他們也不能有怨言。

不過他們這次的任務是調查迷宮，隱藏身分假扮成冒險者。採取相應的行動會更自然，這點收入就當成是小福利沒關係。

而且優樹應該也不會叫他們交出戰利品。除了必要的東西，其他肯定都會讓給真治一行人。

「不過我們拿到的錢要是全部被拿走，到時就會認真考慮移居吧？」

聽真治這麼說，另外兩個人也頗有同感。

一個金幣相當於十萬圓。

來到帝國也有同等的價值。

市面上流通的金幣都來自矮人王國，帝國也將那些金幣定義為官方金幣。既然是一樣的東西，帶回去也能用。

「我覺得這樣真的可行。」

「……嗯。不久之前還覺得那是在開玩笑，可是在這邊努力好像會過得比較開心。」

真治說那些話只有一半是認真的，馬克跟申的意願卻比想像中更高。

帝國確實走在文化與技術的最前端，是很棒的都市。

東西很好吃，住起來很舒服。

只要有錢，就算跟以前的世界相比，他們的生活還是能過得很愉快。

然而真治他們隸屬於軍隊。背後確實暗藏死亡風險。

就這點而言，那座地下迷宮可以說是盡善盡美。

因為他們不用擔心自己會死。

一開始也半信半疑，但是實際體驗之後，再也沒有懷疑的餘地。

既然不用擔心會沒命，那他們就能在那盡情賺錢，每天都過得開開心心，這樣不是更好？——真治他們會這麼想也無可厚非。

空有金錢卻沒有娛樂，一點意義也沒有。可是魔都「利姆路」有許多遊樂場所。

有個地方叫做競技場，沒有活動的日子會對一般民眾開放。這個時候居民似乎都可以去那邊盡情遊玩。像是足球或棒球等等，各種具備遊樂性質的運動都很普及，那些迷宮挑戰者似乎也很樂在其中。

其他還有溫泉或歌劇院。

根據調查指出那邊會演出戲劇，每天都盛況空前。

至於食物的美味程度，這與帝國不相上下——不對，應該在帝國之上。

有在日本很常吃到又令人懷念的滋味，或是各式各樣的甜點、種類豐富的酒。就連這個世界沒有的菜色也成功重現，很吸引來自地球的真治一行人。

說真的，他們積欠人情的對象就只有優樹，看起來優樹並不想跟魔王利姆路敵對。既然如此，就算真治他們幾個搬到這個國家住，應該也不會被人當成背叛者。

「雖然臨陣脫逃會被叛死刑，但是現在即將要打仗卻不是戰爭時期吧？」

「對啊，真治。我也在想，如果是現在應該還能請願退職，用這種方式離開軍隊吧？」

「……應該要看優樹先生怎麼決定。」

一旦開始戰爭，他們就會變成臨陣脫逃，幸好現在還是平時。解釋的方式不同，他們也可以用退役的形式離開軍隊，或許有這個可能性。

「問題在於——快戰爭了吧。」

這時馬克喃喃自語。

他們之所以無法做出決定。現在提到的問題就是原因所在。

可以確定的是戰爭就快開始，這個地方將會籠罩在戰火之中。

如果不是那樣，他們早就決定搬過來住了。

「你們覺得哪邊會贏？」

「……應該這麼說，如果我們接到命令，要我們攻擊這座都市，到時該怎麼辦？」

三個人你看我我看你。

剛才明明還覺得餐點很好吃，現在卻突然食之無味。再一次，他們心想拜託饒了我吧。

這三個人只在鎮上待了短短一段時間，但是他們很喜歡這座城鎮，不希望這座城鎮消失。還有另一點。

照那座迷宮內的關卡魔王強度來看，他們隱約想像得到，這個國家的高手實力應該非常了得。

「照一般邏輯思考，負責守護重要設施的守護者當然會很強吧？不過，假設這個國家的軍隊成員都比守護者還弱──這種想法應該是我們一廂情願吧。」

「我也這麼想。至少魔王利姆路的實力應該在一般人之上。聽說以前那個叫維爾德拉的邪龍曾經消滅一座都市，那好像不是在開玩笑。就連那個死靈之王也不例外，我覺得他有可能殲滅都市。」

馬克這番話讓真治頗感認同。

事實上這個國家的魔物似乎有可能引發類似的災難。

「這只是我的猜測，但他們似乎連高階魔將跟核擊魔法都能操縱，以地球的水準來說應該跟所謂的核武不相上下。」

「應該是那樣沒錯。照我們的常識來說，會覺得『打仗的時候人數多就贏了』，可是派一大堆人對付那個關卡魔王好像沒意義。」

「──像我們這樣等級的戰士若是沒有派出好幾十個人，應該贏不了。」

那三個人面面相覷，在那裡煩惱。

就在下一刻，蓋多拉用「魔法通訊」聯絡他們三個。

一名老人在我面前叩拜。

後方有昨天透過大螢幕看過的那三個挑戰者，他們跟老人一樣，都向我叩拜。

老人的名字叫做蓋多拉。

就是他透過迪亞布羅跟拉贊申請謁見我。

打扮上看起來並不華麗，但他身上穿著看似很高級的法袍。目光銳利，一點都不像老人。

真摯就跟我料想的一樣，本名叫做真治。

他真正的名字聽說叫做谷村真治。

另外兩個人原本用的似乎就是本名。

這三個人好像都是大魔法師蓋多拉的部下。他們據說都在優樹底下工作，這次協助調查工作，暫時借給蓋多拉用。

那些事情就是他們現在跟我說的。

蓋多拉說完就擺出現在這樣的姿勢，真治他們也有樣學樣，但是這樣下去根本不能好好談。

「啊，其實……我早就猜到可能是那樣。對了，在這種狀態下沒辦法輕鬆對談不是嗎？我們換個地方吧？」

當我說完，紫苑點點頭。

「把臉抬起來。」

不知道為什麼，她高高在上的發話。
就是這樣我才覺得謁見他人很複雜。
感覺一定會在某個環節搞錯順序，說真的我不是很想這麼做。
「遵、遵命——！」
看到蓋多拉用很誇張的形式應允，我不禁想著「接下來的會談可能也會很麻煩」。

地點換到比較便宜的接待室。
因為這邊讓人比較能夠平心靜氣。
比較貴的接待室用料也比較高級，讓我很怕把那個地方弄髒弄壞。要是一不小心把茶打翻，光這樣可能就會在高級的地毯上留下汙漬……
什麼人住什麼樣的地方。對我這個小市民來說，比較親民的家具讓人更舒服。
真治他們似乎也這麼想，臉色比剛才更好。
「紅茶跟咖啡，你們比較想喝哪一種？」
我問得很直接，真治對這句話有反應。
「那、那我要咖啡。」
「真、真治——！」
臉色大變的蓋多拉大聲叫喊，但我安撫他，要他別緊張。
「那蓋多拉先生呢？」
「老、老夫嗎？那、那就——跟真治一樣。」

咦？莫非帝國沒有咖啡？

印象中好像有，可能沒那麼普及吧。

我看向馬克跟申，那兩個人也悶不吭聲地點頭。

看樣子他們也想點一樣的。

「朱菜，來四杯美式咖啡！」

「您說美式咖啡？」

「啊，你想喝濃一點的？那要混合咖啡嗎？還是本國自豪的『坦派斯特』？」

「不、不不不，不是那個意思，是因為……」

「嗯。」

「利、利姆路陛下該不會『異界訪客』？」

「是那樣沒錯啊？」

咦，現在才知道？

去蒐集這種情報是基本功吧？

想到這邊，我放眼環視他們四個人的表情，只有蓋多拉臉上露出「糟糕了」的表情。看樣子他原本就知道，卻忘記跟另外三個人說。

算了，那種事無所謂吧。

「那麼我們就來深入聊一下吧。」

朱菜準備的咖啡已經發給大家，桌子上還放了牛奶跟糖。姑且不去管看到這些一臉感動的真治等人，我決定先聽蓋多拉怎麼說。

真治喝了一口咖啡之後小聲說「這個好好喝！」，但是被蓋多拉瞪，人很好的我裝作沒看到。

「其實老夫是轉生者。」

這時蓋多拉大師突然說出讓人驚訝的話。

另外那三個人也很驚訝，他們轉頭看蓋多拉大師。

從很久以前開始，蓋多拉大師就想要成為登峰造極的大魔導師，聽說他來來回回轉生好幾次。

每次轉生都會到處去看各個王宮的祕密藏書，累積龐大的知識量。

其中有一段時間他躲起來進行魔術研究，就是在那個時候認識後來的好朋友阿德曼。

「剛才也說過，老夫恨西方聖教會。會恨他們是因為他們殺了老夫的朋友阿德曼。因此幾百年來老夫都在研擬計畫，決定煽動帝國。」

話說到這邊，蓋多拉開始說出自己的身世。

知道阿德曼中計被人陷害，他發誓要報仇。後來就隻身前往帝國，慢慢博取人們對他的信賴。

他好像還有跟維爾德拉作戰過的經驗，過去的經歷似乎比想像中更加高潮迭起。

「說真的，事先做完轉生儀式是正確的選擇。因為老夫想要親眼見識，看看自然而然生成的『魔』有多大極限——」

在這個世界上只有誕生四隻「龍種」，他們立於魔物的頂點，是這個世界最強的種族。

因為有實際作戰過的經驗，因此蓋多拉不認為帝國軍可以戰勝維爾德拉。

而他就在維爾德拉本人眼前說出這番話，維爾德拉他不就正用開心的表情偷看我嗎？

拜託別這樣，真是的。

我也覺得你很厲害，但不認為有那個必要誇獎你。

「不，應該說靠戰術有機會獲勝，但是那些笨蛋想要支配維爾德拉大人。坦白講老夫一再勸說，跟他們說那是不可能的，那麼做沒用，要他們放棄。」

蓋多拉只對西方有興趣——應該說他想對魯米納斯教復仇，所以不想為無聊事分割兵力。因此才拚命強調現實情況，想要說服那些人，可是那些軍團長對自己的評價過高，據說全都沒把他的話聽進去。

然而——

照剛才那些話聽來，蓋多拉的本性似乎不壞，然而促使帝國霸權主義增長的始作俑者好像也是他。無關的部分就請他省略，我詳細詢問最近的動向。

「換句話說帝國之所以要挑起戰爭主要都是你的關係？」

「這個嘛，可以說有部分原因是這樣沒錯……」

不是吧，雖然他說的很含糊，但不管怎麼想原因都出在這個老爺爺身上吧。

大概發現我心情惡化，蓋多拉趕緊開始解釋。

「不是那樣的！帝國原本就奉行霸權主義，若是沒有鎖定一個方向，世界各地都會受戰火波及。所以老夫才讓他們鎖定西方。反正剛好跟老夫的目的一樣嘛，就順水推舟——之類的。」

哪裡剛好了！

那我們根本就是被颱風尾掃到。

「老夫之前也反對他們侵略朱拉大森林。在這個森林裡不只有『暴風龍』維爾德拉大人，再說老夫也不想像上一次那樣失敗收場，因此提議去挑撥矮人王國，沒想到很多人太死腦筋，想要靠武力解決一切……」

蓋多拉如此哀嘆，但我可沒空管那個。

「先等一下！帝國果然打算對矮人王國出手？」

之前一直認為應該不至於這樣，但這下也要把通過矮人王國境內的作戰行動考量進去？

「您早就注意到了？老夫說的並不是要他們出兵這麼具體的事。老夫個人是想對蓋札王提議結盟，讓他對我們的軍事行動睜隻眼閉隻眼。畢竟老夫恨的就只有西方聖教會……」

蓋多拉已經知道阿德曼平安無事，早就約好跟我會面結束後要去見他。

也因為這樣，蓋多拉才發現自己白忙一場，如今已經改變立場，反對戰爭。

他跟皇帝的關係似乎也不錯，但立場上還不至於能夠奏請撤銷軍事計畫。因此他會在會議上主張反對戰爭。

話說他的處理態度也未免太順水推舟，但是在蓋多拉的幫忙下若是能夠避免戰爭，我個人可能會少說幾句。

總之要盡量從他身上問出情報。

紅丸他們也在別的房間待機，一邊偷聽我們的對話，一邊進行作戰會議。我的任務就是讓蓋多拉心甘情願把事情全盤托出。

「蓋札王應該沒有答應吧？」

「是啊，當然沒有。所以帝國那邊就打算採取暗殺手段，但老夫反對這樣。老夫認為既然要做就要堂堂正正攻破！」

現在不是一臉驕傲說這種話的時候。

蓋多拉老爺爺比我所想的更像武將。

感到傻眼的我進一步問話。

問出帝國軍的內情，還有他們高層是怎麼想的。

甚至還問出優樹企圖政變這種讓人吃驚的情報。

蓋多拉知道的情報都被我問出來了。

最後他開始隨口說出自己的真心話。

「別看老夫這樣，其實沒有欠帝國什麼。由老夫一手培育起來的軍團被人解散，所有的部下都被人奪走。因為真治他們是老夫的徒弟，才借放在這邊。阿德曼平安無事——這樣講有點牽強，總之他過得還不錯，所以老夫對帝國那邊已經沒有任何留戀了。」

他說自己是徹頭徹尾的自私鬼，跟所謂的忠誠根本無緣。

這個老頭真不是蓋的。

在我心裡對他萌生一絲絲的尊敬，那是祕密。

「事情就是這樣，若是今後能夠成為利姆路陛下的部署，就算敬陪末座也沒關係，老夫定將為您賣命，粉身碎骨在所不惜！」

敢斷言自己毫無忠誠之心，而且有那個勇氣，說想成為我的部下。

我不討厭這個人。

不過，紅丸他們就在隔壁的房間裡，把這裡的對話都聽進去了。我有預感蓋多拉的態度會讓他很火大，晚點去安撫他可能要費很大的功夫。

緊接著，在那之後——

我們把蓋多拉老爺爺當成客人，決定暫時僱用他。

既然他自己說想要當我的部下，那我就讓他好好賣命。

我不期待他對我效忠，但應該可以期待他的表現。

總之在他跟阿德曼會合之後，順便批准他「傳送」到七十層吧。

他的知識應該能派上用場，也許還可以讓他當菈米莉絲的助手。可是在那之前預計先讓他回帝國，請他做一件事情。

至於真治他們三個，接下來會直接搬進這個國家。他們似乎要先放鬆休息一下，再來想今後該怎麼打算。

經過蓋多拉說服，他們本人主動提出要加入，因此我沒道理拒絕。

如果背叛我們，就把他們趕出這個國家。他們似乎死都不想這樣，甚至還宣誓對我效忠。

只不過真治他們好像很尊敬優樹，不想做出跟優樹敵對的行為。關於這點，其實沒什麼問題。

「話說我們跟優樹那幫人關係很複雜。現在的感覺大概就像停戰吧。老實說他做了不少事情都讓人火大，很想找他報仇，但我就是沒辦法恨那傢伙。」

就算優樹是那副德行，他還是靜小姐的徒弟。

想起靜小姐以前說到優樹的事情是那麼開心，我就不由得想寬恕他。

我自己也覺得這樣太過天真，但我們畢竟是同鄉。

這種事情絕對是下不為例，但之前那些事情先暫時保留再議。

話雖如此，若是有人問我相不相信他，那又是另一回事。

去相信那種傢伙，在這個世界不管有幾條命都不夠用。

「你們也一樣，最好別太信賴優樹。」

當我這麼說，不知為何蓋多拉一直在點頭。

看樣子他也有所感觸。

優樹跟蓋多拉不僅認識，似乎還有合作關係。好像能夠當我們跟優樹之間的溝通橋梁，或許讓蓋多拉成為我們的夥伴是正確的選擇。

光是蓋多拉不願意過度信賴優樹，我認為這就表示他值得信任。

在那之後，我讓蓋多拉跟阿德曼見面。

他們兩個人都很懷念彼此。

因為阿德曼答應收留蓋多拉，所以目前就先寄放在他那邊。

——但做這件事之前——

問出所有的情報後，我命令蓋多拉先回帝國一趟，按照我的計策行動。

首先要進行反戰活動。

「這樣可行嗎？」

「交給老夫吧。老夫已經習慣在背後動手腳了。」

好吧，我想也是。

話說回來要靠一個人的意思讓國家方針喊停，照一般邏輯想是不可能的。

不是說不相信蓋多拉，但我覺得最好還是想一個備案比較好。

「如果能夠讓戰爭停止，那是我最希望看到的。可是照那些話聽來，我認為應該不容易。帝國崇尚霸權主義對吧？既然這樣，他們一旦出動就無法阻止吧。」

「可是……」

「所以說，要是有什麼萬一，希望你把他們引進這座迷宮。」

「您的意思是？」

在迷宮裡不管出現多大的傷亡都沒問題。

所以我才會對蓋多拉那麼說。

「原來如此，是打算在那個地方削弱帝國的戰力，讓他們喪失鬥志吧。」

「就是這樣。還有，優樹應該也會趁機採取行動，帝國本土一旦出現騷動，帝國就沒辦法繼續推動戰爭吧。」

我不確定事情會不會這麼順利，但來到迷宮不會出現死傷是事實。

我向蓋多拉說明這一點，給他好幾樣來自迷宮的裝備，還有三個「復生手環」。想要拿這個當誘餌，讓他去向帝國推銷迷宮。

從軍事層面來看，被人從背後偷襲也很棘手。

我想他們應該不至於丟下迷宮不管，就這樣朝西方前進，但若是能讓對方覺得進入迷宮還能獲取財寶……

「原來是這麼一回事。您的點子果然很棒。老夫已經知道哪個指揮官很貪婪，利姆路陛下的計策一定會成功。」

蓋多拉信心滿滿地接下這個任務。

假如事情進展順利，戰爭就會終止。

若是沒有，就把帝國軍引進迷宮裡。

再來就看蓋多拉的手腕了。

這四個亡命之徒就在我的一念間被我國接收。

就這樣，得到意想不到的夥伴，這次的騷動就此落幕。

第四章

帝國出動

Regarding Reincarnated to Slime

帝國境內有一個怪人。

他叫近藤達也——是「異界訪客」，這個男人非常清楚帝國的黑暗面。

因為他正代表帝國黑暗的一面。

留著整齊的黑色短髮。柔順的瀏海垂在眼睛四周，讓一身正經氣質變得比較柔和。

乍看之下是名正直青年。

看起來很年輕，不滿二十五歲。

然而他的本性很冷酷。

他面無表情，那雙眼睛目露精光，銳利程度讓他盯著對手看就給人一種看穿一切的錯覺。眼裡完全沒有絲毫的溫和光芒，給人老奸巨猾的感覺。

這也難怪。

近藤達也——近藤中尉，年齡並沒有像外表那麼小。

…………

…………

……

在這座帝都裡，「異界訪客」也沒有多稀奇。那就是帝都採取的方針，以保護「異界訪客」為名，將這些人從世界各地找來帝都。

達也也是受這個方針拯救的人之一。

這個世界有所謂的魔法。因此他才能撿回一命。

在七十年前——

他為了祖國賭上性命，要對敵人的海上打擊艦隊進行特攻。

至於這樣的作戰是對是錯，達也不予置評。回想當時的情勢，他認為那個時候只能這麼做了。

想起失去性命的部下們，他就希望為這些行為找出一點意義。因此達也總是沒有忘記他們。

要跟那些戰友一起活下去——因為不想忘記部下們留下的遺念，他還是「中尉」，維持當時的階級。

為了進行特攻行動，達也原本要去赴死，但不知道為什麼在爆炸帶來的光亮和灼熱之中，他來到另一個世界。與死亡擦身而過，他還是活下來了。

拯救他的人就是皇帝本人。

他運氣很好。

達也出現的地點是一座庭園，那裡只有皇帝跟少數近侍能夠出入。皇帝正好就在那個地方休憩。

「——有趣。這也是命運的安排吧。」

聽到這道聲音後，達也頓時失去意識。

當他再次睜開眼睛，身上已經沒有半點傷口。

達也運氣好撿回一命。

而後為了回報這份恩情，他發誓要為皇帝奉獻一度捨棄的性命。

穿越世界、差點失去性命，這讓他的力量覺醒——達也將這一切全都獻給皇帝。直至今日，他依然只為皇帝而活。

絕不會在檯面上活動。

不會衰老，一直維持當時的樣貌。

成為帝國黑暗面的一部分——來到潛伏在帝國陰影之中的情報統籌本部。

他是以情報為食的怪人。

潛伏在帝國的陰影之中。

既是人，又與魔同行。

這個男人有各式各樣的「別稱」——他就是近藤中尉。

是帝國的情報局局長。

連各個軍團的軍團長都無法忽視他，人們都很害怕他，不知道他的真面目是什麼。

…………

…………

……

為了攻略地下迷宮，蓋多拉派真治他們過去，帝國情報局也掌握了這個消息。

近藤中尉是沉默寡言的男人。

「這樣啊，辛苦了。」

他只說了這麼一句話，之後就沒有再多說什麼。

來報告的人也習慣了，一鞠躬之後離開現場。

近藤中尉這個男人不會跟其他人講自己的看法。

報告書上還記載了跟優樹部下有關的詳細情報。

從世界各地蒐集過來的「異界訪客」在人數上已經突破千人。

在這些人之中，獨有技沒有覺醒的人大概占一成多一點。這些人都在帝都過著安穩的生活。

覺醒之後獨有技適合戰鬥的人大概一成多快兩成。超過百名的「異界訪客」都按照他們的個性分配到各個軍團。

其他人被安排到能讓他們發揮特長的工作場所，在各處做五花八門的工作。

如今問題在於有能力戰鬥的「異界訪客」。

優樹——神樂坂優樹，這個男人在西方諸國創設自由公會。一年前還是自由公會總帥，努力運用他的力量保護那些「異界訪客」。

——優樹自己是這麼說的，但帝國這邊調查結果顯示那些都是謊言。

他還滲透到羅素一族裡頭，利用他們的力量。

還進行西方那邊禁止的「異界訪客」召喚，根據調查指出他們召喚了不少人。

否則不會出現這麼多特別擅長戰鬥的人。

除此之外，如果是被召喚過來的「異界訪客」，還能用「咒言」逼他們宣誓效忠。想要準備不會背叛自己的部下，透過召喚是最合適的。

而這些「異界訪客」就四散在各個軍團裡。

近藤中尉對此抱持危機感，認為繼續放任下去會出大事。他想得沒錯——這個男人擁有令人畏懼的洞察力。

事實上近藤中尉的疑慮並沒有錯。

結果已經在這份報告書上寫的明明白白。優樹搬到帝國居住後，照他的言行舉止推測，可以斷定他很有可能發動武力政變。

除此之外針對優樹送進來的那些人也已經找出來了。

因為優樹以前的實績不錯，他逃來帝國這邊才被接納。然而他卻忘了這份恩情，似乎正努力擅自擴大勢力。一些人成為他的部下，被送到各個軍團裡。

而且其中還有幾個人加入光榮的近衛騎士團。

如果是其他軍團就另當別論，帝國皇帝近衛騎士團必須保護皇帝陛下，絕不容許出現背叛者。

在近藤中尉看來，這件事不能置之不理。

（很危險呢。神樂坂優樹——看樣子必須把你除掉。）

——近藤中尉如此決斷。

然而現在還不是採取行動的時候。

他收到消息，指出帝國重鎮大魔法師蓋多拉大師跟優樹掛勾。也已經掌握證據了，但目前還不清楚他們的關係有多深。

用不著多說，蓋多拉大師對帝國來說也是很重要的人物。應該不至於輕易背叛，但近藤中尉也知道他是目的與帝國理念一致，才會來幫忙帝國。

如此一來也有可能基於某種原因讓他跟帝國利害關係對立。

（如果情況是那樣，那個老人也很危險。既然如此——）

優樹跟蓋多拉。

優樹的外表就像一名少年，行為處事卻很老練。就跟近藤中尉一樣，是危險人物，不能光靠外表論斷。

蓋多拉看外表是一個老人，但他的本質卻是存活千年以上的怪物。如果要跟他敵對，沒有徹底做好覺悟就別想挑戰這樣的對手。

因此才要蒐集情報。

雖然已經找到一些證據，但情報還是不足。

現在還不能明目張膽行動。

他要仔細調查優樹旗下的「異界訪客」。之後再找找看有沒有人被「咒言」支配。

不過，若是發現優樹或蓋多拉有不自然的舉動……

「到時候可別期待會在公開場合接受審判。」

潛伏在帝國的陰影之中——近藤中尉絕不會放過背叛者。

「為了帝國起舞吧。你的性命已經被我掌握。」

在帝都暗處。

眼裡浮現冷酷的光芒，近藤中尉靜靜地呢喃。

●

那是附設一張豪華桌子的辦公室，有個獨眼男子坐在高級座椅上。

左邊的眼睛用眼罩遮住，是一個身材很瘦的男人，看起來大概四十歲左右。

他的名字叫卡勒奇利歐。

在帝國內擁有最大的勢力，也是機甲軍團的軍團長。

他面前的桌子上擺了好幾個「魔晶石」。

這是魔導能源的來源，純度很高的高品質「魔晶石」。因為優樹帶來某些技術，就可以將這些「魔晶石」精練成魔石。

也就是從魔物的核心之中取出「魔晶石」進行精練，生產可以用於產生魔導能源的魔石。

也有從魔物身上掉落的天然魔石，但只有擁有龐大魔素量、等級在A級以上的個體才能採收到。這些天然的魔石具備高品質，其他魔石無法相比擬，一般而言不會拿來產生能源，都會拿去做裝飾品或是魔法媒介。

若是不能定期採取，就沒有拿來當能源來源的價值。

卡勒奇利歐伸出手，抓住桌子上的「魔晶石」。愈是仔細觀察，他就愈清楚那樣東西的品質很棒。

對殘留在手中的觸感依依不捨，卡勒奇利歐將「魔晶石」放回桌子上。取而代之，他拿起跟石頭一起送過來的報告書。

這是來自研究所的報告。

如果是這種純度的「魔晶石」，將能夠生產由帝國製造的魔石一百個。也可以直接拿來轉換成能源，純度很高。若是想採取這種等級的「魔晶石」，至少也要打倒B級以上的魔物。

——上頭如此記載。

「蓋多拉那傢伙！這麼有賺頭的事情居然瞞著我——」

卡勒奇利歐為此感到憤慨。

他已經收買那些研究所人員，要他們有什麼事情就通知自己。成果就是這份報告書。

這顆「魔晶石」是最近蓋多拉拿來的東西。他沒有讓人知道是在哪裡採收的，但是既然有好幾個就表示他可能發現能夠生出一大群魔物的地方。畢竟這些石頭的品質全部都是一流貨色，檢驗結果表示幾乎全都含有相同量的能源。

不同種類的魔物無法採取相同品質的東西。總是會出現偏差，必須先進行精練再對魔石加工。

然而在這裡的「魔晶石」品質幾乎一樣。這表示同樣種族的魔物有一大群。

他不認為能夠飼養這些魔物，但只要定期攻擊，然後間隔一段時間再執行，應該就能改善帝國的能源問題。

然而看樣子事情似乎更加複雜。

卡勒奇利歐的臉因欲望扭曲。

假如目標是穩定供給能源，就必須確保生產這種「魔晶石」的地點——報告書上做了這樣的結論。

不僅是對這些魔物的棲息地有眉目，他們還鎖定地點。

那個地方就在魔王利姆路的支配領域之內，是傳說中的地下迷宮。

「最近蓋多拉跟優樹那個臭小子走很近，都沒有來見我。還私底下做這麼有賺頭的事情，不可原諒！」

這才是讓卡勒奇利歐火大的理由。

而且事情還有後續。

跟卡勒奇利歐走很近的高階貴族告訴他一件有趣的事情。

他們一大群人跑過來，臉上掛著討人厭的笑容，過來跟卡勒奇利歐報告。一聽之下才知道蓋多拉跑去調查迷宮，還失去三名徒弟。

若是只有這樣，那只讓人同情，一點都不好笑，然而蓋多拉帶回來的東西卻是個問題。

因為蓋多拉不只帶回「魔晶石」，甚至連寶物都拿回來了。

那就是裝飾在卡勒奇利歐房間裡的一把劍。

不僅用品質很高的純「魔鋼」打造，技術也非常高水準。跟矮人王國國內最厲害的工匠鍛造之物不相上下。是一把很棒的劍。不對，以素材的優劣程度來看，這邊更勝一籌吧。

跟在帝國內部流通的東西有著明顯區別。

至於那把優秀的劍，這是卡勒奇利歐跟高階貴族買的。總共有三把，其中一把拿給自家軍隊的技術部門進行檢定。

那個高階貴族驕傲地說著：「這是很珍貴的東西，也許有不可思議的效果。」他話說得很誇張，遊說卡勒奇利歐購買。

縱然那是蓋多拉獻給那個貴族的。

卡勒奇利歐問他蓋多拉是否有什麼要求，但是對方大言不慚地說：「這我怎麼能告訴你。那是當然的吧？」

結果一把劍要價金幣一百枚，用總計金幣三百枚的價值賣出，但卡勒奇利歐確實是想知道一些事情。

因為他一次買三把，對方終於給他線索……

卡勒奇利歐是下級貴族出身，靠實力當上軍團長。

帝國完全是實力主義的社會，因此比起空有崇高地位的貴族，他的地位更高。

原本他不可能有機會跟這些高階貴族說話。然而面對現在的卡勒奇利歐，這些人也不得不對他禮讓三分。

（他們私底下明明就看不起我，但現在那些都無所謂了。比起那個，現在更重要的是巧妙利用這些人。）

高階貴族做什麼事情都會為自身利益做打算。基於善意告知事情——天底下沒這麼好的事。

會把蓋多拉說的那些話告訴卡勒奇利歐，也都經過精心計算吧。

換句話說，他們把優樹跟卡勒奇利歐放在天秤上衡量。

「那些貪婪的貴族！不過現在更重要的是蓋多拉。居然連貴族那邊都出手了，還遊說他們，說要用混合軍團攻略迷宮！既然要去攻略，應該推薦我的軍隊才對……我從那傢伙手中奪走機甲軍團，沒想到他現在還為這件事情記仇……」

因為有蓋多拉協助，機甲軍團才成功變成現代化軍團。裡頭的兵力從數十倍膨脹成數百倍，蓋多拉卻不具備任何指揮權。

卡勒奇利歐認為原因就出在這裡，蓋多拉因此嫉妒他。

「無妨。運氣好可以從貴族那邊獲得情報。這下就可以搶在那些傢伙之前，由我的軍隊掌握利益。」

當然，拉攏高階貴族需要一些錢。

就算卡勒奇利歐獲得利益好了，其中一部分也是要付出去的吧。

即使如此，卡勒奇利歐依然認為這是一樁不錯的買賣。

（從迷宮內可以拿到的東西不是只有「魔晶石」。這把劍的品質也很棒，目前相當於稀有級。但是再過百年或許會變成特質級也說不定。本體用這麼多的「魔鋼」打造，搞不好演變的速度會更快。光這些就值得我去掌握那個迷宮吧！）

正因為卡勒奇利歐是這麼想的，所以他才決定去拉攏高階貴族。

卡勒奇利歐正在為今後做盤算，但有個疑問就是無法從腦海中揮去。

（——話說回來，這個孔洞是什麼？）

高階貴族說「這有不可思議的效果」，但那些都是從蓋多拉那邊聽來的吧。

在卡勒奇利歐看來，他並沒有發現類似的效果。

然而——

有件事看了以後讓他起疑，那就是劍上面有孔洞。

這背後有什麼含意嗎？

卡勒奇利歐無從判斷。

所以才把那些東西交給技術部門，但目前還沒拿到分析結果。

（沒關係，帝國跟西方不一樣，現在這個時代已經不用劍戰鬥了……）

因此不管這把劍蘊藏多麼高的價值，在現代化軍隊裡都沒有意義吧。

只有具備高度技術的戰士才能活用這把劍。

對，就像卡勒奇利歐跟他的左右手。

一面想著，卡勒奇利歐期待看到分析結果出爐。

緊接著，幾天之後。

卡勒奇利歐收到令人為之驚嘆的報告。

「由我來說明。」

技術單位的局長親自解說。

對這把劍進行科學分析後，他們發現許多事情。

那個孔洞並不是裝飾品。

那是可以吸收能源的裝置，是一種媒介，可以用高效率發動魔法。

也就是說這並不只是一把劍，而是魔法的發動裝置。

「對方叫做魔王利姆路是吧，不能小看他，居然想到這麼有趣的點子。」

「說得對。讓人以為是一把劍——也就是近距離作戰的武器，然後再利用魔法出其不意攻擊。而且只要找到能夠搭配這個孔洞的能源供給來源，施術者——在這種情況下應該說是擁有者吧，他們就能施放魔法而不用有任何負擔。」

沒錯。

這個武器最大的特徵在於不能操縱魔力也能發動魔法，打破現有的常識。

「不過這真的是在迷宮裡頭拿到的？」

「關於這點我可以證明那是真的。我有派手下過去，聽起來蓋多拉並沒有說謊。」

卡勒奇利歐也派自己的部下前往魔都「利姆路」，蒐集跟迷宮有關的情報。內部調查在四十層附近就遇到瓶頸，但那些人有從商人那邊和其他人口中打聽到有趣的傳聞。

他們說可以從迷宮得到有孔洞的武器。雖然交易金額很高，但是買起來卻比特質級還要便宜。

「那麼，對方做這種事的目的是什麼……」

「哼！稍微想一下就知道了吧。好歹要先做實驗才能把這些東西拿來當成新的兵器呀！」

技術部門的局長頭腦很好，卻不會去想戰術方面的事情。聽卡勒奇利歐說明之後總算發現那麼做有什麼用處。

「喔，原來如此。冒險者多不勝數，要把那些東西交給他們，讓他們調查效果是嗎？聽起來確實很合理。把魔石放進這個孔洞的時候，劍的等級就提昇一個階段。會變成高威力的魔法劍，但似乎還有其他用途。為了掌握這些必須進行各式各樣的實驗，也需要耗費不少時間吧。」

「沒錯。就將那些東西隨便發給冒險者們，要他們各自嘗試。一旦數據都出爐，再來就等著回收那些資料。」

在某種程度上，卡勒奇利歐正確解讀利姆路的意圖。並且憑經驗判斷這樣的實驗需要花時間，他很清楚這點。

現階段來看，這些不過是實驗兵器。然而拖延時間很危險。

人類這種生物很有趣，某些人會靈光一閃，靠直覺看出事物的本質。尤其是置身在危險之中，這些人多半特別容易有那種優秀的直覺。

「這個點子很棒——在不會死人的迷宮裡，進行人體實驗。」

「進去裡面好像需要這種『手環』，但目前分析結果依然是一團謎。如果傳聞都是真的，進行軍事訓練也不用那麼辛苦了。」

技術部門的局長拿出一個小箱子，那個箱子被人封的很緊密，他拿給卡勒奇利歐看。

這個箱子裡放著蓋多拉拿回來的寶物之一——「復生手環」。

「那些事情聽起來當然很可疑。不過，若是我軍掌握這個迷宮……」

那樣他們就能判別流言的真假，如果事情都是真的，那將是一大成果。

「喔喔，原來卡勒奇利歐大人野心勃勃，不惜跟魔王一戰？」

「這是當然的。沒事去找對方的碴是下下策，但是朱拉大森林在我們的侵略路線上。再加上那座迷宮位於不可忽視的位置，總要有人出面處理吧。」

「呵呵呵，真敢講。」

在那之後，卡勒奇利歐和技術部門的局長相視而笑。

「能夠穩定供應『魔晶石』，又能拿到很有效率的實驗場所。假如事情進展順利，我們還能奪取敵人的新兵器。」

「那麼就必須搶先其他軍團，讓卡勒奇利歐大人的機甲軍團先過去鎮壓。」

「這還用說。你只要在那等著，期待結果就行了。」

技術部門的局長露出愉快的笑容，卡勒奇利歐臉上也浮現淺笑。

「不過大師老了，頭腦也開始不清楚了。」

「沒錯。被『魔晶石』蒙蔽雙眼，沒有看出迷宮更重要，還誤判劍的性能。」

「一直仰賴魔法才會產生這種害處吧。像這樣能夠讓等級出現變化的武器，真是前所未聞。」

卡勒奇利歐認為技術部門的局長說的沒錯。

蓋多拉是一個偉大的男人，然而現在已經不是靠魔法的時代。吹起新的風潮，那就是科學，這樣東西跟魔法相輔相成，開創新時代。

（正因為這樣，機甲軍團才該讓我率領。那個老傢伙如果安分一點，我還會稍微尊敬一下。既然他現在跟那個什麼優樹聯手，就沒必要跟他客氣。）

想到這邊，卡勒奇利歐腦海中浮現一個作戰計畫。

同時跟好幾個魔王作對是愚蠢，但只對付魔王利姆路就沒問題。

而且「暴風龍」早就被當成討伐對象，那也是帝國一直以來的願望。卡勒奇利歐打算以新開發的兵器來讓「暴風龍」就範。

假如成功了，就算出現些許犧牲還是有利可圖。然而蓋多拉大師卻堅決反對。

因此這成了卡勒奇利歐和蓋多拉對立的關鍵原因。

（哼！只要能夠收服那隻邪龍，什麼史萊姆魔王根本就不是我們的對手。這次一定要讓大家知道我們才是帝國最強的軍團！）

時機已經到了——卡勒奇利歐為此感到興奮。

蓋多拉跟他作對，他要挫挫對方的銳氣，鞏固在帝國境內的地位。

因此卡勒奇利歐必須建立功名，無論如何都得讓機甲軍團討伐邪龍。

為此——

「我們在下次的御前會議上進言，主張進軍吧。」

「喔喔，總算……」

「嗯」了一聲，卡勒奇利歐點點頭。

用不著等魔王準備好。他要拿這些當理由，讓反對的人閉嘴。

（蓋多拉，我絕對不能讓你超前。還有那個臭小子優樹。跟蓋多拉聯手就得意忘形了嗎？我要讓你知道自己有多少斤兩。）

卡勒奇利歐在嘲笑愚蠢的同僚。

明明有機會可以獲取重要情報，那個笨蛋卻沒發現這件事，就這樣錯過了。

反正只不過是個半路出家的蠢才罷了——卡勒奇利歐對此深信不疑。

一面嘲笑同僚，卡勒奇利歐繼續思考。

該怎麼做才能讓自己享有最多利益？

他深入思考這件事情，一面整理要向皇帝上奏的事。

——由於卡勒奇利歐採取行動，帝國開始有動靜。

●

御前會議正要展開。

這次情況跟平常很不一樣，不只是參加的兵將，就連在場的文官都很緊張。

大概是察覺到這種氣氛，跟此事無關的人都不想靠近大會議場。

這次會議跟平常不一樣。

這點人們都感受到了。

有人宣布皇帝駕到，人人不約而同低下頭。

在簾幕的另一側，似乎有人出現。

那就是統一帝國的皇帝魯德拉·納姆·烏魯·納斯卡。

立於最強軍事大國——納斯卡・納姆利烏姆・烏爾梅利亞東方聯合統一帝國的頂點。

沒有人知道皇帝心裡在想什麼，那聲音就出現在簾幕另一側。

除了幾名近侍，沒人看過皇帝的真面目，是至高無上的存在，只是待在那裡就讓他人不敢造次。

皇帝是唯一，不容質疑。

敢對皇帝發表意見的人就只有一小部分。

會議室裡有將近兩百個人。

首先是「三大將」——他們是各個軍團的軍團長，還有他們的副手。

帝國皇帝近衛騎士團的精銳人員一字排開。

還有處理國家行政事務的大臣，以及身為國家中樞的大貴族院。各界菁英全聚集在此，低垂著頭。

肅穆的大廳裡只剩衣物摩擦聲。

後來那聲音消失了。

就在這一刻，丞相朝典儀官使眼色。

「皇帝陛下駕——到——！」

聽到這句話，會場所有人全都不約而同道敬詞。

打破寂靜，有如怒吼一般，百聲齊鳴。

這場御前會議就此開始，要論將會在歷史上留名的大長征孰是孰非。

……………

…………

……

御前會議在嚴肅的氛圍下展開。

這次議題提到大長征，一派人主張慎重行事，另外一派人主張出兵，在這之中那些好戰分子又出現意見分歧，共分成兩派。

首先要問開戰的名目是什麼？

這是一個蠢問題。

因為皇帝如此希望，所以才要掠奪，只是這樣罷了。

那樣可行嗎？

這個時候意見又出現大幅度分歧。

有人主張應該要審慎行事，有人主張從正面進攻，蹂躪敵人。

那些文官認為應該要勸對方投降，施加壓力進行脅迫，從外交交涉開始下手。

假如皇帝希望開戰，那他們就沒有提出意見的餘地。

可是目前皇帝並沒有下聖旨，在會議進行中，人人都有自己的看法。

開戰是遲早的事。

問題在於要用什麼方法。

掌管各地的魔王也很礙事，但只要沒有侵犯他們的領土，他們就不會有所行動。

障礙就只有「暴風龍」維爾德拉。

後來大家議論的矛頭都指向朱拉大森林。

其中有一個人出來上奏，說反對戰爭。

「臣惶恐，陛下。老夫反對出兵。」

他就是帝國的大魔法師——蓋多拉大師。

蓋多拉一點也不懼怕皇帝，他大大方方進言。

「說這什麼懦弱話！又要提這個嗎，蓋多拉閣下？」

有人嘲笑蓋多拉，他是「三大將」之一——機甲軍團的軍團長卡勒奇利歐。每次都這樣。

這兩個人分別代表慎重派和好戰派。

「如果只是想打擊西方，那沒問題。可是朱拉大森林裡頭有邪龍維爾德拉。兩年前才剛確認邪龍復活。當然要慎重一點！」

有人跟他持相同看法。

也有人笑蓋多拉軟弱。

維爾德拉帶來的災禍推算回去早就已經經過三百年以上，那份恐懼早就隨風而逝。如今更多人都主戰，蓋多拉這方情況不樂觀。

卡勒奇利歐已經看穿這點，想要藉著話語進一步煽動。

「大師，您審慎處事的態度值得我們學習。不過我已經說過很多次了，用來對付維爾德拉的對策萬無一失。靠我們開發的新兵器，有機會讓那隻邪龍臣服！」

「可笑！別說夢話了，卡勒奇利歐閣下。既然不能否認這次行動有可能失敗，當然要慎重行事才行。而且現在還有新的魔王支配那座森林！雖然魔王之間不可能聯手，但刻意與之作對不是好事。而且那隻邪龍已經復活了，似乎還跟新上任的魔王利姆路聯手。一般而言大家都會跟魔王講好井水不犯河水！」

只要通過跟舊克雷曼領土相連的「死亡溪谷」，要讓大軍移動是有那個可能性。然而他們沒有選擇這麼做，是因為帝國不想冒犯魔王蜜莉姆管轄的區域。

穿過肥沃的大地，行軍速度將會比穿過森林更快。然而獲取的利益並沒有大到足以讓他們觸怒魔王蜜莉姆。

同樣的，只要穿過朱拉大森林，他們就能對西方下手。不過，如今「暴風龍」維爾德拉已經復活，還跟魔王利姆路聯手。

用不著故意增加敵人——以上是蓋多拉的主張。聽到這個意見，有好幾名文官都點頭表示贊同。然而卡勒奇利歐嗤之以鼻，還質問蓋多拉。

「那麼，蓋多拉閣下莫非是要我們放棄帝國長年以來的夙願？」

若是不穿過朱拉大森林，要將大軍派往西側就很困難。正因為這樣，卡勒奇利歐這一問獲得軍事部門的支持。

「卡勒奇利歐閣下說的有道理，大師。面對偉大的帝國軍，區區一個魔王根本算不上威脅！」

「當著陛下的面竟敢出言不遜！莫非蓋多拉閣下想要違背皇帝的旨意——！」

「不！你們想想看，與其跟魔王為敵，還不如請矮人王協助才是上策。這樣我們不會受到損害，掌握西方也相對容易！」

蓋多拉大聲吆喝，反駁那些反對意見。

然而卻有人嘲笑蓋多拉的主張。

「可笑的是你，蓋多拉閣下。矮人王是德高望重的男人，人稱劍聖。上一代也是英雄，這一代的王也具備不凡實力。他的夥伴都是赫赫有名的英雄，比起屠殺初來乍到的魔王，這邊更是強勁的對手吧。就連我都想雙手合十求饒了，但這次重點不是那個。和英雄作戰不如去討伐魔王，這樣世人看我們的眼光也會比較正面！」

有人說出這句話，是「三大將」之一。

魔獸軍團的軍團長——獸王格拉帝姆。

光只是站起來就散發壓迫感，足以壓制全場。

果然很有王者風範。

就連魔獸，格拉帝姆都能靠力量讓他們就範。是帝國內首屈一指的武鬥派，擁有高度戰鬥能力的軍團長。

階級是大將。

人們都說——他是帝國內第二強大的男人。

雖然格拉帝姆沒有在「個位數」之內，他是「十位數」，但是因為他夠強，因此很早就當上軍團長。他用不著再跟人爭強弱排名，自認自己是最強的。因此對於據稱比自己還強的「元帥」，他一直很不是滋味。

據說這個人擁有獸人族的血統，但不確定是真是假。是屬於蠻不講理靠本能行動的類型，蓋多拉不擅長應付這種人。

「原來是格拉帝姆閣下，這樣子比較是不對的。老夫只是要大家拉攏蓋札王！」

「愚蠢。如果要一起併吞矮人王國，你的說辭我能理解。敢妨礙帝國一統天下，只要把那些傢伙全都打得落花流水就行了。但是！你在這玩什麼離間計。就是因為你老說這種溫吞的話，就算現在作戰兵

力都已經備齊了，我們還是無法展開行動不是嗎——！」

「說什麼傻話！矮人王國可是天然要塞，居然想把它打下來——」

「住口——！竟然當著陛下的面說這種沒用的話，就是因為這樣你才會被人罷免，沒辦法繼續當軍團長——！」

獸王格拉帝姆大聲吼出這句話。

他說的是事實。

大約三十年前，蓋多拉率領的魔法軍團為帝國三大軍團之一。然而如今有能力的人都被分派到技術部門，其他人則轉調各個單位。

原因在於使用魔法只能仰賴才能。

首先沒有魔力就無法操縱魔法。並非靠努力就能學會，因此會用的人少之又少。

雖然在戰鬥方面也很有用，但後來帝國開發出可以取代魔法的武器。

那就是小型魔導兵器——「魔槍」。

以魔石作為能量來源，發動刻在槍身上面的魔法陣。如此一來，這個武器就可以讓任何人都能使用魔法。弱點是只能放出一種魔法，但實用性自然不在話下。

至於打近距離戰鬥，他們有「帝國式魔法劍」。在原理上也是一樣，附加了強化武器的魔法，是一種小型魔導兵器。

就是因為有這些東西，技術部門才發現來自迷宮的孔洞武器有什麼作用。

大家想的都一樣——簡單講就是這樣。

現在沒有才能的人也能使用魔法，魔法軍團再也沒有任何作用。

彷彿在宣告魔法時代終結，對蓋多拉來說是件令人悲傷的事。

除此之外，還有另一個人嘲笑這樣的蓋多拉。

「哈哈哈，大師。你已經老了。你的魔法知識對帝國來說是珍寶。也有協助我們機甲軍團開發新型魔導兵器……但就跟格拉帝姆閣下說的一樣，剛才那番話不太妥當。你是變膽小了不成？」

卡勒奇利歐輕蔑地嘲笑他。

貴族院和軍事單位都傳出偷笑的聲音。

「你們真的理解嗎？那隻邪龍掌管暴風，是這個世界上最強的種族啊！」

「大師你才不懂。帝國軍跟以前不一樣了。許多來自另一個世界的人把知識帶過來——我們學習這些『科學』，開始擁有跟這個世界截然不同的技術體系，我們帝國軍的軍事力量與前一個世代相比，已經增加好幾十倍。像你這種跟不上時代的魔法師，已經跟不上現在的戰鬥方式了。就承蒙皇帝陛下恩寵，乖乖隱居吧。」

「你、你說什麼——！」

蓋多拉為此憤慨，但其實都是在演戲。

畢竟蓋多拉已經對魔王利姆路投降了。他盡量朝不要開戰的方向進言，但之後的事情他就不管了。

（這些傢伙真的很可憐。科學是很棒的知識沒錯，但是就連魔導王朝薩里昂也有屬於他們的機密知識——「魔導科學」。利姆路陛下原本也是「異界訪客」，帝國靠這些軍事力量確保他們的優越地位，但就不曉得能起到多少作用了……）

事到如今蓋多拉已經認識魔國聯邦、認識利姆路，他開始懷疑帝國是否會獲勝。

他不希望原本那些同僚遭遇不測，也覺得皇帝陛下對自己有恩。因此才盡量努力誘導大家，希望能夠避免戰爭，但若是失敗，到時候又要另外看著辦了。

想必優樹會發動政變，一旦政變發生，他打算去確保皇帝的人身安全。

優樹應該會想暗殺皇帝吧。既然他的目的是征服世界，最礙事的莫過於偉大的領導者。

如果是以前，蓋多拉會打算丟著不管。然而如今挑起戰爭的理由已經消失，優樹的做法會讓整個世界陷入混亂，蓋多拉可不容許他這麼做。

（不過之後會怎樣就不曉得了，繼續進言八成沒什麼意義。那麼接下來就要依照利姆路陛下的命令行事，「讓帝國軍的注意力都放在地下迷宮上」。）

蓋多拉暗自下定決心。

然後開始注意現在依然沉默不語的優樹。

*

看到蓋多拉陷入沉默，卡勒奇利歐認為自己贏了。

蓋多拉的魔法軍團遭到瓦解，軍事結構重新編制。之後蓋多拉只能掛名當機甲軍團的技術顧問。

但他身上那股足以稱之為英雄的力量眾所皆知，搞不好依然具備比卡勒奇利歐更大的影響力。

（推薦優樹這個臭小子當軍團長，那也是蓋多拉一人獨斷。真令人火大。）

這件事讓卡勒奇利歐覺得很不是滋味。

大魔法師蓋多拉——被人如此稱呼的英雄現在也老了。但他的功績依舊輝煌，免不了要敬他幾分，

卡勒奇利歐也這麼想，不過……

（哼，反正他已經是舊時代的人物了。事到如今反倒變成一個老禍害……）

隨著時代演變，帝國的戰鬥力愈來愈強。這個可憐的老人已經跟不上腳步——那就是現在的蓋多拉。

帝國迎接新時代的到來。

新生代三大軍團非常強大，以前根本無法相比。

…………

…………

……

卡勒奇利歐率領的「機甲軍團」——

結合另一個世界的科學技術和他們的魔法技術，成為帝國最大規模的軍團。可以動員的軍隊總人數超過兩百萬。不過這連在帝國各地待機的軍隊人數也計算在內，因此若是要立刻展開軍事行動，事實上頂多只能動員百萬人。

即使如此那也是大規模軍團，百年前根本無法想像，可以說是超乎常理。

再來是格拉帝姆率領的「魔獸軍團」——

運用來自另一個世界的技術——DNA分析，他們已經可以培育捕捉過來的魔獸。將培養起來的魔獸再教育並進行強化，成為這個軍團的中心。

像是依照至今為止的常識，不可能實現的魔獸培育。他們不僅實現這點，甚至還馴服那些魔獸。如此一來就可以讓強韌的魔獸成為騎獸。

騎著這些魔獸的人都是帝國內的英雄。

從遠古時代就很活躍的英雄血脈——他們拿來做分析，讓那些人擁有這股力量。

他們一生下來就是強者。

讓留在他們血統中的力量覺醒，魔獸軍團裡的成員個個都是英雄。

要有他們那樣的才華，據說十萬人之中只有一個，這個軍團的人數很少，就只有三萬人。然而他們騎乘的魔獸都在A^-級以上，人魔一體的強度深不可測。

只有三萬人就能被稱作軍團，是帝國引以為傲的最強精銳部隊。

再來就是優樹率領的「混合軍團」——

雖然這支部隊成員繁雜，但他們的潛在能力非常高。

不懂得群體合作，這些脫序分子都被蒐集過來，那裡是這些多餘成員的巢穴——世人一般都如此認為，但其實那樣的評價是錯誤的。之所以無法跟其他人協調，是因為他們每個人的能力都很優秀。

個人才華很突出，厲害到難以控制——裡頭有許多都是「異界訪客」，潛在能力是未知數。

還有因為進行各式各樣的實驗，某些個體開始具備無法重現的犯規要素——擁有超越A級力量的魔獸，雖然很難駕馭，卻擁有超凡的戰鬥能力。

以及不清楚事情為什麼會變成那樣，但擁有的性能棄之可惜的兵器——許多新實驗下的產物都聚集在這個部隊裡。

之前他們單純都只是受人管理，後來優樹這個領導人出現在他們面前。結果就產生猶如王牌的混合軍團，力量高到難以用數值計算。

該軍隊的總人數共有二十萬人。

這之中半數都是從事情報活動的將校或是一般事務兵，實際上可以出動的士兵人數為十萬人。

這裡頭還包含一個精心挑選成員組成的部隊。

那些人都信奉優樹，他們是混合軍團的靈魂人物。

…………

…………

……

以上就是帝國的三大新生代軍團。

那是一股龐大的戰力。

只要皇帝一聲令下，現在馬上就能出動為數一百一十三萬的軍隊，並展開軍事行動吧。

目前帝國情報局已掌握西方諸國的總戰力，換算成軍隊人數不到百萬。考量他們可能動員的人數，可以聚集到四十萬就很值得慶幸了。

而且他們不認為各個國家會順利聯手，結論就是八成沒辦法在軍事上面巧妙運用。

對付四十萬烏合之眾，帝國可是有超過百萬名的精銳。

這支大軍對上敵人，對方根本不是他們的對手。

在這支壓倒性的帝國軍中，核心就是卡勒奇利歐率領的機甲軍團。

這次卡勒奇利歐打算派出特別挑選出來的戰鬥人員上場作戰。

他預計動員百萬名，成員如下。

主力是「機甲改造兵團」——

汲取來自另一個世界的技術，對那些士兵進行魔法改造。個人戰鬥能力最低也有C⁺。其中某些人甚至來到A級。

兵團裡頭的士兵人數有七十萬人，是讓其他人望塵莫及的主要部隊。

拿來當決戰兵器的「魔導戰車師團」——

他們具備實用的新型兵器魔導戰車，共有兩千台。

魔導戰車要由五個人操控，但能發揮非常厲害的性能，打破至今為止的常識。

主砲名字叫做「魔導砲」，一打出去就能達到兩千公尺秒速。能夠裝填五十發彈藥，一分鐘內可以射五發，威力非常驚人，破壞力足以媲美戰術級魔法——超高級爆焰術式。

順便補充一點，雖然是運用魔法原理發射，砲彈本身卻是「鐵塊」。能夠輕易貫穿對付魔法的結界或是對弓防禦等等，是令人畏懼的質量兵器。

原本這樣的威力只有魔導師能夠駕馭，屬於少數菁英，但現在連一般士兵都能運用。再加上防禦起來很困難，這背後蘊含莫大的意義。

包含維修小組在內，裡頭的士兵人數共有二十萬人，只要增加戰車的數量，戰鬥力就會增強吧。

還有機密兵器「空戰飛行兵團」——

裡頭有四百架飛空艇。

這可以說是帝國的寶物，是另一個世界的知識結晶。

每一台飛空艇最多可以搭乘四百人。

由五十名工作人員進行操作，其他人負責發動防禦魔法，或是控制砲擊。裡頭設置許多個魔法增強砲，是攻擊防守都很優秀的戰艦。

也是很有用的運輸手段。

說這個時代「沒有制空權概念」也不為過。完全沒有在警戒空中的情況，可以趁敵人疏忽大意的時候運送大規模兵力。

想要前後包抄敵人，只要運用飛空艇就能簡單實現。

這就是一個顛覆既有戰術理論的發明。

兵團共有十萬名士兵，前「魔法軍團」的大半成員都隸屬於這個兵團。

因為準備如此大規模的兵力，卡勒奇利歐覺得自己無所不能。

舉例來說，雖然要看國家規模而定，但這個世界的騎士平均實力頂多只有C級。利用武器或防具灌水，再進行嚴苛的訓練，這樣也不保證能夠勉強達到B級。

反之看看機甲軍團，只要成員有意願，就能對他們進行魔法改造。若是在健康診斷中展現高度的相容性，將會半強迫他們接受改造手術。

結果成功讓整個軍團的戰鬥能力從谷底翻身。

關於這點，駐留在各地的人也不例外，卡勒奇利歐相信帝國已堅若磐石。

至於這次的大長征，他預計要把所有的魔導戰車和飛空艇都派出去。

就算其他國家聯合起來，這些士兵的水準仍遠遠超越他們。

再加上還有許多首次公開的新型兵器。

想要讓大家見識帝國的威力，必定要派出機甲軍團——卡勒奇利歐如此確信。

（我們有這麼厲害的軍隊，不管是維爾德拉也好、魔王也罷，都沒什麼好怕的！光靠我的軍團也能稱霸世界吧！）

心裡滿懷這樣的自信，卡勒奇利歐再觀察蓋多拉有何反應。

因此他才注意到一件事。那就是蓋多拉轉動目光看向優樹。緊接著下一瞬間，優樹就像在等待這個機會一樣，他開口說話：

「蓋多拉老爺爺太過慎重，我也贊成這樣的說法。在我看來，我們對『暴風龍』未免警戒過頭了。就跟卡勒奇利歐軍團長說的一樣，如果是現在的帝國軍，要對付他們應該沒問題吧？」

在這個御前會議上，優樹首次開口。

沒想到他居然贊成自己的意見，這讓卡勒奇利歐心生警戒。

（這傢伙是想趁這次機會毛遂自薦去進攻迷宮吧？以為我沒發現那件事情，太天真了！不懂得掌握情報，哪能擔起軍團長這個重大任務！）

心裡雖然這麼想，卡勒奇利歐還是朝優樹露出友善的笑容。

要說例外還是有格拉帝姆這號人物，但他只是因為強大到超乎常理才會被選來擔任軍團長。區區一個優樹，要當軍團長還太早了，平日裡卡勒奇利歐就把優樹視為眼中釘。

隱藏心裡的這一面，卡勒奇利歐開始說話。

「不愧是優樹閣下。身為新銳年輕人，氣勢果然不同凡響。」

「不，你過獎了。比起那個，在我看來若是要發動戰爭也要先進行調查吧？想要穿過朱拉大森林，必須通過魔王利姆路管轄的區域。可是這裡出現一件有趣的事情，聽說那個魔王能夠讓他們的都市逃進迷宮之中。」

「哦，你是說迷宮嗎？」

「對。正確說來應該是地下迷宮。不知道背後有什麼樣的原理，但是聽說整個都市都消失了，只在地面上留下一扇大門。」

佯裝不知情的卡勒奇利歐如此詢問，優樹則一副「正合我意」的樣子，朝他做出答覆。

（哼，無聊。他是想說自己要過去調查，打算奪走能在地下迷宮獲取的利益是嗎……所以我才說你太嫩。）

想到這邊，卡勒奇利歐暗自竊笑。

「這樣啊，這個消息準確嗎？」

「假如都是真的，我們就不能忽視那座地下迷宮。當我國軍隊通過後，他們可能會從背後進攻。」

「的確。假如西方並沒有那麼笨，想必他們會打造防線來加強守備吧。若是被魔王的軍隊切斷補給，我軍將會陷入絕境。」

「這麼說來，通過朱拉大森林就很危險了。」

聽優樹這麼說，大家開始各自表態。這似乎就是優樹要的，他臉上的表情也跟著一亮。

「這個情報的可信度無庸置疑。畢竟是蓋多拉老爺爺親自出馬，為我們調查出來的！」

找個合適的時機，優樹說出這句話。接著乘勝追擊，繼續把話說下去：

「蓋多拉大師已經親眼確認過，他認為魔王利姆路很具威脅性，而且還帶回某個傳聞。那就是據說地下迷宮總共有一百層，守護者就是『暴風龍』維爾德拉。這個傳聞並沒有確切根據，然而調查活動因

為在地下六十層出現犧牲者就被迫中斷。聽說這個樓層就連『勇者』正幸都還沒有突破過，我想難易度換算起來大概相當於A+。不管要從哪一個路線進攻西方，我覺得都有調查的必要。」

拋棄之前那種吊兒郎當的態度，優樹用認真的語氣訴說。

「竟然出現犧牲者……」

「真是令人遺憾。我能體會優樹閣下的心情。」

「只是去進行調查沒問題，就交給混合軍團處理吧。」

貴族們開始你一言我一語發表高見。卡勒奇利歐看了開始感到煩躁。

（嘖，都是一些被金錢收買的蠢才！優樹這小子，要什麼小聰明。這傢伙不應該當軍團長，應該去當政客才對。）

看優樹表現出如此真摯的態度，就連沒有被收買的人都開始站在他那一邊。對此感到不悅的卡勒奇利歐決定出聲。

「先等一下！」

他大聲說著，人還跟著站起來。

然後對著簾幕的另一側向皇帝一鞠躬。

「陛下！看樣子蓋多拉大師和優樹閣下非常害怕維爾德拉，但我不一樣。當然，西方諸國根本不值得一提！希望陛下能夠心安，而這也是我的願望，請您務必下令讓本人卡勒奇利歐去『征服他們』！如此一來，本人卡勒奇利歐將賭上身家性命趕赴戰場！」

卡勒奇利歐向皇帝如此上奏，他的話震撼全場。

居然敢對皇帝直言，要皇帝順應他的意思，好大的膽子。

「什麼！竟敢說這麼大逆不道的話──」

「卡勒奇利歐閣下，做這種事情不可原諒啊！」

「卡勒奇利歐，你是打算偷跑嗎？陛下，我們魔獸軍團也一樣，隨時都能出戰。請您也下令要我們出征！」

就在這個時候，連格拉帝姆都毛遂自薦。

優樹趕緊接話。

「既然這樣，請您務必讓混合軍團前往調查！」

就連優樹都站出來了，「三大將」不約而同低頭請命。

事到如今能夠平息這個場面的人只剩下皇帝。

──不。

還有另一個人。

那個人在簾幕後方站了起來，露出豔麗的笑容。

那就是帝國軍的最高領導者──「元帥」。

「你們這些笨蛋稍安勿躁。你們可是在魯德拉大人跟前面聖呢。」

竟敢直呼皇帝的名字，一般人是絕對不能做出這麼失禮的舉動。而能面不改色做出這種事的，就是位列「元帥」之人。

＊

所謂的「元帥」，等同帝國裡最強的人。
只有極少數的近侍知曉其真面目。
就連名字都沒有對外公開，據說此人總是待在皇帝身邊，保護皇帝的安危。
因為這個人說了那麼一句話，現場頓時安靜下來。
所有人全都行叩拜禮，一道聲響從空中傳來。
「維爾德拉算什麼。上次大長征受他阻礙，但帝國可有因此產生動搖？」
「「不！」」
「這是當然的。因為這個帝國由偉大的皇帝陛下守護。」
「「是——！」」
已經不單只是為之震懾了，不管是誰都無法違抗，這樣的氛圍支配現場。
就在這個時候，「元帥」開口問話：
「你叫優樹是吧。雖然你到帝國還不滿一年，但累積的功績值得嘉許。不過很溫吞，太過溫吞了。自從維爾德拉復活之後，為什麼到現在帝國都沒有採取行動，你可知道理由是什麼？」
「因為還沒準備好——」
優樹心想都什麼時候了還問這個，但他還是給了不至於得罪人的答案。
然而「元帥」輕蔑地笑了出來。
「不是這樣。是因為那些笨蛋被過去的恐懼囚禁，一直找理由逃避。對吧，蓋多拉，沒錯吧？」
「是、是的——！」
每個人內心深處都很明白，知道事情就是那樣沒錯。

就連蓋多拉都不例外——他沒辦法回答「不是」。沒有去議論是否能夠戰勝「暴風龍」，他陳述的意見一直以來都是要迴避戰爭，因此沒有半點反駁的餘地。

（——不過，這是怎麼了？為什麼「她」會如此焦急？）

蓋多拉是少數知道「元帥」真面目的人之一。因此他才感覺得到，總是很超然的「元帥」好像有點焦躁。

然而他沒辦法在這個時候問明白。

在不知道理由的情況下，蓋多拉只覺得隱約有種不安的感覺。

「元帥」繼續追問：

「想要去跟矮人王蓋札交涉——那不可能行得通吧？照理說你應該明白這點才對，為何如此固執？還是說其實你比我想像中更蠢？應該不是在妨礙帝國的霸業吧？」

這冷酷的聲音讓蓋多拉背脊發寒。

（被她看透了嗎？居然……）

蓋多拉覺得難以置信。

他在帝國算是元老級人物，甚至是皇帝的諮詢對象。就連這樣的蓋多拉碰到「元帥」都不免怯場。

（這麼說來……老夫連她的「名字」都不知道……）

蓋多拉受人信賴，而且他確實是重要人物。

然而這或許只是蓋多拉一廂情願的想法。想到這邊，蓋多拉為之愕然。

除此之外，帝國——應該這麼說，皇帝究竟是何許人也，這是他第一次對這件事情抱持疑問。

不去管這樣的蓋多拉，「元帥」的矛頭指向卡勒奇利歐。

「那麼卡勒奇利歐，你應該有勝算吧？」

「是——！當然有，元帥閣下！」

「是嗎？那就把你想到的作戰計畫告訴我。」

「這、這個……」

卡勒奇利歐原本很有氣魄，但是面對「元帥」的霸氣卻被壓過。

想要靠大軍的多數勢力來攻陷對手，他這才被迫發現自己這種想法過於幼稚。

關於跟「暴風龍」對戰，卡勒奇利歐也有腹案。

因為他長年以來都在為這件事情精心策劃。

卡勒奇利歐並不害怕維爾德拉。

反正不過是隻龍——他一直這麼想。

有一些龍棲息在柯奈特大山脈，那些確實是很厲害的魔物。

棲息在山麓的低階龍姑且不論，如果成長到中階龍，這些個體的強度可是在A級之上。

如果是具備屬性的高階龍族，那可是很危險的對手，足以顛覆一個小國。

可是換成帝國，他們只要從機甲改造兵團派出大隊規模的戰力——大約五百名，就能夠鎮壓。他們有好幾次的軍事訓練都是討伐龍，只要沒有弄錯什麼，應該不至於出現太大的損傷。

這就是帝國強大的證明。他們的國力足以養好幾萬兵將，就算對手是一群龍也能夠戰勝。

維爾德拉也是龍的一種——這是卡勒奇利歐的認知，只不過是一隻龍，有什麼好怕的？他甚至產生這樣的心境。

魔物有多強，那是看魔素量的多寡決定。不管是多麼強大的個體，都適用這樣的規則。

龍之所以強，是因為蘊藏著彷彿跟其質量成正比的龐大魔素量。

有很高的防禦力，還有可對一大片範圍進行殲滅的噴射攻擊。之所以能辦到這些，都是因為龍具備壓倒性的魔素。

既然如此，用不著正面硬碰硬。

卡勒奇利歐他們自有妙計。

他們已經在開發機密的新技術，叫做「魔素擾亂放射」。

如果想靠魔法讓對手變弱，很可能對龍起不了作用。某些個體甚至能靠「魔力妨礙」使其失效。然而這種新技術不受影響。

只要照射「魔素擾亂放射」，就會對魔素這種物質產生影響。那不是在操控魔素，而是讓魔素陷入混亂。換句話說擁有讓魔素這種物質失控的效果。

如果對手是魔法師，他們就會受到妨礙不能詠唱，這樣魔法就沒辦法發動。

如果對手是魔物，用來架構身體的魔素就會被擾亂，活動上會有困難。簡單來說就是會變弱。若是進展順利就能讓對手失去力量。

這拿來對付像維爾德拉那樣的高魔素聚集體特別有效，也是卡勒奇利歐那麼有自信的原因。

他還有另一個王牌，就是魔導戰車。

「魔導砲」的威力驚人，就算面對大型魔獸也有辦法一擊致命。他們拿抓來的龍實驗，結果發現就算是A級的成龍也能靠「魔導砲」一擊斃命。

再來就是殺手鐧飛空艇。

飛空艇是一種機密兵器，可以說是魔法技術的結晶。

最高速度甚至凌駕音速。用血肉做成的生物不可能在這樣的速度之下逃離。

為了跟維爾德拉作戰，卡勒奇利歐想到的作戰計畫內容如下。

讓行動速度較快的士兵把維爾德拉引誘出來，然後用設置在森林裡的魔素擾亂放射封住他的行動。

接著乘勝追擊，飛空艇也放出大規模的魔素擾亂放射進行照射，徹底讓維爾德拉變弱。

最後給出致命一擊，利用兩千台魔導戰車同時射擊「魔導砲」。這樣一來就算是遠古邪龍肯定也會消滅吧。

（就算他活下來好了。不管「龍種」有多強，都不可能毫髮無傷。）

所謂的戰鬥就是掌握愈多情報勝算愈大。他們殺死無以計數的龍，已經累積足夠的情報量。

卡勒奇利歐相信他們會獲勝，抱持絕對的自信。

然而向「元帥」說明的卡勒奇利歐卻語帶保留。

「就、就是配置戰車隊，然後再將邪龍引誘到那邊……」

由於卡勒奇利歐一直認為靠龐大軍力就能獲勝，所以他預計詳細的作戰環節到現場再決定。

不管前方的路有多險惡，只要有戰車都能在森林中開出一條路。

據說從矮人王國那邊還有街道相通。如果走這邊，聽說道路還寬到可以讓戰車輕鬆通過。

他自認布局戰車也是小事一樁，但是面對「元帥」可不能亂講話。

（我過於專注增強戰力，輕忽最重要的現場調查。這是我的失策吧……）

卡勒奇利歐身上仍保有做出如此判斷的理智。

「無能。我看你搞錯方向了吧。滅掉維爾德拉是要做什麼？」

「——啊？」

不曉得對方為什麼這麼問，卡勒奇利歐不禁回問。

面對這樣的卡勒奇利歐，「元帥」冷眼逼視。

「維爾德拉之前一直被封印，你認為帝國為什麼沒有展開行動？」

「這、這是因為還沒準備好——」

「不是那樣，蠢才。是為了等維爾德拉復活，要以完全型態一決勝負。如此一來才能讓大家知道皇帝陛下的厲害。為了實現這點，毀滅維爾德拉有什麼用？必須要打倒並支配他，這樣才算帝國獲勝！」

會議現場一片寂靜，那句話壓迫全場。

每個人的心臟都好像被緊緊抓住一樣，分不清是為此恐懼或是畏懼，被那樣的感情支配。

蓋多拉也同樣感到戰慄。

（不會吧，說這話是認真的？之前明明都做了那麼多說明，說精神支配沒用。但是——）

但是「元帥」這句話卻莫名有說服力，總讓人覺得或許有可能做到。

察覺這點，蓋多拉心中湧現難以言喻的恐懼。

（這麼說來，想想其實也讓人覺得不可思議。「元帥」究竟是什麼人？老夫明明見過她，但至今為止不知道對方的名字卻從來不曾起疑。這、這莫非是……）

實在不想承認這個事實，然而蓋多拉被迫面對。

那表示「元帥」可能是超越帝國大魔法師蓋多拉這般如此優秀的精神支配高手。

與其說可能，倒不如說幾乎能如此確定。

這時蓋多拉睜開眼睛，目光對準簾幕的另一側。

簾幕用昂貴的平絹織成，映照出柔和的剪影。在蓋多拉看來，那就像超越人類想像的怪物。

假如那是「龍種」變成的人型姿態——蓋多拉開始產生這樣的錯覺，趕緊甩掉這樣的想法。

＊

會議上每個人都緊張地吞著口水，渾身僵硬。

「那麼我想上奏一個作戰計畫。」

這個時候有名少年出聲。

他是優樹。

光是在這種情況下還敢說話，其膽量就值得讚許。

「你說說看。」

一道溫和又冷酷的聲音准許優樹發言。

隱藏內心真正的想法，優樹行了一個禮。

「我認為現在不是各個軍團互相牽制的時候，因此決定毫不顧忌說出真心話。」

前面先用這句話鋪陳，接著優樹開始用嚴肅的表情闡述作戰計畫。

首先要讓機甲軍團正面進攻朱拉大森林。魔王利姆路的軍隊正在朱拉大森林和艾梅多大河交叉點附近集合。似乎正以該處的旅館小鎮當作根據地，進入戒嚴狀態。

話說帝國軍的行軍路線，將會從柯奈特大山脈和朱拉大森林之間通過。朱拉大森林東部沒有道路，穿過那邊會花太多時間。

他們可以來到矮人王國正面入口處，沿著艾梅多大河南下，就會抵達這個旅館小鎮。到時候就會兩軍交鋒，可是這邊會遇到一個問題。

「等等，優樹閣下。若是不穿過森林會刺激到德瓦崗！聽說蓋札王和魔王利姆路關係很好，兩個國家已經結為同盟。若是採取這樣的行動，我們不是馬上會被包夾嗎！」

卡勒奇利歐出面指證，他的意見很有道理。

不通過艾梅多大河沿岸的街道，而是穿過森林。之所以會這麼想，根本原因就是想避免跟矮人王國敵對。

一旦戰鬥開始，矮人軍也會派兵支援。為了因應這種情況，他們絕對不能讓人切斷軍隊的補給線。被夾在森林跟河川之間，整支軍隊將動彈不得。若是被人前後包夾，他們將會喪失人數眾多的優越性。就算有飛空艇好了，若是不能維持陣式就沒辦法補給。

對卡勒奇利歐來說，優樹的點子可不能聽聽就算了。

然而優樹似乎早就料到這點，他笑了一下。

「這點大可放心，卡勒奇利歐閣下。我們的目的不是旅館小鎮，而是矮人王國。既然蓋札王不願意跟我們交涉，這樣的國家就不算友好國吧？沒必要把他們留下來。」

「什麼——！」

優樹的發言讓卡勒奇利歐驚訝到說不出話來。

會議現場頓時陷入一片騷動。

「你打算進攻武裝大國德瓦崗？不，我們應該能獲勝，但不曉得會出現多大的傷亡！」

「根本沒有餘力繼續進攻西方。」

「畢竟那個國家就好像被天然要塞守護。」

如此這般，參加會議的人開始彼此交換意見。聽到那些話，優樹臉上的笑意加深。

「對。那個國家形同一座要塞。因為特別容易防守，所以至今為止都被說成易守難攻。可是我們這邊有戰車啊。因為德瓦崗特別加強魔法防禦，所以他們的守備能力才固若金湯。只要能夠突破這個防衛網，要攻下那種國家很容易吧？」

「唔唔……」

聽優樹指出這點，卡勒奇利歐認為也有道理。

假設他們要進攻矮人王國。

那他們的目標不是伊斯特就是威斯特。如果要讓敵人掉以輕心，他們就不會進攻在帝國隔壁的伊斯特，應該要進攻可以逃進朱拉大森林的正面入口聖德拉爾才對。

假裝他們要進攻魔王利姆路的旅館小鎮，然後直接用戰車部隊包圍聖德拉爾……

這樣不僅能阻止矮人王國加派援軍，還能同時打下旅館小鎮。

「——原來如此，這意外是個有趣的作戰計畫也說不定。」

「對吧？假如矮人王國陷入危機，魔王利姆路也必須採取行動。我們只要準備一個由我們掌握主導權的戰場，等著迎接對方——」

「那樣作戰情況就會有利於我軍吧。」

這樣可行——卡勒奇利歐點點頭。

「我想恐怕只有先遣部隊滯留在旅館小鎮內。話雖如此在朱拉大森林作戰有利於對手，不管怎麼樣都會讓我們蒙受較大的損失。不過若是一口氣打下矮人王國，這次那個天然要塞反而可以保護我們。」

優樹這番話有部分是在欺騙人。假如他們真的用「魔導砲」攻擊，一開始同時射擊就會毀掉聖德拉爾吧。就算對方逃進宛如迷宮的地下洞窟，入口附近的都市也會出現莫大損傷。

將來帝國會把這座都市吸收，然後進行重建吧，但是在這次戰鬥中無法利用。卡勒奇利歐注意到這一點，但他決定這次順著優樹的話講。

「我想事情應該不會這麼順利，但某些地方值得參考。至少比起在煩人的森林中到處追老鼠、設下陷阱守株待兔，一口氣殲滅更爽快。把他們打得落花流水之後，我們再進攻魔國聯邦的首都。」

「先別急，我的作戰計畫還有後續。各位也知道，比起團體作戰，我們混合軍團更擅長個人作戰。所以，我們這樣的特質最適合調查迷宮。剛才也提過，聽說地下一百層是維爾德拉在守護。為了弄清楚是假是真，有必要調查吧？」

原來你要出的是這招——卡勒奇利歐在心裡暗自竊笑。

他不覺得優樹會捨棄自己能夠拿到的利益，所以他早就想到對方會這麼說。

「那就不用了。假如你們無視旅館小鎮前往魔國首都，會有被人雙面夾擊的風險吧。既然如此就應該讓我的軍團向西方挺進，開出一條路前往那個什麼地下迷宮。畢竟一座都市消失，沒有親眼所見還是難以相信。必須假設魔王的主要軍隊就在那裡等著，以戰術上來說這樣比較合理吧。」

當卡勒奇利歐如此反駁，雖然只有一瞬間，但是優樹露出懊惱的表情。

卡勒奇利歐可沒有漏看。

（呵呵呵，你還太嫩。還以為一切都會照自己的意思發展，這個自以為是的臭小子！）

想到這邊，他沉浸在愉悅裡。

緊接著——

「這場軍事會議總算變得比較像樣了。也好，卡勒奇利歐看起來似乎很有自信，魔王利姆路就交給你吧。」

因為「元帥」的一句話，他們決定讓機甲軍團進行朱拉大森林侵略作戰。

「元帥」的話還沒說完。

「光只是這樣還太弱。既然要進攻德瓦崗，最好也對伊斯特施加壓力。這個任務就交給混合軍團。同時還要負責保衛首都，軍隊的編制就交給你這個軍團長構思。」

「……遵命。」

優樹原本還想反駁，但他打消念頭。因為從「元帥」的語氣聽來，這件事情已經沒有轉圜的餘地。取而代之，某個人有話要說，那就是剩下的軍團長格拉帝姆。

「請、請等一下！照這樣聽來，是要我們魔獸軍團留守嗎？我的軍團保證也會有所表現。懇請您——」

格拉帝姆一臉著急，朝著簾幕的對面大聲叫喊。假如對方下令要他們留在這裡，數量上較為劣勢的魔獸軍團根本沒有出場餘地。關鍵職缺都被人拿走，格拉帝姆將失去建立戰功的機會吧。

他絕對不要這樣，所以格拉帝姆才這麼拚命。

「別慌張，蠢才。我也有確實為你準備舞台。」

「什麼！那、那麼，我要負責做什麼？」

「你要率領魔獸軍團，全軍向北進攻。」

格拉帝姆順勢一問，聽到「元帥」給的答案，這沒頭沒腦的內容讓他為之驚愕。

魔王利姆路和蓋札王都會專心保衛自己的國家。他們可以趁機同時進行侵略，趁西方諸國大意殺他們個措手不及。

然後在西方諸國評議會採取對策之前，他們迅速建立行軍據點就行了。

「要我們向北進攻？是要翻過柯奈特大山脈嗎？」

看出「元帥」這番話背後的含意，格拉帝姆為之動搖。

道理他是明白的。這不只是從兩個方向正面進攻，而是從三個方向同時正面作戰，帝國具備相應的戰鬥力。

然而撇除戰略不談，從戰術角度切入，要實行這項作戰計畫有難度。竟然要派萬軍攻破柯奈特大山脈，這樣的點子讓人懷疑對方是不是瘋了。

格拉帝姆在猶豫要不要指正這點，對著這樣的他，「元帥」笑了出來。

「就是這樣，格拉帝姆。你要走海路進攻英格拉西亞王國。至於正在復興的法爾梅納斯王國，只要將德瓦崗打下，不論何時都能滅掉這個國家。」

「什、什麼？要走海路？不，可是我國根本沒有大規模運輸用的海上戰艦……」

「我們有喔。對吧，卡勒奇利歐？」

被人點名，卡勒奇利歐這下知道自己沒辦法矇混過去。直呼其名的無禮態度更是事到如今。在這種情況下，他連抱怨的力氣都沒了。

「元帥」給他的壓迫感就是這麼重。

「『元帥』說得沒錯。我軍已經開發出最新型兵器，那就是『飛空艇』。『空戰飛行兵團』就是採

用這種最新型兵器，他們應該能夠運送魔獸軍團。」

卡勒奇利歐這番話讓會場內的氣氛一口氣沸騰起來。

沒想到用不著經過朱拉大森林，要進攻西方諸國還有別的手段可用。

怪不得他們會這麼興奮。

「不過若是要跟『暴風龍』對戰，這也是必要的殺手鐧，我們只會幫忙運送，這樣可好？」

卡勒奇利歐這番話是對著格拉帝姆說的。

他會把一百台飛空艇留在自己手邊，進行最高限度的武裝。就算只靠剩下另外那三百台，能夠運輸的最大軍隊人數也不下十萬。至於飛空艇可以運輸的人員數量，一架可以載運四百人。就算扣除要來駕駛飛船的人員，一艘船還是能運送三百五十人。

魔獸軍團——裡頭有三萬名英雄，還有他們騎乘的魔獸三萬隻。加起來總共六萬，為了讓他們完全發揮實力，後方還有支援部隊，還要加上補給物資。若是要運送這些東西，有三百架飛空艇應該就足夠了吧。

雖然不能期待飛空艇本身的戰鬥能力，但要運送魔獸軍團相對容易些。

卡勒奇利歐立刻朝格拉帝姆秀出絕對不能讓步的底限。

格拉帝姆對此也心知肚明，他一面低吟一面陷入沉思。

跟魔王利姆路或是「暴風龍」維爾德拉對戰，這是武將的殊榮。錯過這份榮耀固然可惜，但是「元帥」提出的作戰計畫也很有魅力。

那電光石火的作戰計畫打破既有概念。

西方諸國一直疏於防範，想必不能應付格拉帝姆的魔獸軍團。

他們等同勝券在握，這樣的作戰計畫非常合理。

最重要的是，西方那邊似乎有一群叫做聖騎士團的英雄。他們不僅擅長個人戰鬥，據說打集團戰也是最強的。

聽說跟他們形成雙璧的法皇直屬近衛師團也很厲害，神聖法皇國魯貝利歐斯還有個坂口日向在。

她是法皇直屬近衛師團的首席騎士，也是聖騎士團的團長，是名副其實的最強騎士。威名甚至傳到帝國這邊，但是最近聽說她跟魔王利姆路打成平手。

既然如此，那種裝好看的最強騎士根本就不是格拉帝姆的對手。

他要驅逐日向率領的英雄們，蹂躪神聖的都市。

格拉帝姆身體裡流的野獸之血開始熱血沸騰。

「那好！若是能夠將我們順利運到戰場上，我就照這個作戰計畫行事！」

獸王格拉帝姆大吼著答應，大會議室裡的氣氛變得更加熱烈。

「會贏，我們一定會贏得勝利！」

「勝利是我們的，勝利屬於帝國！」

「皇帝陛下萬歲——！」

情況就像這樣，有些人甚至已經開始沉浸在勝利的想像之中。

像在呼應這樣的熱烈氣息，卡勒奇利歐向格拉帝姆打包票。

「如果走海路，這樣就可以避免跟龍作戰吧。你儘管放心，交給本人卡勒奇利歐處理。」

其實這本來也是卡勒奇利歐想到的計畫之一。

考量那些龍可以飛行的距離，走海路可以大幅度遠離「龍之巢」的勢力範圍。除此之外也不用去擔心棘手到不行的大海獸，將能用相形之下較為安全的手段前往西方。

只不過這樣完全不能跟戰車部隊聯手出擊，因此卡勒奇利歐認為向上稟奏這個方案還言之過早。因為這樣，他也做過周全的事前調查。

這次那些新型兵器以意想不到的形式投入運用，但卡勒奇利歐認為這樣也不錯。

（有趣。用飛空艇運送魔獸軍團，之後就徹底進行支援和補給。搞不好能夠製造這種假象，盡情掠奪利益也說不定。除此之外……如果北方出現一大批軍隊，西方聯合軍也會被我們殺個措手不及吧。那樣他們就變成一群烏合之眾。根本沒餘力加派援軍支援魔王利姆路，到時肯定會陣腳大亂。）

西方諸國各個國家目前只有對朱拉大森林那邊保持警戒，碰到意想不到的突發狀況肯定會很困惑。如此一來，卡勒奇利歐他們的作戰計畫將能順利進行。

卡勒奇利歐是這麼想的。

他要專心處理地下迷宮還有「暴風龍」。那樣一來他就能拿出更豐碩的作戰成績，卡勒奇利歐如此盤算。

「有什麼問題嗎？」

「——沒有。那我就跟格拉帝姆閣下商量出一個結果，再來制定有可能達成的作戰計畫吧。」

「好。只要能順利把我們運過去，到時我們會大展身手！」

「既然如此，那我就努力對矮人王國示威吧。」

「一旦開始在聖德拉爾作戰，伊斯特那邊就不會有動靜吧。不過——」

「很難保證殺紅眼的矮人們不會過來襲擊我軍——是這麼一回事吧？我知道啦。」

就算面對的是「元帥」，優樹的態度還是跟平常一樣。

包含其他軍團長在內，在場所有人都用異樣的眼光看這樣的優樹。

該說他太遲鈍，還是頭腦不好。大家的眼神就像在這麼說，但是優樹一點都不在意。

「很好。那你們立刻去做準備！」

「「「是——！」」」

上頭已經下令了。

皇帝魯德拉連一句話都沒說，帝國同時從三方面進行侵略作戰一事就此定案。

這天以皇帝之名頒布開戰詔書。

帝國全國上下熱血沸騰。

潛伏了好長一段時間，帝國將再度展現他們的威武雄風。

●

御前會議結束，這讓優樹鬆了一口氣。

以往開會的時候，「元帥」從來沒有插嘴，然而這次卻積極干涉。因為這樣，優樹的計畫也或多或少需要變更一些地方……

（算了，沒什麼問題。就跟預料中的一樣，我的軍隊似乎能放在帝國旁邊。機甲軍團勢力最大最礙事，但大多數都要去執行朱拉大森林侵略行動。沒想到連我派威格潛入的魔獸軍團都要出擊，但是光靠

混合軍團應該也能成功發動政變。）

按照原本的計畫走，這次政變的主力放在威格身上，萬一失敗，他打算把所有的罪全都推給他。當然優樹的部隊也會暗中支援。應該說威格負責做假動作，主要行動其實是優樹負責。

現在要被迫打消這個念頭，但他認為大致上沒問題。

因為就跟他想的一樣，那個笨蛋卡勒奇利歐似乎會採取行動。

說卡勒奇利歐是一名武將，倒不如說這個男人是個軍人。作戰起來確實很強，但是那個男人不願意冒險，太過執著於策略和百分之百獲勝。而且他又很貪心，如果有值得他出動的理由，這個時候就不會計較損失。

簡單來說只要創造動機給他就可以了。

魔國聯邦很有錢，而且還有值得奪取的新技術。

只要跟卡勒奇利歐說地下迷宮藏了這些東西……

當然直接跟他說會讓對方起疑，所以最好讓對方覺得優樹企圖弄到那些東西。

利用蓋多拉帶回來的情報和物品，優樹順利讓卡勒奇利歐起舞。

不過，話又說回來——

「看你的表情很凝重，怎麼了？」

優樹朝坐在自己對面的人——蓋多拉提出疑問。

「嗯。關於『元帥』……」

「元帥？」

「對。她如此焦急，我想背後應該有什麼理由。」

「焦急？看起來不像啊？」

蓋多拉之所以面色凝重，就是為了這點小小的原因。在優樹看來，他覺得這些事情用不著如此在意，但是蓋多拉似乎在掛念什麼。

「不過，在今天的會議上，我就在想那人也是很可怕的怪物。說真的，若是沒有實際跟她作戰，也不曉得會不會贏——這相當厲害呢。」

就算不用跟對方戰鬥，優樹也能看出大多數人有多少實力。如今他的究極技能覺醒，甚至能夠看穿對手隱瞞的實力。

就連這樣的優樹都無法看出對方有多少能耐，用不著多做解釋也知道那個人有多危險吧。

「每次魯德拉陛下要進行世代交替時，都會指名『元帥』。這次也不例外，上一代和上上一代都包括在內，他們總是守護皇帝陛下的安危。因為有君臨於帝國頂點的實力，才會叫做『元帥』。不過，就算是這樣。就我所知，都不曾留下任何關於『元帥』對軍事發表意見的紀錄。但這次是為什麼——」

「元帥」是個難纏的傢伙，這在優樹看來也是一大誤算。

不過那些都在意料之中。

這是因為那個最強的魔王金．克林姆茲似乎對帝國特別有意見。就算不是優樹也會理所當然認為這背後有鬼。

金．克林姆茲明明那麼強，為什麼會放著帝國不管？

那個傲慢的魔王基於某種理由才沒有採取行動。

是不是因為帝國這邊有某個人讓他很警戒，優樹如此懷疑。假如那個人就是「元帥」，那他二話不說就能接受這個可能性。

（反正當這場戰爭擴大、世界陷入混亂，到時應該會出現巨大轉變。如此一來，也許能看到一直以來隱藏在背後的東西！）

優樹開始去想之後的事情，強忍住一湧而上的愉悅，在那嗤笑起來。

看到優樹這樣，蓋多拉嘆了一口氣，但他確實不能一直煩惱下去。蓋多拉重新振作，開始跟優樹商量今後的預定計畫。

「對了，優樹，老夫會按照預定計畫行事。如今用不著再對西方復仇，可以的話希望能夠避免戰爭發生。」

「這種任性要求行不通吧？至今為止明明一直煽動別人開戰。」

「是沒錯，這點無法否認。」

蓋多拉也是一個很我行我素的男人，不管別人說他怎樣，他都不在意。只要自己跟他所愛的夥伴都平安無事，其他事情根本不重要。

他是偉大的魔法師，卻不是神。

他沒有驕矜自滿，覺得自己無所不能，明確區別自己做得到和做不到的事。

正因為蓋多拉是這樣的人，這是他最後一次為帝國效忠，所以才拚命主張迴避戰爭。

大家都說魔王是人類的敵人。

魔王絕對不容反抗，基本上從頭到尾都互不侵犯才是明智之舉。

因為不想跟魔王敵對，蓋多拉也跟如今早已死去的魔王克雷曼接觸過。透過他牽線才會連優樹都認識。

這一切都是為了打倒西方、打倒魯米納斯教。

之所以讓魔王支配富饒的領土，都是為了讓魔王不會覬覦其他國家的領地——讓他們不產生這種野心——蓋多拉的方針並沒有錯。

雖然這些最後都變得毫無意義，但也因為這樣，蓋多拉才反過來想阻止帝國繼續在錯誤的道路上前進。

再加上蓋多拉已經親眼見識過魔王利姆路。

他為人非常溫厚，蓋多拉認為用平常心與他共存才是明智的生存之道。而且在那裡的朋友——阿德曼，雖然模樣跟生前完全不一樣，但他看起來生活得很開心。

更讓他驚訝的是那個國家的戰鬥力。

照理說阿德曼的實力應該跟蓋多拉不相上下，就連他的任務都只是守護地下迷宮第六十層。他好像榮升被分派到七十層，即使如此依然人外有人天外有天。

當然了，真正的幹部是其他人。

（跟這樣的國家為敵，簡直愚蠢至極。）

蓋多拉如此深信。

因此他才有一個想法。

認為這次戰爭帝國會一敗塗地。

不曉得真治他們是怎麼想的，但是對於魔王利姆路，蓋多拉總覺得這個人深不可測。一部分也是因為這樣，他才會特別反對開戰。

雖然結果令人遺憾，但他還是實現跟魔王利姆路的約定。

成功讓帝國軍的注意力放到地下迷宮上，再來他只要想想該如何自處就好。

「那些人都不聽老夫的意見，會有什麼下場不干老夫的事。老夫會申請晉見陛下最後一次，之後就會前往魔物王國。」

「這個背叛宣言說的還真是高調。」

「這不是背叛。老夫只是照自己的意思而活。優樹，老夫也不會因此跟你斬斷情分。若是遇到困難儘管來找老夫商量。」

蓋多拉這個人雖然我行我素，但是對於跟自己親近的人依然很和善。他似乎很中意優樹，才對他這麼說。

「啊哈哈，到時候請多指教！」

臉上帶著苦笑，優樹點點頭。

「不過老夫到那個國家就變成新進人員。今後必須累積對方的信任。就算你想利用老夫也沒用，你要記住這點。」

「真過分！就算你這麼想，這種事情也不能說出口喔！」

「少來這套。像你這種神經大條的傢伙，沒講得這麼明白根本無法傳達給你。對了對了，說到神經大條，老夫也來不及跟那幫小丑打聲招呼。你現在又派他們去某個地方作怪了？」

「算是吧。如果告訴現在的你，你可能會跟利姆路先生講，所以我就不說了。」

「哇哈哈哈！這麼說也對。那老夫就不問了，你去跟他們說，若是遇到麻煩就來找老夫吧。」

「謝謝，我會要他們這麼做。」

答完這句話，優樹也跟著笑了。

他也很中意蓋多拉。這種忠於自我的生存方式，看起來有點耀眼。

兩人對著彼此笑了一會兒，之後就互相握手。

「那麼老夫要走了。優樹，你想要大動作搞政變還是搞什麼都行。不過！」

「我知道了啦。就是不能殺皇帝陛下對吧？」

「嗯。既然你知道，那就好。那再會了！」

就這樣，優樹與蓋多拉就此道別。

●

蓋多拉想要晉見皇帝的請求已經被受理。

是否應該要勸諫皇帝——一面如此想著，蓋多拉緊張地等待。

就算他上奏，也不確定陛下是否聽得進去。就算是這樣，對方好歹是至今為止效忠的對象，有一份情義在，因此他想要趁著最後一次盡忠。

「陛下已經在等你了。」

負責帶路的人對蓋多拉這麼說，他便跟著遮住臉的近侍走在通道上。

連接往上的走廊擦到發亮，可以看到淡紅色的櫻花。

那是萬年櫻。

這些花瓣永不凋零，被人當成帝國繁華的象徵。

「還是一樣美麗。可是來自另一個世界的日本人似乎不太喜歡。」

「——這樣啊？」

「嗯。他說應該要有『枯寂之美』，那是『毀滅的美學』。就是因為櫻花會凋零才顯得美麗夢幻。這也是一種看法。是那樣沒錯吧，近藤閣下？」

「……」

櫻花樹下出現一名容貌精悍的男人。

「我應該已經隱匿聲息了。」

「是啊。老夫也沒有發現半點蛛絲馬跡。只不過，這應該是一種預感吧？隱約有一種感覺，彷彿預料到前方會有危險。」

回答的同時，蓋多拉拿出他愛用的杖。

不知不覺間，那個近侍已經不見了。

「我不能讓你見陛下。」

「為何？」

「我不打算告知理由，就算你知道了也沒意義。」

近藤中尉一面回答，手裡還拿著黑得發亮的鐵塊。

南部式大型自動手槍——是日本第一把自動手槍。

「打算殺老夫嗎？」

就算蓋多拉帶著銳利的目光質問，近藤中尉也無動於衷。

「近藤……你這傢伙——！」

蓋多拉正要進一步提高音量大喊，就在那瞬間他的胸口一痛，人倒了下去。

他並沒有大意，蓋多拉對槍枝也很熟悉，有在注意近藤中尉手指的動作，而且沒聽見槍聲。

除此之外，重點是——

他胸口的疼痛是從背後傳來的，這不是槍彈造成的，而是被一把短刀刺中的關係，隨著意識逐漸模糊，蓋多拉做出如上判斷。

也就是說這不是近藤中尉做的，而是另有他人——

「你為什麼要出手？」

「因為這個男人很危險。若是放過背叛者，會對陛下今後治世造成阻礙吧。」

這個人的聲音讓蓋多拉感到曾相識。可是讓人難以相信，甚至令人懷疑是自己死前產生幻聽。

「不過，這個男人也是陛下的朋友——」

蓋多拉的意識逐漸遠去，近藤中尉的聲音也愈來愈小。

這次蓋多拉真的會死。

（裡面還有毒嗎？做得還真是萬無一失。會變成這樣全都是在懲罰老夫背叛魯德拉陛下吧……不過——）

這樣下去確實會死。

永遠不會凋零的櫻花花瓣飛舞著，在那片美景之中，蓋多拉做出最後的賭注。

他發動事前預先安置好的魔法——

蓋多拉的意識到這邊就中斷了。

ROUGH SKETCH

近藤達也

Regarding Reincarnated to Slime

將蓋多拉送去帝國之後，接下來是拷問時間。

對象是真治他們——不對，是菈米莉絲。

菈米莉絲說的一些話不能聽聽就算了，裡頭有幾點令人在意。

她都會惡整我了，肯定還有其他事情瞞著我。

「咦，怎麼會……我沒有隱瞞任何事情啊……？」

行為舉止明顯很可疑，菈米莉絲一臉浮躁不安的樣子。

一看就知道在隱瞞些什麼。

今後禁止吃蛋糕——才剛威脅完，菈米莉絲就用快得像機關槍的速度接話。

「你、你說有事情想問，是什麼事情，隊長！」

還叫我隊長……算了。

去吐嘈就輸了，因此我開始質問。

「話說阿德曼他變強了，比我知道的還強，這些先不談。其他人是怎樣？沒想到光靠艾伯特一個人就可以擊退真治他們，而且也沒聽說還有死靈龍。其他樓層該不會也發生奇怪的事吧？」

說到這個艾伯特，他已經不是稍微有點強的魔物而已。

已經變成死靈聖騎士，除了來到特A級的身體機能，還擁有卓越的技量，能夠將這些性能做最大限度的運用。以前還是死靈騎士的時候，他跟白老打起來就勢均力敵了，現在的艾伯特不知道有多強。

「艾伯特他啊，之前好像都在指導那個叫阿爾諾的年輕人吧？然後這次為了小試身手，他再度挑戰

較底部的樓層——」

「暫停！」

我趕緊要菈米莉絲暫時停止說明。

艾伯特指導阿爾諾，這點我沒聽懂。

阿爾諾是聖騎士團的隊長，身手相當了得。這樣的他不是站在指導者立場，而是受人指導？

菈米莉絲說的這些話，我一個字都聽不懂。

「就是說阿爾諾他們被日向臭罵之後，大家卯起來再一次挑戰地下迷宮。這次是因為魔王守護巨像還在開發中，所以他們就突破七十層。」

「嗯嗯，然後呢？」

「然後那幾個人又輸了！」

「嘎哈哈哈！那可有趣了！」

菈米莉絲開心地解釋。

維爾德拉跟著點點頭，看他笑的樣子似乎覺得很有趣。

那我看應該真的很有趣吧。

《答。有保存戰鬥紀錄。》

真的嗎？

智慧之王拉斐爾大師你真棒！

晚點再來享受這段紀錄，現在先專心聽菈米莉絲說明吧。

「那麼阿爾諾他們打到哪裡？」

八成來到九十六層至九十九層的龍關卡。那裡還有附加地形效果，對血肉之軀的人類來說應該很嚴苛。

「我想想，印象中好像是——」

「他們一下子就輸給下一個關卡魔王。邊哭邊逃跑，那副模樣只能說看起來真是愉悅。」

喂喂喂，這樣未免太邪惡了吧。

——咦，下一個關卡魔王？

「怪了？八十層的關卡魔王有這麼強嗎？」

「咦，為什麼這麼說？」

「沒什麼，只是想說阿爾諾好歹也是『十大聖人』，實力應該跟克雷曼之類的舊魔王不相上下吧？」

當我自己問了這個問題才發現一件事。

仔細想想就算是阿德曼和艾伯特，他們好像也能戰勝覺醒前的克雷曼。再加上有那個來路不明的死靈龍，就算面對覺醒之後的克雷曼，應該也能打贏。

「這、這個嘛……」

印象中我好像指派賽奇翁去擔任第八十層的樓層守護者。

莫非他從蛹的狀態中羽化，進化成完全體？

聽說維爾德拉一直有在鍛鍊他，但這我也覺得有點莫名其妙。

因為賽奇翁可是昆蟲模樣的魔物耶。

他教什麼「維爾德拉流鬥殺法」這種可疑的東西，是要他怎麼活用。因為看維爾德拉很樂在其中才不去管，但我或許應該更認真去思考這個問題才對。

我用我的細胞讓賽奇翁身上的傷勢痊癒，外殼用「魔鋼」修復。可能是因為這樣的緣故，他就能夠快速行動，似乎還能召喚眷屬。

德蕾妮小姐已經替他背書了，所以我也沒意見。

可是這樣安排就好像在行動遲緩的魔偶之後配置能高速行動的蟲型魔獸，用這種方式玩弄人——的感覺。

「喂，賽奇翁現在變得怎樣？」

我打算進一步質問反應看起來令人起疑的菈米莉絲，可是維爾德拉搶先開口：

「我的徒弟賽奇翁已經完全變態。如今變成舉世無雙的戰士，繼承我傳授的技巧！」

「……」

「不只這樣！阿爾諾他們幾個根本不夠看，不用我的徒弟賽奇翁出馬。有人把他們痛宰一頓，就是第七十九層的領域守護者！」

我已經掌握情況了。

阿爾諾他們輸給七十九層的領域守護者——女王麗蜂阿畢特。

不僅能夠超高速行動，還擁有究極的毒素。

阿爾諾他們這些聖騎士團成員特別磨練劍技，就算有這樣的身手似乎也沒辦法碰到她。

後來阿爾諾他們被阿畢特的眷屬刺的滿頭包，聽說一行人哭著逃跑……

是有多扯啦——我好想放聲大叫。

「說清楚講明白！我這陣子可是都忙著工作耶！」

「因為因為！不是只有我，就連師父都說那是修行，要鍛鍊那隻蟲！」

「笨、笨蛋！妳居然背叛我！」

「因為就只有師父裝得一副若無其事的樣子，這樣不公平！」

「咕唔唔……」

我看維爾德拉也有參一腳吧。

碰到這麼有趣的事情，大家都會想加入。

但我有種被人背叛的感覺。

居然瞞著我，只有他們自己在玩……

不對，交給這兩個人是錯誤決定。

這點要反省一下，但有件事讓我在意。

「我說，從剛才開始就很好奇，你們說鍛鍊賽奇翁是什麼意思？」

他是一隻蟲吧？

莫非賽奇翁的完全變態是能夠變成人型？

結果我的推測正確。

「呵呵呵，總算注意到了啊？我已經發現你搞錯方向了，但是這樣很有趣，所以我就沒講！」

唔，區區一個維爾德拉竟然這麼囂張……

看來我這次徹底被人給騙了。

我開始調閱地下迷宮的紀錄，要智慧之王拉斐爾大師顯示圖像。接著確實發現賽奇翁變成細瘦的人類模樣。

就是這個。

紫苑曾經在魯貝利歐斯打倒蟲型魔獸——蘭斯洛。

賽奇翁的模樣就像那個強到亂七八糟的蘭斯洛，散發強者風範。

因為他進化成人類姿態，所以聽說也學會戰鬥技巧。這是異常進化的恩賜。

關於這點，阿畢特也是一樣。

她的姿態很美麗，就像一名女性，我看了才想到一件事。當日向在指導她的時候就應該要有所警覺。

還以為他們只是反覆進行模擬戰而已，看樣子真的有在接受指導。她確實學會戰鬥技巧，阿畢特的動作非常純熟。

似乎也有在跟賽奇翁進行戰鬥訓練，學會高強的作戰技巧。

證據就是阿爾諾他們一敗塗地。

「後來阿爾諾他們好像重新審視自己……」

他們讓心情回到原點，開始從頭攻略地下迷宮。

可是在六十層卻輸給一名騎士。

就是數百年前最強的聖堂騎士——「不死王」阿德曼的心腹，死靈聖騎士艾伯特。

「後來他們被艾伯特徹底修理一頓，就是這麼一回事。」

艾伯特光靠一個人就把阿爾諾他們打得滿地找牙，之後還問：「你們最近好像改名叫做聖騎士，連素質都變差了嗎？」

阿爾諾聽完很生氣，就拿出看家本領對戰，但是就連必殺技五色精靈劍都傷不了艾伯特。

艾伯特用魔物才有的身體機能操控生前的劍術，據說就連阿爾諾都不是他的對手。

不死之身不會疲憊，就算遭受會造成肉體損傷的攻擊也能恢復。說真的這樣很犯規，如果不能利用對方的弱點屬性進行攻擊，那就沒辦法打倒他。而且阿德曼身上還有「聖魔反轉」，無敵程度又多增加一些。

阿爾諾他們會輸也是沒辦法的事情——我這麼想。

因為吸收迷宮內部的魔素，阿德曼他們進化成高階魔物。阿爾諾他們剛好就在這個時候過來挑戰，想來這個男人很不會挑時間。

可是其實也能反過來想。

能夠在這裡跟幾百年前的最強騎士從頭開始學習，那也算幸運。

時間來到現在。

阿爾諾底下的聖騎士團成員都來接受艾伯特的指導，他們交替組隊，一面修鍊。

＊

大概就是這個樣子，六十層搖身一變成了危險地帶——

「那其他樓層的情況怎樣？」

聽到這邊，我也心裡有數了。

想必出現異常進化的不是只有阿德曼和賽奇翁他們。

結果被我料中。

地下迷宮誕生被人稱作迷宮十傑的高手們。

搞不好他們的戰鬥能力媲美幹部也說不定。

阿德曼就不用多作解釋了，他的部下艾伯特就是其中之一。

至於完成異常進化的阿畢特，她似乎也變成迷宮十傑，稱號「蟲女王」。

至於賽奇翁，他在這十傑之中甚至躍升成為最厲害的霸主。

還有九魔羅，只要吸收尾巴變成的魔獸就能變成大人，那才是她真正的姿態。

「那接下來容我發表一下！」

說完這句話，菈米莉絲告知迷宮內部目前的勢力分布還有最新情況。

從地底下開始按順序說起。

菈米莉絲遵照蜜莉姆的指示，小心培育四隻有屬性的龍，而這些傢伙漂亮地進化成龍王。

這都是因為每天吸收一大堆來自維爾德拉的魔素。

總共有火焰龍王、冰雪龍王、烈風龍王、地碎龍王這四隻。

真不想知道這些，但這就是現實。

這樣還沒完。

第九十層的樓層守護者是——「九頭獸」九魔羅。

第八十層的樓層守護者是——「蟲皇帝」賽奇翁。

第七十九層的領域守護者——「蟲女王」阿畢特。

第七十層的樓層守護者——「不死王」阿德曼。

第七十層的前衛——「死靈聖騎士」艾伯特。

再加上第五十層的守護著哥杰爾和梅傑爾。

其實哥杰爾和梅傑爾並不是十傑。至於最後的十傑，就是負責當管理人的貝瑞塔。

「我個人不想管這種麻煩事──咳咳，這份榮耀想要讓給其他人……」

一面說著，貝瑞塔看向德蕾妮和焰之巨人──說錯，應該是卡利斯才對。

「哎呀，我必須照顧菈米莉絲大人，還有這個重大的工作要做。」

「我也一樣，我是維爾德拉大人唯一的心腹。光是要照顧主人就很忙了。」

帶著美麗的笑容，德蕾妮小姐這麼說。

卡利斯好像被維爾德拉耍得團團轉，但他本人似乎很滿足。看樣子根本不打算承接其他工作。

我在心裡嘆了一口氣，覺得這兩個人思考模式跟某個管家好像。

「你好像很辛苦，貝瑞塔。」

「您能夠理解啊，利姆路大人！」

我不停點頭。

除了重新確認我跟貝瑞塔的羈絆有多深，我順便確認一些事情。

首先是十傑應該歸誰管？

地下迷宮兼顧興趣和實質利益，是我們幾個一起營運的設施。事實上大部分都需要仰賴菈米莉絲的力量，但可以確定的是少了維爾德拉的魔素就搞不起來。

這樣就發生一個問題，那就是十傑應該聽命於誰。

就指揮系統來看，應該歸屬於菈米莉絲，不過……

「關於這點，我們有跟他們每個人進行面談，照他們希望的形式辦理！」

話說到這邊，菈米莉絲開始解釋。

貝瑞塔跟著菈米莉絲，沒有變更。

每個龍王都是菈米莉絲的部下，似乎還確實締結契約。

龍王具備自我意識，這件事有經過他們本人同意。

再來是其他成員。

九魔羅不僅跟孩子們變成好朋友，在這塊土地上生活也讓她很滿意，對我的感謝似乎突破天際。她還誇下海口說要擠掉蘭加當我的寵物。

賽奇翁和阿畢特很喜歡我，對外表示要尊我為主君。

阿德曼就更不用說了。他好像搞錯什麼，甚至把我當成「神」來崇拜。

艾伯特也被這樣的阿德曼感化，看樣子好像要透過阿德曼將忠誠獻給我。

大概就是這樣，這五個人變成我的部下。

哥杰爾和梅傑爾似乎都留在迷宮裡頭工作，我認為其實可以讓他們變成菈米莉絲的部下，但……

他們本人婉拒成為菈米莉絲的部下，希望聽命於我。

也對。他們以前是信奉力量的種族，可能會用外表評斷菈米莉絲。

「不是這樣！利姆路你不是替他們取名字嗎？比起付他們薪水，這樣好像讓他們更開心，所以他們就說只有這件事無法讓步。」

這樣啊，原來是這麼一回事。

聽他們這麼說覺得很開心。

下次遇到哥杰爾他們，也要對這兩個人好一點。

如此這般，在觀察之前那三個入侵者大顯身手的過程中，我發現地下迷宮內部的現況出人意料。

所謂驚訝到目瞪口呆指的就是這個，守護者變強固然是好事一樁。然而他們進化到超乎想像的地步，這讓人有點不安。

膽子小的人就有這種壞習慣吧。

那些姑且不談，有這個迷宮十傑，就算帝國打過來也能放心。

只不過面對一般挑戰者，我命令他們適當放水。否則一般人根本不可能攻破迷宮。

總覺得很可悲，大家必須挑戰有好幾個魔王級對手的迷宮。

反正只有一百層無論如何都要守護到底，但那裡交給維爾德拉就行了。

其他樓層——希望大家至少能進攻到八十層附近。

因為我們好不容易才打造起來，希望大家能夠見識迷宮的厲害——大概是基於這樣的心情。

但是那些都要等恢復和平日子再說。

＊

確認過迷宮內的現況後，我轉眼環視各個守護者。

我想要親眼確認，看看他們進化——成長到什麼地步。

結果超乎想像。

有如此龐大的戰力，就算帝國攻過來，我也覺得只要在迷宮內就不會輸。

接著幾天過去。

監視魔法總算完成了，我要來做實驗。

地點在「戰略級軍事管制戰鬥指揮所」——通稱「管制室」。

念起來很順很有氣勢感覺很酷——大概就是以這種感覺，跟維爾德拉他們商量後決定名稱……但冷靜下來就稍微反省了一下，覺得名字太長。

老實說我覺得商量對象找錯人。

紅丸他們就只有用管制室來稱呼，知道原本叫什麼名字的人少之又少。

維爾德拉私人的房間位在迷宮地下一百層，管制室就設在他的房間旁邊，能夠從平常用的作戰會議室出入。

若是將地面上的都市隔離在迷宮裡，我們就會活用這個管制室，當成大本營。

針對戰爭做的準備已經萬無一失。

若是做白工——那樣我個人其實會覺得更開心。

監視魔法帶來的成果很不錯。

設置好幾個在武鬥大會上也有用到的大螢幕，分別讓這些螢幕照出不同的地方。

有朱拉大森林內部各個區域，還有通往矮人王國的貿易路線，變得可以開始監視各個關鍵地帶。

就連連接法爾梅納斯王國的海路、柯奈特大山山頂的情況都能順利映照出來。

原理很簡單。

話說我開發出來的物理魔法「神怒」也有用到，就是讓精靈操控鏡片狀的水球。

巨大的鏡片在高空中展開，可以找出目的地的擴大影像。我們讓這些影像反射出來，然後傳送資訊化的影像。

參考摩斯的作法，將我的「分身」史萊姆派到各個地方，當成發動魔法的媒介。因此會跟我這個本體發動的「空間支配」互相串連，可以直接進行資料傳送，不會出現一絲一毫的誤差。

那些分身體積都非常小而且沒有自我意識，只要我沒有把注意力放在那邊，就不會消耗能量。要運到想看的地點附近不容易，但是蒼影和摩斯他們會努力幫忙。

這是很優秀的體制，運行成本很低。

還替這套系統取了名字，那就是物理魔法「神之眼(Argos)」。

螢幕上照出運用「智慧之王」處理畫面後呈現的高解析度影像。

可以待在溫暖的管制室裡確認現場狀況。當我完成這個美好的魔法之後，大家都非常開心。

尤其是迪亞布羅特別雀躍，姑且裝作沒看到好了。

接下來，由於這套監視系統完成，實際上還多出一個好處。

可以待在這個管制室裡，朝畫面上顯現出來的地點發動「神怒」。

我實際做完實驗感到驚訝。瞄準在廣場上訓練的哥布達腳邊打了一發試試，沒想到居然成功了。

哥布達嚇到整個人跳起來，那張臉讓人忘不了。

「你這個笨蛋！都怪你太大意！」

我反而對他說教，但其實哥布達並沒有錯。

除此之外，「神怒」的性能也上升了。

這原本是「大賢者」做過最佳調整才產生的魔法，但是對現在的智慧之王拉斐爾大師來說好像不大能接受……

我們進一步做了精密改量，結果開發出隨時都能讓好幾個衛星鏡片飄在半空中的系統。

因為跟「神之眼」做連結，「神怒」在夜晚也能發動。威力多少有點低落，但我成功讓光在衛星之間反射，使光集結成光束。

說真的我的努力好像放錯地方。

實際上創造出衛星的其實是大精靈，我只是供給魔素而已。複雜的運算都交給智慧之王拉斐爾大師，操作起來也非常簡單。

當然白天不會出現能量散失，威力也更大。

能夠運行的光量和熱量都變多了，可以發揮宛如熱線砲的威力。

如果對手是人類軍隊，也許我連一步都不用移動就能讓他們全滅。

之前進行的所有魔改造不禁讓人產生這種感想。

＊

確認實驗成功後，我回到辦公室。

這個時候朱菜剛好過來，跟我說有客人上門。

別看我國這樣，其實客人挺多的。

總之說我的工作大部分都是在接待客人也不為過。

剩下的就是開發魔法，或是構思有趣的商品，然後發包給適合的人去做。之後就是管理迷宮營運，

或者當摩邁爾的諮詢對象……內容五花八門。

遊玩也是工作的一部分。

情況大概就是這樣，但接待客人是最重要的。我都會認真做。

在朱菜的帶領下，我前往接待室，結果看到真治他們一臉緊張地等著。

他們逃亡到這個國家，這幾天以來，能夠問的事情我都問了。

當然這不是拷問，他們有選擇的權利，他們三個人分別在不同的房間裡，用和平的方式被人問話。

我有跟他們說自由活動時間想做什麼都可以，他們應該有時間想想該如何自處吧。

今天他們之所以會過來，就是要告訴我他們決定如何。

「那你們想怎麼做都決定好了？」

真治他們很迷惘，不知道該在我國就職才好，還是成為自由自在的冒險者。

如果他們繼續當冒險者，這些人就可以去挑戰迷宮，過著優渥的日子。

壞處就是如今他們知道迷宮裡頭的陣容有多強，看不到未來展望吧。

我有在六十層設置魔王守護巨像，但要真治他們去對付這種東西應該也很吃力。

再加上他們就算突破這一層好了，第七十層那邊還有阿德曼一行人在等著他們。不管怎麼想都是死路一條，若是問他們這一生是不是都要耗在那裡，想必他們會覺得很煩惱吧。

因為已經見識過了，他們會覺得這份工作做起來很沒成就感。就算能夠賺錢好了，人生也會變得單調又無聊吧。

不過阿德曼他們已經變強了，比我預料中還強，所以我現在也沒餘力笑人家。

照一般的邏輯思考，根本沒想過會成長這麼多——應該說是進化——所以這也是沒辦法的事情。

那件事就算了。忘了吧。

其他挑戰者會怎樣，我也不要再去想這個了。

那麼來我國就職又會如何？

雖然頂多只是適才任用分配工作，但保證能過安穩的生活。只不過我們即將跟帝國開戰，真治他們好像在擔心自己會不會被逼得上戰場。

我個人是不想強迫他們，但也無法斷言不會遭受波及。我還是不要多管閒事亂講話，等著看真治他們如何判斷好了。

「報告。我——我們三個人商量的結果，得出結論就是希望能夠在利姆路陛下的國家工作。畢竟蓋多拉師父也要效忠這個國家，我們很希望這個國家能夠僱用我們，不知道方不方便？」

真治一臉緊張地說了這段話。

其他兩人也用認真的表情點點頭，看樣子他們並不反對。

「知道了。既然這樣就歡迎你們加入。」

「好的，謝謝您！」

「我會盡全力努力的！」

「……我會拚命工作。」

就這樣，真治他們也成為本國的一分子。

那事情都朝這個方向發展了，來看看該讓他們做什麼工作才好。

「我打算讓蓋多拉老爺爺去管理第六十層。請他研究魔王守護巨像，將來預計讓他附身在上面。」

那個老爺爺的求知欲很旺盛，似乎對這件事情很有興趣。我一讓他看魔王守護巨像，他就興奮地嚷嚷起來。

目前只是先寄放在阿德曼那邊，但將來讓他當六十層的樓層守護者應該也不錯。

「話說你們幾個不想參加這次的戰爭對不對？」

「啊，是的。那邊有我們認識的人，可以的話……」

照真治回答的感覺看來，他不是很想那麼做。

既然如此，與其過來當我的部下，還不如讓他們去迷宮當研究者會更好。

想到這邊，我決定把真治他們介紹給菈米莉絲。

＊

我在迷宮裡彈跳前進，來到菈米莉絲的研究所。

「菈米莉絲，要不要試著讓真治他們到妳那邊工作？」

「啊，利姆路！他們就是之前那些人吧？」

「對，就是他們。」

菈米莉絲一直在找助手，但是都找不到像樣的人才。

來自其他國家的研究者不可能隨便菈米莉絲差遣。話雖如此，智商不夠高的魔物實力不夠，又不能理解菈米莉絲天馬行空的點子。

其實好歹還有迪諾在，但只有他一個人不夠可靠。

真治他們碰巧在這個時候出現，可以說正是合適的人才。

「呀呼～！我是菈米莉絲。你們幾個想要當新的助手，來我這邊工作嗎？」

「這個……」

真治不知道該怎麼回答才好，看樣子好像沒發現菈米莉絲是何許人也。

「好夢幻！喂，真治！這裡有真正的妖精呢！」

馬克在那裡驚訝大叫，他第一次看到？不曉得他來這個世界多久了，但是看到妖精驚訝成這樣，那傢伙比想像中還要單純。

「我啊，一直在找堪用的助手。這邊也會確實支付薪資，如何啊？研究員人手不足，能夠找到受過像樣教育的『異界訪客』算我們賺到——利姆路之前也這麼說過喔！」

啊，菈米莉絲居然這麼多嘴。

雖然那是事實。

「異界訪客」技術水準很高，想法也很彈性。他們馬上就能上陣，可以的話希望真治他們接受。

「……我贊成。做研究比較和平。」

申好直接。大概是被那樣的申感化，真治似乎也下定決心。

「那就有勞妳了！」

聽對方如此回應，菈米莉絲開心地飛來飛去。

然後挺起一片平坦的胸，一副高高在上的樣子——

「哼哼！你們幾個好像有那麼兩下子。很好，算你們合格了。不過你們工作的時候絕對要服從我的命令喔！」

她對真治一行人下通牒。

翻臉像翻書，連我看了都好驚訝。剛才那軟趴趴的樣子就像幻覺一樣。

說這樣很有菈米莉絲的風格，確實是有。

也不管真治他們一臉吃驚，菈米莉絲一下子就整理出工作條件。

每個月的薪水是三個金幣。

換算下來一年就有三十六個，另外還有紅利。

話說我跟菈米莉絲都是看心情給錢，最好別對紅利抱持太多期待。

取而代之，食衣住好像會由菈米莉絲負擔。她八成是想利用我們的食堂，但這部分沒問題。

就是這個樣子，真治他們的移居事宜一下子就搞定了。

＊

之後又過了幾天。

真治他們好像也習慣職場了，現在以菈米莉絲左右手的身分工作。

這部分沒問題，我比較擔心蓋多拉。

一回到帝國，他就跟我們斷絕聯繫。

那個老爺爺很精明，我想他應該沒事，不過……

我現在開始擔心了，希望他跟我們聯絡。

在想這件事情的同時，我今天到管制室跟紅丸商量。

在監視用的螢幕上，那裡映照出我用「神之眼」得到的影像。

影像來自各個地點，但是今天也沒有異樣。

我也想蒐集帝國領土內的情報，但現在能得到軍事邊界上的影像就該滿足了。

那裡聚集一大堆士兵，在警戒基地周遭的情況。就只有這一塊地區總是很匆忙。

「今天似乎也沒有動靜。」

「是啊。話說回來。這個魔法還真是方便呢。最近利姆路大人一直在研究的就是這個魔法吧？」

今天只有我們幾個人，因此紅丸的語氣也比較沒那麼講究禮數。

我個人比較喜歡這樣，感覺更輕鬆。只可惜當著其他人的面，紅丸又會恢復成彬彬有禮的態度。

但也是有例外，那就是蒼影或迪亞布羅在場的時候。

感覺就很像一群損友，我很喜歡這樣，有時我們四個人會一起去英格拉西亞王國喝一杯。

「沒錯！這個魔法之所以能這麼棒，都是始於思考的柔軟度。花費的能源成本很低，效果卻極大。便利性自然不在話下，為了發動這個魔法，演算複雜的程度宛如美麗藝術品，完全不拖泥帶水。因此——」

「暫停——！到此為止。你吹噓起來就沒完沒了，等我不在的時候再跟別人說，好不好？」

稍微疏忽一下就變成這樣。

迪亞布羅馬上就會開始自吹自擂，我也很困擾。

這個魔法確實很厲害，但是有智慧之王拉斐爾大師才能實際運用。可不完全出自於我的實力，讓人有點尷尬。

「就是說啊，迪亞布羅。你若是不稍微收斂一點，會給利姆路大人添麻煩。」

「這怎麼可能。你在鬼扯什麼，紅丸。沒那種事對吧，利姆路大人？」

「不，紅丸說得沒錯。你老是利姆路長利姆路短，未免說的太誇張、太過火了！」

這次一定要確實警告迪亞布羅。

他擺出大受打擊的表情，變得好沮喪，反正一定是在演戲。沒什麼大不了的。

聽說迪亞布羅是什麼始祖，是很危險的惡魔，當下我也在煩惱該怎麼辦才好。可是仔細想了又想，發現這傢伙原本就是個怪人。

連那個金都一直被他捉弄，認真應對根本就像一個傻瓜。

由於我發現這件事，事到如今再也不會鑽牛角尖。

「咯、咯呵呵呵呵，不愧是利姆路大人，竟然這麼輕易就對我造成精神傷害……」

「就跟你說別這樣了！」

我就說吧？

這傢伙根本沒在反省。

稍微用嚴厲一點的語氣說說他正好。

一個突如其來的報告打斷我們的輕鬆時光。

『利姆路，有人直接傳送到迷宮裡！照這個反應看來，應該是最近剛加入我們的老爺爺！』

『知道了。我馬上過去七十層。』

我站了起來，光這個動作似乎就讓紅丸和迪亞布羅察覺有事發生。

他們果然厲害，除了感到佩服，我簡短告知要事。

「蓋多拉好像回來了，但是聽起來應該出了什麼事。我要去確認一下。」

「明白了。那我繼續在這裡警戒。」

「既然這樣就讓我來當利姆路大人的護衛。」

「麻煩你了。」

這種時候就覺得迪亞布羅特別可靠。

假如他平常就是這種態度……不，還是別想了。

迪亞布羅很優秀沒錯，但是前後落差未免也太大。帶著遺憾的心情，我前往分給蓋多拉居住的起居室。

結果蓋多拉真的在那裡。

用不著擔心是否安然無恙，他本人生龍活虎。

「哎呀，老夫還以為自己會死掉呢。」

看起來一點都不像快要死掉的蓋多拉這麼說。

聚集在那裡的人除了我們，就只有阿德曼一行。

過了一會兒，菈米莉絲和維爾德拉也趕過來，知道蓋多拉沒事就回去了。

「結果發生什麼事了？」

「回您的話，事情是這樣的。老夫按照利姆路大人的命令，在御前會議主張反戰。不過到頭來果然還是傾向於開戰。但這都在預料之中，就當成最後一次盡忠，老夫打算直接去跟魯德拉陛下訴願。」

後來蓋多拉就申請跟皇帝會面，申請也被受理了。

約定的日子到來，就是今天。

蓋多拉說在皇帝的寢宮裡，他被某個人刺殺。那些事情就發生在幾分鐘之前，相隔還不到十分鐘。去問他有沒有事，這樣未免太不會看場合。

「對喔，我有給你『復生手環』。」

「是，菈米莉絲大人的力量相當厲害，多虧有那樣東西才保住一條小命。老夫想可能會發生這種事情，所以就先設置歸還魔法。」

看他平安無事，我就猜到事情可能是這樣。

腦筋動得還真快。只要緊急回到迷宮之中，不管受多麼重的傷，就算快要死掉，也能靠「復生手環」讓自己平安無事。

像這樣親眼見證過實際案例後，我重新確認菈米莉絲的力量很實用。

話說回來居然能夠事先設置魔法，蓋多拉真有一套。他好像把這個招式教給拉贊了，下次我也來練習看看。

我身上有「思考加速」，也許透過排列組合能夠創造更厲害的魔法也說不定。

「那你是被誰攻擊的？」

就算要在我國找出能夠打倒蓋多拉的人，應該也沒這麼多。蓋多拉時常保持警戒，似乎都有透過魔法徹底防禦，就算被人偷襲應該也不至於輸給對方……

「關於這點，對方能夠做到不讓老夫察覺，甚至來不及確認對方的真實身分。但老夫有想到對方可能是誰，只是讓人有點難以相信……」

話說到這邊，蓋多拉轉身背對我，讓我看弄破的法袍。

身上的傷已經痊癒了，但是裝備還沒有復原。法袍上面留下很像被腐蝕過的痕跡，一看就知道這不是單純的物理攻擊。

「從背後一刀刺中心臟是嗎？」

「用魔法打造的防禦術式也被破壞了。看來那裡有人會使用很有趣的招式。」

迪亞布羅也一臉佩服的樣子，對手的來頭似乎不小。

帝國那邊應該也有實力足以殺掉我的人。搞不好刺殺蓋多拉的也是那個人，最好假設還有其他高手在。

蓋多拉他好像不太確定敵人是誰。他想要稍微調查一下，所以這件事就交給蓋多拉去辦。

聽起來蓋多拉並沒有在說謊，看上去他真的很困惑。現在就相信蓋多拉似乎還太早，所以我決定這次先觀察情況再說。

「總之你沒事真的太好了。現在已經再次確認帝國是不能掉以輕心的對手，今後我們會更加小心。」

「利姆路大人所言甚足。就算進一步勉強調查，也沒辦法得到讓人耳目一新的情報吧。」

看來迪亞布羅也這麼想。

蓋多拉為了弄到那些情報差點死掉，現在有那些就該滿足了吧。想到這邊，我一邊慰勞蓋多拉，一邊聽他說明狀況。

＊

根據蓋多拉老爺爺所說，帝國正準備開戰。

一旦帝國要跟其他國家開戰，他們都不會先宣戰。

因為他們認為皇帝是獨一無二的，不承認其他國家。

話雖如此，那頂多只是對外創造的形象。其實他們跟矮人王國也有邦交，並沒有干涉他們統治自己的國家。

要侵略其他國家的時候，帝國都已經做好萬全準備。因此他們不會宣戰，而是勸其他國家投降。那也以一次為限。

若是乖乖遵從那就好說，不聽話將會開戰，之後帝國會毫不留情進攻。

這個國家是有多自以為是、多麼傲慢？

這麼難搞的國家，在國際社會上交不到朋友喔！

我開始擔心這件事，但是帝國根本就沒有加入國際社會。

因此並沒有批准西方諸國評議會訂定的國際法，一旦發動戰爭就不問是非。

戰敗的時候要如何協議、會怎麼對待俘虜、戰爭的時候禁止哪些行為——諸如此類，帝國在這方面完全不跟人協議，因此西方諸國非常害怕他們。

怪不得會怕。這樣真的很恐怖。

搞不好連殺害民眾都會被正當化，若是在戰爭中輸給帝國，那就等同失去一切。

我看連賠償都沒機會談吧。

因為一切都歸帝國所有，戰敗國沒有任何權利可言。

若是想要跟帝國商量，至少也要跟他們打成平手才行。

既然如此，我們就沒必要放水了。

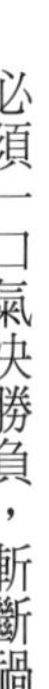

必須一口氣決勝負，斬斷禍根。

現在已經確定帝國的動向，我們也該來想想戰爭開打的時候該如何對應。

首先要在管制室內設置作戰整合本部。雖然那只是設一個氣氛的，但這種事情很重要。

紅丸跟蒼影會時常在這裡待機。

蒼影可以把「分身」放到世界各地，進行偵查行動的時候，不是只能仰賴我的「神之眼」。他會跟摩斯合作，可以蒐集非常精確的情報。

這個時候我們就能超前對手好幾步。

老實說在這個世界作戰，等兩軍相遇才真的開打。他們會放出斥候用遠距離魔法監視，去查看敵軍的動向，但一般而言都認為這是快要跟對手交鋒才會做的。

大家有打情報戰的概念，但要說哪支軍隊像這樣徹底強化對敵軍的監視，我想其他國家應該都找不著。

日向跟蓋多拉也有跟我說過這件事情，那應該不是我自己亂想的，而是如假包換的事實。

「這、這些影像是從空中……？」

「咯呵呵呵。這是透過利姆路大人的魔法產生的。只需要一點點魔素，魔法反應已經到大氣層外側。能夠感應到這些反應的人想必寥寥無幾。八成就只有擁有『超直覺』的危險預知能力著吧。」

「的、的確。老夫也對魔法感應很有自信，但是這個魔法做得太過自然，實在很難想像背後有人操控……」

「正是如此！就算是擅長使用魔法的高階魔將好了，如果只是三腳貓大概無法察覺。真的很厲害。

你也這麼認為吧？」

「老夫也這麼想！這真的是很厲害的魔法！」

不知道為什麼，迪亞布羅擺出洋洋得意的表情，開始對蓋多拉炫耀。蓋多拉也認同他的說法，一臉興奮。

「紫苑。」

「遵命！」

這樣實在很礙事，所以我命令紫苑把他們帶到別的房間隔離起來。

當現場恢復寧靜，我們切入正題。

從高空中回傳監視影像，這招實在太犯規。

大家想想看。

不久之前還在煩惱他們會從哪條路線進攻，事到如今就像笑話一樣。

這是因為不只可疑路線，就連跟帝國的國境交界處附近也能進行監視，一旦他們出動就能看得一清二楚。

拿將棋來比喻好了，我們可以看到棋盤上所有的狀況，對方卻好像在下盲棋。

他們只能看到自己的棋子。只要我方不至於太嫩，就算對方是下棋高手，我們也不會輸吧。

哪還需要派高手制衡他們的雄兵，我方占有絕對優勢。

再說打仗沒有任何規矩可言。

贏的人說什麼都對。

對方單方面侵略，那可是超乎想像的可怕。除了沒有任何約定可以仰賴，戰爭中什麼事情都有可能

發生。

但我還是定了一個規矩。

「不准對一般民眾出手！」

規矩就是這個。

當然也嚴格禁止我方率先出手。還有一旦我宣布戰爭終結，在那之後就不能發動任何攻擊。

我相信不會有人違背我的意思，去違抗這個命令。

如今在這個管制室裡，我國幹部齊聚一堂。

司令官是紅丸，白老當顧問。

蒼影是情報部門的負責人。

加上利格魯德，還有在旁邊支援他的三權首長——魯格魯德、雷格魯德、羅格魯德這三人。

女性陣容這邊有朱菜跟莉莉娜參加。

以及在背後默默支持大家的利格魯、凱金和黑兵衛。

培斯塔和摩邁爾當顧問。

各軍團長這邊有哥布達和戈畢爾，加上請他中斷工作過來的蓋德。

還把戴絲特蘿莎等三名女惡魔叫來。

迪亞布羅看樣子有在反省了，所以我也准他參加。他跟紫苑相處融洽，就站在平常的固定位置上。

為了找參考對象，我還讓蓋多拉和真治三人組一起入座。

有人姍姍來遲，他就是現在等同人民心靈支柱的正幸。

「先等一下，我怎麼變成人民的心靈支柱了？拜託別亂講話啦，真是的！」

哎呀，不小心說出心聲了嗎？

正幸對我發飆。

看我跟正幸這樣互動，不知為何蓋多拉都沒別開目光。

或許有什麼事情讓他在意也說不定，等會議結束再來問他吧。

最後剩下的成員還有兩個人。

那就是來幫忙的維爾德拉跟菈米莉絲。

貝瑞塔和德蕾妮小姐、卡利斯，他們都在房間角落待機。

以上這些就是全部的成員。

我摸摸坐在隔壁的蘭加，環視坐在椅子上的各位。

「今天會把各位找過來，我想應該用不著多說，就是為了開會，商量要如何對抗帝國。我跟紅丸已經想過約略的作戰計畫，但我們也想聽聽大家的意見。請大家踴躍發言。」

「「「是！」」」

就是這麼一回事，會議即將開始。

＊

我們開始看那些影像，裡頭映照出陸續集結的帝國軍隊。

有一些鋼鐵做的東西發出轟隆聲，靠履帶移動。

那是戰車。

我們從上空觀察到戰車數量有兩千台。

「等等，怎麼會！那裡怎麼會有戰車？」

一看到那些東西，我馬上浮現這個想法。

我趕緊詢問真治他們，結果得知帝國境內有在利用「異界訪客」的知識——運用科學技術開發現代化兵器。

運用石油的替代品——魔素，內部搭載這樣的內燃機關，藉著讓大氣循環就能補充能源。同時進行散熱和魔素供給，可以說那是一套想得很周到的系統。

這種戰車能夠廣泛運用，如果只比較性能，稍微超越原生世界的最高性能戰車。

根據蓋多拉所說，帝國那邊分析從古代遺跡挖掘出來的魔導中控動力爐，接著進行現代化改良。好像還會補給魔石，用來當作燃料。

如果只是用在一般用途上，他們會從大自然中採收，聽說戰鬥的時候也會利用魔石。

不僅能夠用一百公里以上的時速行駛，就算遇到險惡的道路似乎也沒問題。

聽說也可以稍微從地面上浮起來、飄在半空中，雖然這樣會消耗能量。

說真的，我發現我們晚了一步。

要是我們也有開發就好了，那讓我很懊惱。根本沒想到要在充滿騎士的世界裡開發戰車。

我們已經打造出列車了，但距離戰車還差一步。

——不過這裡連車都沒有，居然直接打造戰車。話說讓車輛普及，這方面也要稍微思考一下。

那樣是很方便沒錯，可是很危險。

到時候大家應該都會想要一台吧，但問我能不能替所有人都準備一台，我想應該沒辦法。還要面臨能源枯竭的問題，不管怎麼想都覺得會出現有車族和無車族。

反正有列車就能讓便利性提昇，我看目標還是放在打造不需要車子的都市好了。

等這些建設都整頓好，我想開發有錢人會有興趣的車子。

讓獲得這些車變成他們的目標——大概就是這種感覺。讓大家有一個夢，為了彰顯身分，買些高級的東西也不為過吧。

不過這些都要等戰爭結束後再說。

因為讓人驚訝的不是只有戰車而已。

還有船在空中飛。

真的假的——光是要吞下這聲尖叫就費了好大的功夫。

有了那樣東西，運輸起來就會更輕鬆。如果用在戰爭之中，補給問題也能一併解決。

還有我發現自己太自以為是。

一直都很樂觀，以為只有我們奪得制空權。

我們也想開發那樣東西——以前曾經想過，但現實中是不可能的。要打造出能夠在空中飛的船，那不是一朝一夕就能完成的東西。

我想花點時間應該就能實現，但是開發一樣東西可沒這麼簡單。所有的商品都是經過一番錯誤思考，最後才修正到可以實際運用。

這次我該憑良心誇獎帝國那邊的開發人員。

因此也不能怪我會想要抓個毫髮無傷的開發人員過來。

假如我的思考更有彈性、更天馬行空，然後要大家開發出那些東西，那我們現在就——不，別想了。

在這懊惱也沒用，就把那個當成今後的課題。

等這場戰爭結束，我想要試著用更自由的方式開發各種東西。

＊

帝國的現況就像剛才看到的那樣。

我以前就知道世界上有這種東西，但有些人是第一次看到。

那些人都難掩驚訝，目瞪口呆地看著那些影像。

「侵略者總人數推測應該有百萬人！總之就像我們看到的這樣，帝國那邊的軍事兵器也很嚇人，但我們還是保有優越性。大家放心吧。」

在戰爭中最重要的要素就是對敵人的戰鬥力掌握多少。就在這個時候，我們等同已經讓敵兵毫無保留地呈現在眼前。

根據智慧之王拉斐爾大師計算，敵人的軍隊總人數有百萬人。人數實在多到亂七八糟，但我還是不認為我們會輸。

因為我們現在就是這麼游刃有餘。

「我已經從蓋多拉那邊聽說了，帝國境內好像有三大軍團。其中一個軍團叫做機甲軍團，他們擁有剛才出現在畫面裡的戰車部隊。通稱『魔導戰車師團』，把他們當成敵人的主力部隊就對了。」

話說到這邊，我開始解說戰車部隊的內情。

蓋多拉給的情報不只這些。他有去參加帝國那邊的作戰會議，把聽到的事情全部告訴我們。

蓋多拉逃亡的事情八成傳回去了，他們有可能變更作戰計畫，但我想大綱應該不會變動。

畢竟帝國那邊還有優樹在，他的目的好像是發動政變。

為了擾亂其他軍團的軍團長，那傢伙肯定會主張蓋多拉已經死去，用不著對他保持警戒。

而且蓋多拉還說機甲軍團的軍團長卡勒奇利歐已經上當，被我撒下的餌引誘。以為地下迷宮裡處處都是資源和寶貝，企圖捷足先登。

既然如此，他應該不想看到作戰計畫大幅度變更，很有可能接受優樹的提案。按照自己的推測展開行動是很危險的，但是看卡勒奇利歐如何安排他的軍隊，這樣更容易推測出敵人的行動目的。

我才剛說明完，哥布達就率先發言。

「請問一下，我的軍團會在旅館小鎮待機，會跟剛才那些戰車對戰嗎？」

這個切入點真不錯。應該說，他本人都被指派擔任軍團長了，這個問題就攸關死活，一定要問清楚吧。

哥布達開會的時候總是在睡覺，想來他也有所成長。人果然要負責任才會長大——

「這種理所當然的事情有什麼好問的?你要率領第一軍團痛宰這個戰車部隊。」

我還沉浸在感慨之中，紅丸就說了這麼一句話。

哥布達大受打擊，整個人搖搖欲墜。

「我怎麼沒聽說……」

他在那裡一個人碎碎唸。

好吧，我很明白你的心情。

「該不會要我們死守旅館小鎮吧？」

哥布達用死人臉問了這個問題，我對他露出笑容。

「怎麼可能──！根據剛才聽到的戰車性能，如果你們用對方法應該能夠獲勝，但是不曉得會造成多少損害。基本上比起進攻，防禦更困難，綠色軍團沒有實戰經驗，大概只會變成戰車的鏢靶吧。所以光靠死守根本談不上作戰。」

為了讓他放心，我如此解釋。

我拜託白老去支援哥布達，他似乎從一開始就看出我在想什麼，聽我說話的時候頻頻點頭。

「那該怎麼辦？」

「去思考這方面的事情是軍團長的職責，但一開始做起來都會覺得比較困難。紅丸，你來說明一下。」

這個時候我高姿態下令。

其實我就跟哥布達一樣，對軍事方面的事情一竅不通。也對作戰計畫不是很清楚，詳細事項就交給紅丸處理。

我的優點就是對自己很寬容。

若是哥布達很努力、有所成長，我就能輕鬆一點。

因此我很希望哥布達多多努力，同時跟他一起聽紅丸說明。

「聽好了，哥布達。旅館小鎮是很重要的據點，但失去也沒什麼好困擾的。若是被弄壞再重建就行了，被人奪走大不了再搶回來。問題就只有會對居民造成損害。可是這方面利姆路大人已經想好對策。

已經發布讓那邊的居民前往首都『利姆路』避難的命令了。」

嗯嗯。

知道帝國會展開行動後，我就開始讓他們疏散。避難要花一些時間，但應該能趕在帝國軍抵達之前完成。

「啊，這麼說來人真的變少了。」

「我想也是。你的任務就是讓剩下那些居民也安全避難。之後再來這裡。」

紅丸說完就指出某個地點，那來自攤在桌子上的大地圖。

正式名稱為武裝大國德瓦崗。那裡是他們的中央都市。

「咦？」

「你看看這個影像。帝國軍看樣子會讓他們的部隊分散，從好幾個路線發動侵略。有些部隊已經進入朱拉大森林，但是戰車部隊還沒有行動。看這個部隊的行進方向就知道，他們打算沿著柯奈特大山的山麓移動。那裡樹木密度較低，軍隊在行軍的時候比較不會受到影響。」

「原、原來是這樣……」

「你根本沒聽懂吧。算了。你該做的就是保衛矮人王國。」

一面說著，紅丸拿起代表哥布達軍團的棋子，把它放在矮人王國前方。接著拿出矮人軍的棋，將它跟哥布達軍團的棋子放在一起。

「你要跟他們一起戰鬥。」

「喔喔……！」

看樣子哥布達總算明白了，看起來既驚訝又興奮。

這個作戰計畫是根據蓋多拉給的情報來設計的。

我已經跟蓋札達成協議。

帝國的目標是矮人王國，根據同盟約定，我跟蓋札透露這件事情。同時表示會按照約定派遣援軍。

蓋札當然也發現帝國的行動有鬼。對方再三要求他們准許自己進軍，蓋札似乎也拒絕到很煩了。

而且他好像已經看出不久之後──等的不耐煩的帝國將會展開行動。

我的提議對蓋札來說也值得慶賀，對我們兩個都有好處。

我決定放棄旅館小鎮，要是被毀壞會重新建造。不過，只要我們沒有把那裡當成戰場，帝國應該就不會胡亂破壞那個地方。

不久之後我們會把旅館小鎮拿回來，就算放棄也沒問題。

「帝國之所以選醒目的地方通過，是為了讓我們知道他們會從這邊進軍。像這樣大動作行動，任誰都會注意到。」

「也就是說──這算示威行動？」

哥布達這傢伙，他居然知道這種艱澀字眼。

有在學習喔，這個臭小子──我有點佩服。

「說對了。這條路線就位在德瓦崗跟魔國聯邦的交界上。兩個國家都會確實注意到，要試探對方的動向，用這種方式最適合。如果對方隨便過來找碴，他們就能拿這個當理由，立即開戰。當然我們已經嚴格禁止我方人員出手，所以首先會警告他們。到這邊都有聽懂吧？」

「有。」

「如果我們沒有出手，帝國軍就會越過艾梅多大河，來到能夠俯瞰矮人王國正面入口的地方。那裡有一大片沒長樹木的平原，最適合用來布局軍隊。」

「原來如此……」

「做到這種地步，蓋札王不可能保持沉默。會派軍跟他們面對面，與對方進行交涉。關於這點，我們也一樣，帝國將會與我國魔國聯邦和德瓦崗這兩個國家為敵。」

紅丸挪動地圖上的棋子，用看起來淺顯易懂的方式進行說明。

「照蓋多拉先生的話聽來，帝國似乎有在警戒，以免被矮人王國和魔國聯邦包抄，但這個地點若是被他們壓制，那就沒辦法成行。對手早就嚴陣以待，去那個地方偷襲一點戰術意義都沒有。」

所謂的偷襲，這種戰術就是要挑對方大意的時候下手。

既然對方已經識破我們的策略，那這麼做一點意義都沒有，這就是對我們不利的地方。

「所以我們從一開始就要迎擊。然後從正面進攻，徹底粉碎他們的軍隊！」

話說到這邊，紅丸讓哥布達的棋去撞代表帝國的棋子。

「噢噢——！」

哥布達一臉佩服。

其他幹部看起來也沒意見，但是對於戰力差距，不曉得他們是怎麼想的？

「第三軍團長戈畢爾！」

「在！」

「你的任務就是保持警戒，守護過去避難的居民。從空中監視，看看有沒有人跑太慢或是遇難，適時伸出援手。」

「遵命！」

「還有，順利帶領大家去避難之後，你直接去幫忙哥布達。如果時間點抓的不錯，應該能在帝國軍抵達之前跟他會合。」

「我的軍團在魔國聯邦境內移動速度最快。一定會趕上！」

戈畢爾對紅丸信心滿滿地回應。

可是真的要做起來應該不容易。

當那些居民在搬遷的時候，我打算將全速運轉的列車投入運用。然而就算出動列車，破好幾萬的人移動起來還是要花一段時間。

反之帝國軍的行動速度快到不正常。

連軍團魔法的效果也考量進去，計算出來的結果令人吃驚，推測他們一天能夠前進八十公里。

帝國軍目前還在國境線附近。那裡距離開戰預定地點大約一千五百公里左右。照這個速度算起來，大概過二十天帝國軍就會來到預定開戰的地點。

之所以能維持這樣的行軍速度，那是因為每個士兵都有接受改造手術。聽說就算一個星期不吃不喝也能行動，最大作戰速度肯定更快。

聽說在沒有補給的情況下，戰車的移動速度能夠來到平均時速十公里。就算在夜裡他們也能吸收魔素，可以配合戰車的能源補給間隔來休憩。

在戰爭還沒開始之前就把自己搞得疲憊不堪，這樣確實是下下策。

蓋多拉的說明切中要害，我跟紅丸進行計算的時候也有想到這些。

「——事情就是這樣，帝國軍隊抵達這邊的速度可能比想像中更快。大家都要多加小心！」

紅丸用這句話做總結，接著開始進行下一階段的解說。

「照理說帝國軍的主要軍隊應該會放在這，就像哥布達剛才說的，那是示威行動。也就是所謂的假動作。他們的主力軍隊其實會直接瞄準這裡展開行動！」

紅丸邊說邊拿出另一個顏色的帝國軍棋。然後將好幾顆這種顏色的棋子分別放在朱拉大森林各處。

假裝戰車是他們的主力部隊，真正的主要部隊其實配置在別的地方是嗎？

敵人的動向被我們看得一清二楚，說真的我只覺得「是喔——」。

「萬一情況超乎我們的想像，還有蓋德會守護這個地方！蓋德，你要盡快把各個地方的部下都叫回來。」

「我知道了。我已經用『念力通訊』傳達完畢。再過不久大家都會來我身邊集結。」

紅丸跟蓋德似乎很有默契，不用說多少話就達成共識。不愧是蓋德，實在有夠可靠。

之後紅丸的目光重新回到地圖上。

「這邊這個主力部隊應該會持續隱匿蹤跡行動。很可惜，靠利姆路大人的監視魔法『神之眼』沒辦法連森林裡面的情況都看到。這個時候就換蒼影出馬。」

紅丸話一說完，蒼影就點點頭站起來。

「森林裡草木濃密，要從高空中監視很困難。就算想讓我的部下潛伏在裡面，那裡的範圍也太大，而且有被人發現的風險。所以我就去拜託摩斯。這傢伙放出許多尺寸極小的『分身』，可以接收情報。在這種狀況下不能期待他們發揮戰鬥能力，但是『分身』就算被打倒似乎也沒問題。目前朱拉大森林東部都被摩斯監視。他已經掌握相關情報，知道帝國軍這邊分成好幾個小隊，在該地區進軍，能將他們個別擊破正合我們的意。」

蒼影說完露出冷酷的笑容。

感覺有點可怕，還好他是我們的夥伴。

是可以個別擊破沒錯，但是後續又有主力部隊跑出來就麻煩了。因此紅丸想到的作戰計畫，就是等對方聚集到某個程度。

「既然帝國軍的目的是地下迷宮，那就把他們引進去再來收拾。如果有其他部隊留在地面上，蓋德率領的第二軍團跟我的主力部隊會痛宰他們！以上。」

這個作戰計畫簡單明瞭扼要。

可是最讓人疑惑的就是戰力差距。

從剛才開始就都沒有人挑剔這點，不曉得大家對這件事是怎麼想的？

這種時候是不是該由我開口問呢──在那瞬間我迷惘了一下，此時管制室被一陣喊聲包圍。

「我明白了！戈畢爾大哥也過來就能放心了。這下我們一定能獲勝！」

「聽你這麼說真讓人開心！我到時上陣一定會大展雄風，不會輸給哥布達先生！」

「原本還在擔心這次沒機會出場，不愧是大將軍紅丸先生。將守護本國這個最大的榮譽留給我。我一定會好好發揮這股力量！」

因為紅丸剛才指派那三名軍團長做這些事，他們才會有那種反應。

不僅如此，每個文官也都興奮地交頭接耳。一點悲壯的感覺都沒有，連那三個女惡魔都開心地聊天。

不對吧，就說有……戰力差距……

我也覺得在這次戰爭中獲勝的人會是我們。

內心覺得游刃有餘，但這不表示都不會讓人感到不安。

然而大家看起來一點都不擔心，真不可思議。就連哥布達都不例外，一開始在那邊心神不寧的樣子彷彿是幻覺，如今他可是充滿幹勁。

雖然有白老當顧問跟在他身邊，但我還是覺得不安。

「聽完紅丸的說明，大家有哪裡不懂嗎？」

我試著詢問，可是都沒人出面質疑。

反之紅丸跳出來代表大家發言。

「請您放心，利姆路大人。我們不擔心戰敗。但這並不代表我們認為自己不會輸，而是因為我們將會盡全力作戰。我們有足以戰勝的要因，還有一個華麗的戰場。若是這樣還輸掉戰爭，那就是我們自己太無能，只能遵循弱肉強食的定律。」

他說完就露出爽朗的笑容。

其他魔物的反應也一樣，就連身為女性的朱菜等人都是這樣。

他們並不怕輸給對方，怕的是逃避對戰。更甚者——

總覺得我好像能夠體會他們的心情。

既然這樣，我也要盡我所能。

「戴絲特蘿莎、烏蒂瑪、卡蕾拉！」

「「「在！」」」

三個女惡魔被我叫到名字不約而同站了起來，朝我彎腰鞠躬。

就在這裡，我對她們三個下令。

「妳們要跟隨各個軍團的軍團長，支援他們的行動！」

「知道了，利姆路大人。評議會那邊就交給席恩。在這場戰爭結束之前，我也會參戰。」

「終於輪到我出場了！包在我身上，利姆路大人！」

「呵呵呵，我的主君啊，敬請期待。我會向您展現所有的力量！」

那三個人抬起臉，開心地說著。

我點點頭，把她們三個人分別介紹給其他人。

「戴絲特蘿莎妳跟著哥布達。」

「好，樂意之至。」

看到戴絲特蘿莎如此回應，哥布達一臉狐疑。

「沒問題嗎？沒有參加過這種大戰的女人，來第一軍團很難勝任喔？」

他說出讓人驚恐的話。

她們幾個是很凶惡的「始祖」，我直到最近才明白這件事，所以好像沒立場說別人，但是看到不知該害怕的哥布達，我覺得好驚恐。

你……會被宰掉——雖然這麼想，我卻沒說出口。

因為這樣好像比較有趣。

「哎呀，那就靠你了。」

戴絲特蘿莎說完笑了一下，但不敢直視那對眼睛的人應該不是只有我而已。

就算對方是戴絲特蘿莎，只要道歉應該還是會原諒你的，哥布達老弟。如此這般，期待看到哥布達發現戴絲特蘿莎真面目的那天。

相較之下，戈畢爾就有所成長。

「我還有許多不足的地方，請多指教！」

他跟烏蒂瑪低頭一鞠躬。

根據迪亞布羅和各相關人員所說，在這三個女惡魔之中性格最殘忍的似乎就是這個烏蒂瑪。最容易失控的聽說是卡蕾拉，但最可怕的可是烏蒂瑪。

她雖然會遵從我的命令，但是又會鑽漏洞找對方報仇。烏蒂瑪很有可能會做出這樣的事情來。

戈畢爾的對應方式是正確的。

烏蒂瑪好像很喜歡戈畢爾，她用可愛的模樣回禮，嘴裡說著：「嗯！我才要請你多多指教！」

戈畢爾平日裡就常常告誡自己，要自己別得意忘形。這下發揮效果了，看樣子他因此得救。讓我覺得平常果然就要多加注意，這很重要。

蓋德那邊沒有任何問題，他正在跟卡蕾拉握手。

兩個人的氣質都很像，有武將風範，我認為他們會是一拍即合的組合。

話說我安排的組合實在很妙。

假如哥布達跟戈畢爾對應的人選互相調換，哥布達會有危險吧。

我心想真是太好了，接著用一些話激勵他們三組人馬。

很少有人知道這三名女子的真面目。

之前金過來的時候，有些人曾經參加當時的會議，我已經對他們下封口令了。讓大家感到害怕沒什麼幫助，而且我也要那三個女惡魔自律。

命令她們絕對不可以暴露真實身分，必須服從軍團長的命令，但她們好像會面不改色做些什麼，讓我很害怕。假如不知道這三個女孩的真實身分，我好歹會比較幸福一點……

不，要信賴她們。

若是沒有我下令，戴絲特蘿莎她們應該會安分地在一旁觀望吧。

總而言之，這樣就安排好三組人馬了。有她們三個人跟著，要是有什麼突發狀況也能幫忙應對吧。

想到這邊，我就放心了。

＊

「那麼議題就是這些，還有其他要討論的嗎？」

再來就要看帝國那邊會怎麼行動，我們只要隨機應變就好。

跟蓋札王合作的事情也很重要，必須進行細部討論。但這些都是作戰整合本部該做的事情。那些軍團長都有他們自己的任務，若是沒什麼事情，應該可以先讓他們解散。

我個人是這麼想的，但這個時候有人迅速舉手。

他就是正幸。

「那個──可以打擾一下嗎？」

「什麼事，正幸老弟？」

「其實是這樣的，我有一個疑問──」

「嗯。」

「姑且不談為什麼讓我當軍團長，關於你交給我的軍團──義勇兵團什麼時候上場，要負責哪個部分，這些好像都沒有說明……？」

嗯，原來要問這個。

應該有很多事情都讓他感到疑惑吧。

看他現在的年紀只是一個高中生，突然被人要求去當軍團長，他當然會很混亂。

如果是很久以前的日本，這樣或許很正常，但日本進入和平時代後，這種事情對於在那邊生活的年輕人來說可能會有點困惑。

不過我也是很辛苦的。

一回過神就當上魔王，沒有上司可以依靠。

這樣一想就會覺得正幸老弟實在很幸運。

「你不覺得嗎？」

「就說了，希望你解釋一下！」

啊，好的。

就算我在腦海裡說了一堆話，可惜的是似乎還是無法傳達給對方啊。

說出來很像在找藉口，但沒辦法。

「好吧。突然把一個重責大任塞給你，我很抱歉。」

「咦，不會……」

「不過要穩定鎮上居民的民心，我覺得讓你來做比我更適合。」

如果鎮上只有魔物，就算戰爭即將開打也沒問題。

因為他們只會士氣高昂，不會有人出來擾亂治安。

但是那些移民就不一樣了。恐懼和不安會讓他們失去秩序，可能還會有人出來做壞事也說不定。

「所以這種時候就希望借助你的力量，來緩和大家的不安。」

「原來是這樣……這樣聽來我的能力應該能起到作用。」

聽我這麼解釋，正幸似乎能夠接受了。

「哇哈哈，您太謙虛了！正幸大人是『勇者』，想必您並不想被特定的國家綁住，小的摩邁爾和底下的人都很清楚這點！但是這次為了無力的人民，希望能借用您的力量！」

這個時候摩邁爾用亮晶晶的眼神看著正幸，還說出那番話。他到現在還是對正幸的實力存著誤解，但我覺得也沒必要糾正。

話說讓人意外的是就連日向都誤會正幸。

正幸，你好可怕！雖然這麼想，但我覺得這種時候最好還是繼續守候正幸傳說。

「……是啊。」

正幸回答的時候一臉不甘願。看他擺出那種表情，顯然已經被這件事情弄得很煩了。

這樣有點可憐，但希望他這次能夠努力一下。

「那我就請交給我的義勇兵團努力維持治安吧。」

「麻煩你了。我想你已經知道了，多虧菈米莉絲的幫忙，應該能夠將城鎮受到的損害壓至最低。一旦戰爭開打，地面上的都市也會隔離進迷宮裡。」

這個資訊已經傳達給幹部和各相關人員。

我們並沒有刻意取締，在進行避難訓練的時候，有些人來不及逃跑，一些傳聞大概會從他們那邊傳出去。一方面是想，藉著這種方式能夠或多或少解除大家的不安。

「對啊！我的力量是很厲害沒錯，但能夠做到那種地步多虧師父！」

「嗯。我把身上過分強大的魔素分給菈米莉絲，才能完成這種大絕招。說穿了其實是友情致勝啦。」

多虧菈米莉絲才能將地面上的建設都隔離在迷宮裡，但那也要有維爾德拉幫忙才行。這個時候我應該要坦率道謝。

「感謝你們兩位，幫了很大的忙。」

「咦，是這樣啊？對喔，也是啦！你可以再多誇幾句喔？」

「嘎哈哈哈，就是說啊！可以多誇我們一點！」

「好啦好啦。多謝幫忙！」

稍微誇一下就變成這樣。

不過這次他們真的幫了很大的忙。

雖然是隔離在迷宮裡，但是大家可以看到天空，某些居民甚至沒發現出什麼事。

這樣他們也不會遭受帝國軍蹂躪，就這點來看，真的很厲害。

「但是利姆路，你要記住一件事情。」

「嗯？」

「現在只是假設萬一真的出狀況——假如師父被人打倒，第一百層被人突破，到時城鎮會一口氣跑到迷宮外面。也就是所謂的物極必反效應。」

「原來如此，這部分確實也令人擔心。不過變成那樣的前提是維爾德拉戰敗對吧？假如事情真的變成那樣，到時應該也沒空管城鎮變成怎樣。」

如果這種事情真的發生，那我們也都會盡全力戰鬥吧。根本沒有餘力去管城鎮的狀況怎樣。

「總之我不可能會輸啦。」

「就是啊。而且還有迷宮十傑，我個人認為用不著擔心那個！」

確實就像菈米莉絲說的這樣，基本上根本不會有維爾德拉出場的機會。不過，要是有什麼萬一……

「如果真的出事，我們這邊還有正幸。」

「什麼！先、先等一下！只是維持治安還行，如果事情真的變成那樣，我又能做什麼啊？」

正幸大叫說他甚至沒有軍隊指揮經驗，我們其他人也覺得有道理。就連把正幸當成神的摩邁爾也不例外，用「這麼說也對」的表情不斷點頭。

「放心吧，正幸老弟。我不認為你能夠指揮軍隊。目前正在跟日向商量，想要拜託她派聖騎士團的人過來，當你的輔佐官。我想她應該會答應，打算找人當你的副手，幫忙你做事。」

「原來是這樣啊，那我就放心了。」

「還有一件事！我會讓孩子們當你的護衛，這樣你的人身安全就——說錯，你要保護他們。」

「哇哈哈！可以讓勇者大人守護，這下那些孩子肯定很安全！」

「當、當然好。」

汗如雨下的正幸答應了。

正幸他也知道孩子們有多少實力，知道被保護的人將是自己。

再說克蘿耶也在。假如真的出事，她會保護正幸他們吧。

就這樣，必要議題都討論完了。

已經想好萬全對策，可是不到最後一刻，沒有人知道還會發生什麼事。

除此之外——

還是有些地方讓人感到不安。

在克蘿耶的記憶裡，我會死去。

目前帝國境內有能夠殺掉我的高手在——這是無庸置疑的事實。

如果那傢伙出現，就連迷宮十傑都抵擋不了。不，反過來說——

《答。為了摸清敵人的底細，我們這邊才會設置迷宮十傑。》

我想也是。

看樣子智慧之王拉斐爾大師從頭到尾進行安排都把我的人身安全擺在第一位。

這點讓我很開心，同時我也做了覺悟。

不管發生什麼事，我都要守護那些夥伴。

可不想為戰爭這種愚蠢的行為害誰受傷。

懷著這份決心，我們結束這天的會議。

*

要正幸去說服居民的事似乎進展順利。

最後事情好像演變成「他說服魔王，已經約好會保護城鎮」。

「不愧是勇者大人！」

「真可靠！」

冒險者和那些移民都對正幸讚譽有加，有人看到他當時表情很複雜。

不過，就連這樣的表情都——

「勇者大人憂鬱的表情真萌。」

「都已經讓魔王做出這麼大的讓步了，勇者大人似乎還不滿意。」

「正是如此。渾身散發莊重的氣息，非常吸引人。」

「這座城鎮有勇者大人守護。而且還有魔王利姆路，就算帝國打過來也沒什麼好害怕！」

「沒錯！全都交給他們處理，這下我們就放心了！」

——最後人們的解釋變成這樣，結果大家對正幸的評價更高了。

其他人都沒有發現正幸很苦惱。

就這樣，鎮上居民依然過著安穩的日子。接著那天終於到來。帝國軍現身了。

和平的日子劃下休止符。

宛如仲夏夜之夢，突然間結束。

緊接著，戰爭開始——

終章 皇帝的霸業

Regarding Reincarnated to Slime

「你醒了啊，魯德拉。」

一名身穿華服的男士坐在輪椅上，有著藍色秀髮的美女朝他問道。

這名美女就是在大會議室掌握主導權的那個人。她就是「元帥」。

「對。會議進展得如何？」

「已經決定要大長征。」

「辛苦了。蓋多拉持反對意見對吧？」

「是的，那個老人很現實。『異界訪客』的兵器不可能跟『龍種』對抗——這種理所當然的事情，他不可能沒發現。」

「呵呵呵，那倒也是。但即使如此，還是要進行大長征。為了讓大家知道寡人是這個世界的王。」

這是跟金的約定——皇帝魯德拉小聲說著。接著他念頭一轉，臉上露出安穩的笑容。

「對了，維爾格琳。依妳看這次會如何發展？」

維爾格琳——在這個世界上只有四隻「龍種」，那是其中一隻的名字。

象徵火焰的紅龍司掌「灼熱」。

是比「暴風龍」維爾德拉還要古老的個體，永恆不滅的龍。其名就是「灼熱龍」維爾格琳。

——能冠上這個名字的，在這個世界上就只有一個人——

聽魯德拉這麼問，那名美女給出答案。

「我們會獲勝。一定會。會把窩在巢穴裡面的矮人逼出來，粉碎那個新手魔王的傲慢，讓我那個愛偷懶的蠢弟弟清醒過來，還要讓金承認這個世界的支配者是魯德拉——就是你！」

被人用這個名字呼喚，對方完全沒有半點不自然的感覺。

沒錯。

她就是維爾格琳。

最強的「龍種」之一——「灼熱龍」維爾格琳。

面對這個偉大的維爾格琳，皇帝魯德拉繼續用親暱的語氣說話：

「是嗎？那真是太好了。那妳認為妳的弟弟會出動嗎？」

聽到這個問題，維爾格琳想都不想就直接回答了。

「會的，魯德拉。他會出現。因為那孩子最喜歡湊熱鬧。不過——總覺得他的封印雖然解開了，但好像還沒恢復原狀。沒有偵測到瘋狂肆虐的暴力魔法風暴，原本在地球上的各個角落都能感應到那股妖氣，現在卻徹底消失。也許他的復活還不夠完整呢？」

「……這麼說來，或許寡人的軍隊能夠打倒他。」

「那也是一大樂趣。只是收買我那個愚蠢的弟弟就得意忘形，這個魔王甚至還誆騙我可愛的姪子，要讓他吃點苦頭才行。」

聊到這邊，那兩個人相視而笑。

對魯德拉和維爾格琳來說，作戰計畫是否成功根本不重要。

他跟金玩一個遊戲，賭上這個世界的支配權。

這個遊戲沒有複雜的規則。只要利用「棋子」壓制對手的陣地就贏了。

棋盤就是整個世界。

魔物和人類是他們的棋子。

一開始金手上的棋子是魔物和魔人，魯德拉則是掌握一部分的人類。然而長年以來不斷變換交替，現在兩邊的狀況都很混亂。

就算奪走敵人的棋子，從規則上來看也沒有任何問題。

除此之外——

對金和魯德拉來說，最強的棋子就是他們各自的搭檔——「龍種」。

只能動用剛才說到的那些棋子——這就是這個遊戲裡必須遵守的唯一規矩。反過來說，只要金跟魯德拉沒有正面對決，他們想要做什麼都行。

但如果世界滅亡，這個遊戲當然就會結束。這就有違他們的本意，因此需要適當拿捏，以免這種事情發生。

只不過這個遊戲存在不確定因素。

就是剩下的那個「龍種」維爾德拉，和那些始祖惡魔。

這些不確定因素並非遊戲的一部分。要讓他們變成自己人，或是讓他們變成敵人，一切都看玩家金和魯德拉如何決定。

金的其中一顆棋子——他的幫手魔王雷昂，其支配領域一直受到黃色始祖威脅。

西方那邊還有紫色始祖，貿然輕舉妄動可能會蒙受莫大災害。

而東方這邊有純白始祖。

那些惡魔擁有龐大的力量，永遠不會死去。要從根源滅掉他們不是不可能，但需要做好萬全準備吧。與其犧牲這麼大，還不如跟他們交涉，讓他們變成自己人，這是最好的辦法。為了讓他跟金的遊戲進展下去有利於自己，這是最上策，魯德拉跟維爾格琳是這麼想的。

如果維爾格琳出面作戰，她連純白始祖都能葬送。可是這樣一來，對當地造成的損害將超乎想像。結論就是於現實之中不可行。

而且他們還誤判一件事，那就是西方諸國開始出現他們自己的一套玩法。

西方那塊土地上誕生魯米納斯這個當地神明，不知不覺間壯大成一神教。其支配體制相當牢固，讓西方的人民團結起來。

他們已經發現魯米納斯的真面目就是魔王，可是這已經變成一個根深蒂固的宗教了，這個時候做什麼都為時已晚。

當魯德拉徹底支配東方，西方也形成一個勢力圈，並且團結起來。金和魯德拉的遊戲之所以會陷入膠著狀態，原因就出在這兒。

「因為『勇者』克羅諾亞和『勇者』格蘭貝爾非常活躍，進攻西方變得更困難，這是一大弊端。如果那些人沒有出現，現在你早就贏得勝利了。」

「現在下定論還太早。會出現一些人妨礙寡人稱霸世界，那大概是維爾達納瓦給寡人的試煉。因為那個人以前就很喜歡惡作劇。」

「是啊，確實是這樣。哥哥也真是的……」

話說到這邊，魯德拉和維爾格琳就像在緬懷過去，他們臉上帶著微笑。

「不過時機已經成熟了。所有的棋子都湊齊了，不久之後寡人將會贏得勝利。」

「這次一定要將金和我姊維爾薩澤一軍。」

「呵呵，金一直在等待機會。如果妳跟維爾德拉打起來，他會趁人之危吧。」

「沒錯，真討厭。若不是那樣，那個時候我早就親手解決維爾德拉那孩子了——」

這是在講上次大長征中失敗的事。

一旦維爾格琳出馬，就連維爾德拉都算不上威脅。可是這麼做很有可能讓金圖到漁翁之利。

想要出動最強的棋子「龍種」，必須做好萬全的準備。

而現在無非是最佳時機。

魯德拉朝世界各地派出密探，他們帶回各式各樣的報告。

「雖然很久，但等待是值得的。攻略西方最大的障礙已經沒了。」

唯一真神魯米納斯的真面目其實是魔王魯米納斯。既然知道真面目，對方的戰鬥力有多少可想而知。

而且之前代理魯米納斯的魔王也毀滅了，加上「七曜大師」失勢。

不僅如此——

「很礙事的格蘭貝爾也上西天了，西方諸國那邊的威脅頓時少了許多。」

「確實如此。妨礙寡人稱霸天下，那些傢伙用不著寡人動手，他們已自取滅亡。」

這是一個天啟，在說魯德拉就應該稱霸世界——魯德拉和維爾格琳對此深信不疑。

「對了，魯德拉，你的情況如何？」

「完全沒問題。寡人的力量——『天使大軍（哈米吉多頓）』隨時都能使用。」

「天使大軍」是魯德拉擁有的究極力量。發動條件很嚴苛，用過一次之後，下次要用就必須間隔很長的時間。

帝國至今為止都沒有採取行動的原因只有一個。
因為他們一直在等待，等到魯德拉能夠再次使用「天使大軍」的那天。
結果被他們當成最大阻礙的格蘭貝爾也消失了。從某方面來說，魯德拉當然會相信這次他們即將贏得勝利。
至於金，他並沒有徹底掌控那些魔王。
很難說他們彼此之間會互相合作，每一個魔王都是愛幹嘛就幹嘛。他們每個人的勢力範圍很大，但是在魯德拉看來根本算不上威脅。
「這次情況對我們來說太有利。」
「但是時間不夠了吧？真想強行把我那個愚蠢的弟弟拉到我們這邊。這樣一方面也能拿來對付金。若是能夠想辦法把我的姊姊維爾薩澤也處理掉，萊茵和米薩莉根本不算什麼。所以才要跟你商量一下，你的『支配』之力還行嗎——？」
「放心吧。只要讓維爾德拉的意識集中在戰場上，寡人就能趁機發動『王權支配』，徹底操控那個傢伙。」
聽到這句話，維爾格琳美麗又冷酷的臉龐泛起柔和笑容。
「哎呀，那這下我們肯定會獲勝。」
「這是當然的。一切都照寡人的安排發展。」
「那就好。我比較擔心你的——」
「那就別說了。這也是一種自然哲理。人類的肉體實在很不方便……」
「魯德拉……」

「繼承自我意志和記憶轉生好幾次之後，『靈魂』會被消耗。如果跟蓋多拉一樣，有一段時間可以休息，那倒還好，但是對寡人來說這是不被允許的奢侈行為。如果那麼做，寡人的『力量』會再次遭到封印。」

那樣一來，魯德拉想要解放他的力量就必須從頭來過。假如每次轉世都這麼做，那他根本沒機會戰勝金。

這次魯德拉一直在等待，等到自己的力量完全成熟。因此他的力量已經徹底解放，可以說處於萬全狀態。

不過──

為了維持這種狀態，魯德拉非常勉強。

今生的魯德拉別說是立側妃了，就連王妃都沒立。雖說帝國的王妃只不過是一個裝飾品，但這種情況不正常。

這就表示他們甚至沒生下預計給魯德拉使用的容器──也就是皇子。

生下皇子不代表他的力量會分離。魯德拉的轉世很特殊，生下來的皇子會繼承所有力量和知識。是完完全全的世襲制──這已經不是繼承人了，可以說皇子就是如假包換的皇帝。

但今生他卻沒這麼做。

理由跟「天使大軍」使用的期間有關。

如果讓皇子繼承力量，在他長大成人之前，技能會受到限制。原因在於過分強大的力量會有反作用力，而他無法壓抑這個作用力，這種特性就連魯德拉都無法扭轉。

而如今，今生最棒的條件齊聚一堂。若是放過這些好條件轉世變成皇子，將會浪費十幾年的時間。

魯德拉不想要那樣。

還有一點也讓維爾格琳感到不安。

因為將力量蓄積到極限，魯德拉的精神疲勞似乎逼近臨界值。

進入睡眠狀態的間隔愈來愈短，他常常覺得很累。這種狀態讓魯德拉的「靈魂」加速損耗。

如果將力量讓給皇子，讓「天使大軍」晚一點再發動，那些症狀就會比較緩和。然而魯德拉就是不想這麼做。

時至今日。

他打算這次要跟金分個高下。

這樣的魯德拉讓維爾格琳看得很不忍心。

「你還剩下多少時間，魯德拉——？」

「這件事妳用不著擔心。至少寡人可以跟妳保證，在征服全世界之前，寡人不會倒下。」

「是、是啊。如果是你，一定會這麼說的……」

「別露出這麼悲傷的表情，維爾格琳。這次寡人要贏得勝利，終結這一切。妳用不著擔心，只要看寡人如何稱霸世界就行了。」

話一說完，魯德拉傲然地笑了。

那才是身為一個支配者該有的風貌。

他要統治一切，天上天下唯我獨尊。這就是英雄皇帝魯德拉。

看到這樣的魯德拉，維爾格琳也下定決心。

「說得對——那麼睽違已久，我也來下一場慈悲的雨吧。讓人們安詳地死去，殺光所有妨礙你稱霸世界的人！」

維爾格琳說完就溫柔地抱住魯德拉。

後來他們兩個仍繼續暢談——

時間來到隔天。

史無前例的大軍離開帝國，朝魔國聯邦進軍。

遊玩的時候特別專心

畫：川上泰樹

嗨，你好像很努力呢。

……

喔。

哎呀，累死我了，因為是精密作業，要一直保持專注。

是喔，我看看。

疊疊樂！

我只是小玩一下而已耶！

惡鬼!!

去跟紅丸說。

惡魔！

去跟迪亞布羅說。

暴君!!

去跟蜜莉姆說。

ぱ

異世界建國記 1 待續

作者：櫻木櫻　插畫：屡那

運用現代知識來建立國家吧！
嶄新的異世界內政奇幻冒險戰記小說！

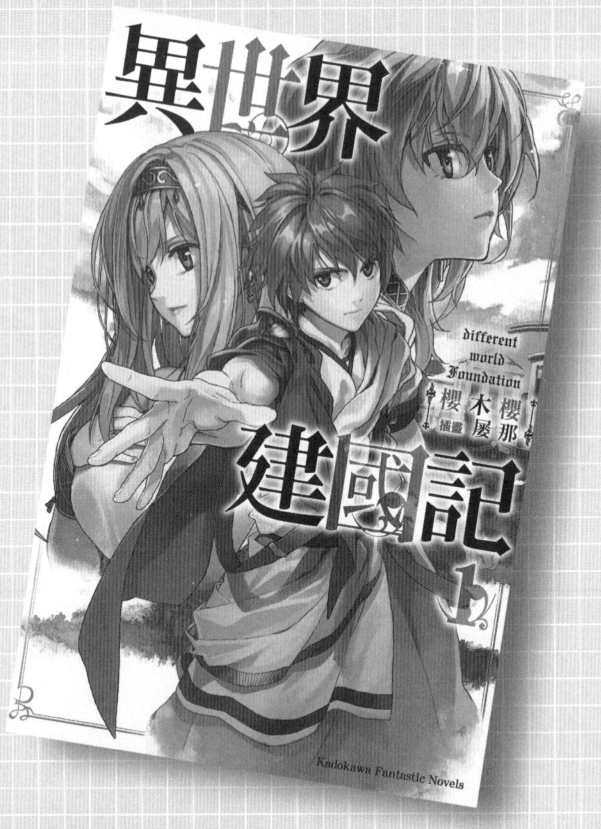

意外轉生到異世界的少年亞爾姆斯，被神獸葛里芬強硬地帶往住處，還被要求「必須在三年內獨立」。無奈的他只能活用前世知識與住處裡的孩子們建立村落。此時卻出現想奪取村子而發動侵略的國家……！被後世稱呼為「神帝」的男子的英雄譚，就此開幕！

NT$220/HK$68

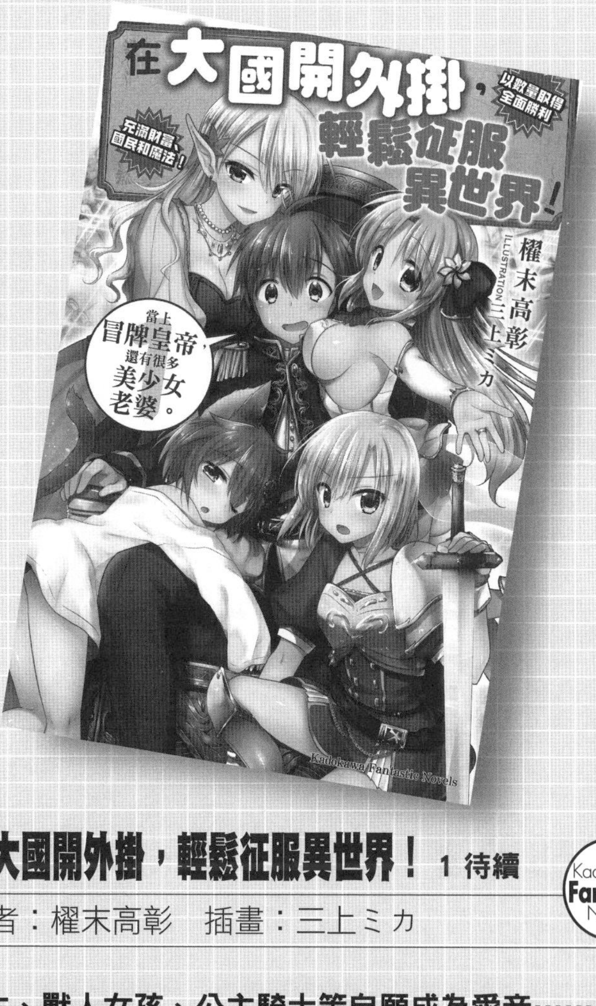

在大國開外掛，輕鬆征服異世界！ 1 待續

作者：櫂末高彰　插畫：三上ミカ

公主、獸人女孩、公主騎士等自願成為愛妾……？
悠然自得的皇帝生活從此開始！

平凡高中生日和常信被召喚到異世界，成為格羅利亞帝國——全大陸第一大國的冒牌皇帝！國土面積佔了大陸的八成，人口與資源號稱是別國的一千倍，至今毀滅過的國家破萬，還有許多美少女自願成為愛妾，在大國開外掛的異世界生活從此展開！

NT$220/HK$68

熊熊勇闖異世界 1~7 待續

作者：くまなの　插畫：029

把魔偶打飛吧♪
熊熊引發甜點革命！

肢解黑虎需要用到祕銀小刀。可是礦山有魔偶出沒，到處都買不到祕銀！優奈把菲娜交給艾蕾羅拉，要用熊熊鐵拳打倒魔偶！更在克里莫尼亞城試著重現草莓蛋糕，冒險和甜點烘焙都一帆風順，優奈的異世界生活愈來愈充實♥

各 **NT$230~270/HK$70~80**

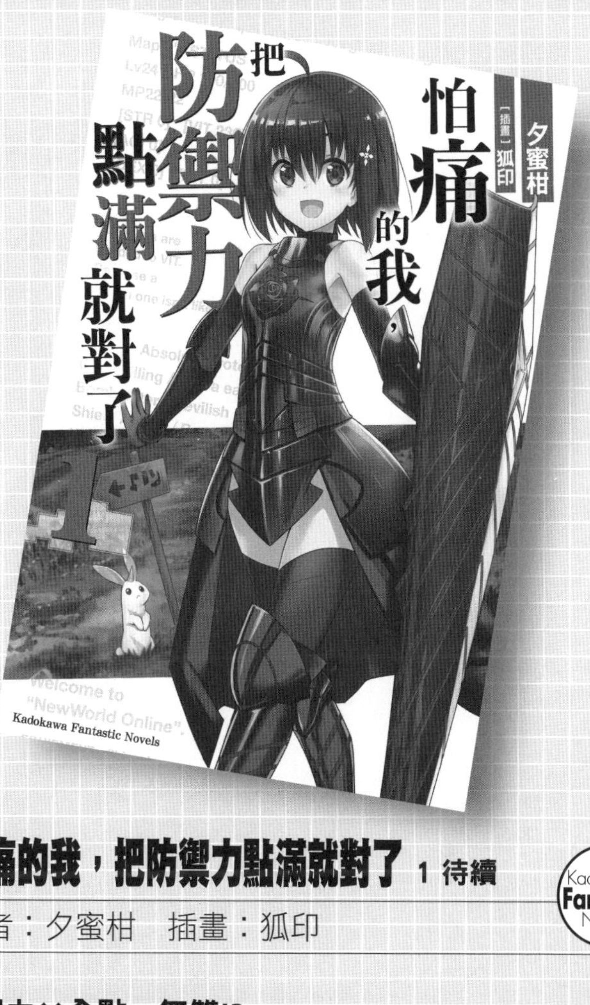

怕痛的我，把防禦力點滿就對了 1 待續

作者：夕蜜柑　插畫：狐印

防禦力×全點＝無雙!?
怕痛少女悠悠哉哉大冒險！

梅普露缺乏一般遊戲常識，把所有配點都灌到防禦力（VIT）去了。雖然動作緩慢又不會用魔法，卻意外取得特殊技能【絕對防禦】，並以致命施毒技能蹂躪全場？不按牌理出牌讓眾玩家都傻眼的「移動要塞型」最強初學者登場！

NT$200/HK$60

國家圖書館出版品預行編目(CIP)資料

關於我轉生變成史萊姆這檔事 / 伏瀨作；楊惠琪譯
. -- 初版. -- 臺北市：臺灣角川, 2018.04-
冊；　公分
譯自：転生したらスライムだった件
ISBN 978-957-564-138-2(第9冊：平裝). --
ISBN 978-957-564-299-0(第10冊：平裝). --
ISBN 978-957-564-587-8(第11冊：平裝). --
ISBN 978-957-564-677-6(第12冊：平裝)

861.57　　107002534

Kadokawa
Fantastic
Novels

關於我轉生變成史萊姆這檔事 12

（原著名：転生したらスライムだった件 12）

2019年1月19日 初版第1刷發行
2024年3月22日 初版第9刷發行

作　者：伏瀨
插　畫：みっつばー
譯　者：楊惠琪

發行人：台灣角川股份有限公司
總　監：呂慧君
總編輯：蔡佩芬
主　編：林秀儒
文字編輯：黃怡珮
設計指導：陳晞叡
美術設計：宋芳茹
印　務：李明修（主任）、張加恩（主任）、張凱棋

發行所：台灣角川股份有限公司
地　址：104台北市中山區松江路223號3樓
電　話：（02）2515-3000
傳　真：（02）2515-0033
網　址：www.kadokawa.com.tw
劃撥帳戶：台灣角川股份有限公司
劃撥帳號：19487412
法律顧問：有澤法律事務所
製　版：尚騰印刷事業有限公司
ISBN：978-957-564-677-6

Kadokawa Fantastic Novels